スーパーからやっと帰宅して、家の門をくぐろうとしたとき、隣の家から誰かが出てきた。

その出てきた人物を見かけて僕は思わず立ち止まってしまった。

なにげなくこちらを見た向こうも立ち止まり、お互いに『あっ』と声を出してしまう。

「シュテルンさん？」

「えっと、因幡くん？」

VRMMOは
VRMMO with a rabbit scarf.

ウサギマフラーとともに。2

新たな世界へ!
Potato Crisps

新たな出会いと共に

「くらいなッ！」

——……おかしい。それなりの威力ではあるが、思ってたよりも弱い。

やはりこいつには何か秘密がある。

大剣持ちのミウラと戦ってなかったら気付かなかったかもしれないわずかな違和感。

おぼろげながらだけど、それが見えてきた気がする。

VRMMOはウサギマフラーとともに。

VRMMO with a rabbit scarf.

2

冬原パトラ

Illustration はましん

口絵・本文イラスト　はましん

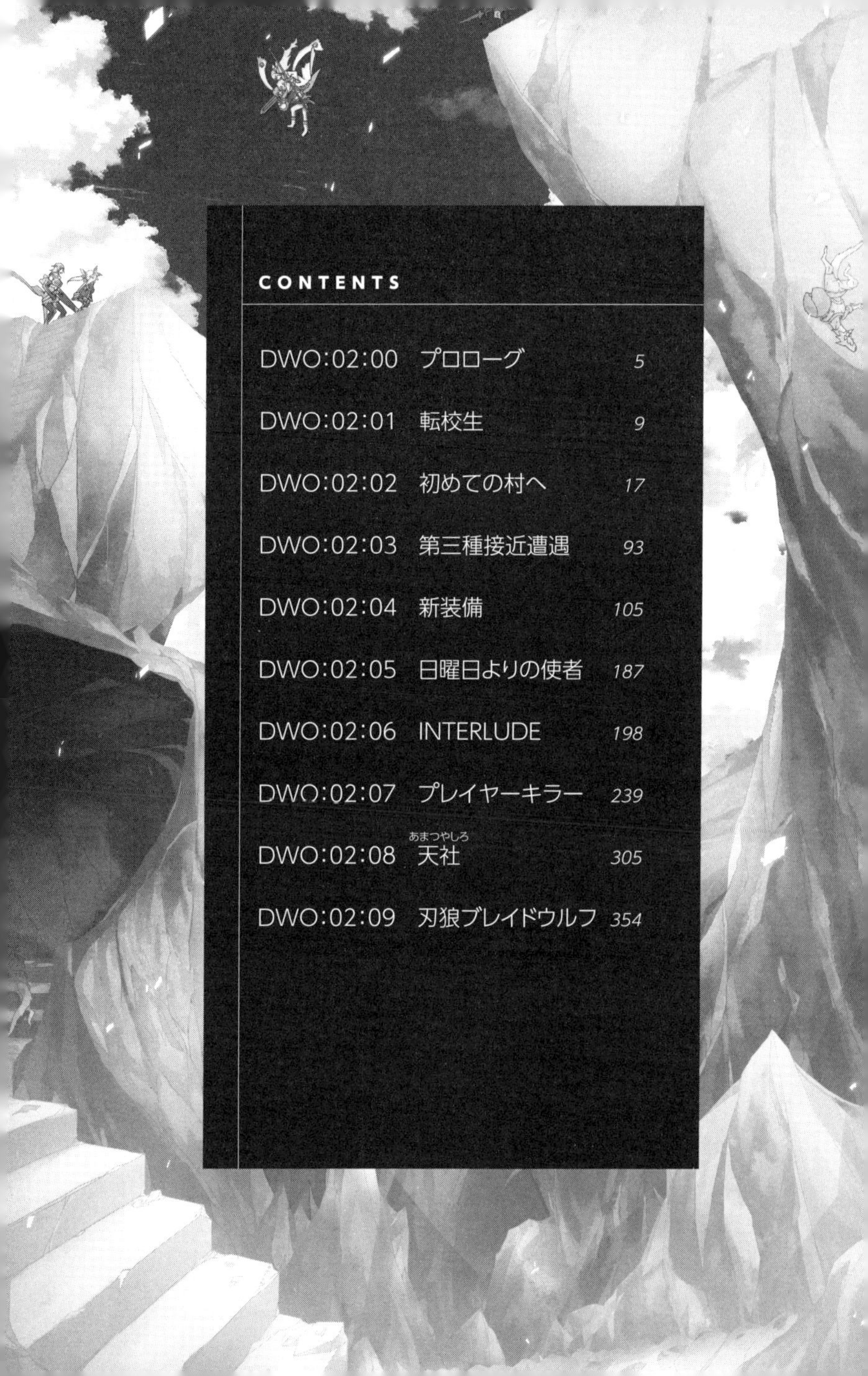

CONTENTS

『DWO』 World MAP

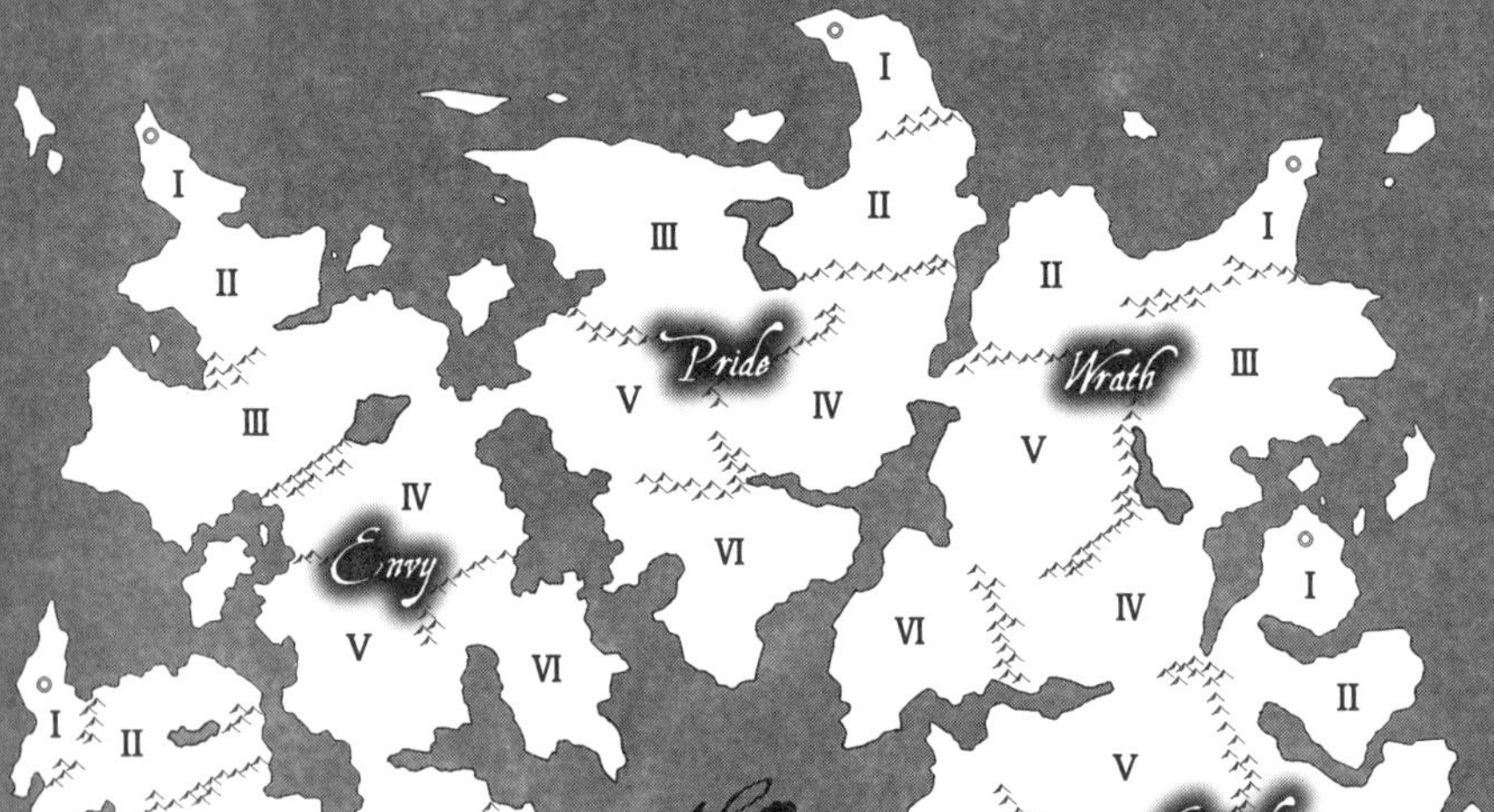

DWO:02:00　プロローグ

【Real World】

幾億の煌《きら》めきが漂《ただよ》う星の海。

とある惑星《わくせい》系の第五番惑星、縞模様《しまもよう》に大きな赤い斑点《はんてん》が浮《う》かぶガス惑星の付近に、三つの船が停泊《ていはく》していた。

白銀と紺碧《こんぺき》、そして真紅《しんく》の船体が星の光を反射している。

三隻《せき》とも巨大船《きょだいせん》であり、それぞれが所属する勢力の代表的な旗艦《きかん》であった。しかし真紅の船だけはずば抜《ぬ》けて大きい。

解析《かいせき》画面に映るその船影《せんえい》に白銀の船に乗る新米の通信士はごくりと唾《つば》を飲んだ。

お互《たが》いにステルスフィールドを展開しているため、肉眼では確認《かくにん》できないが、モニターに映る真紅の船のその姿は、威風堂々《いふうどうどう》とした雰囲気《ふんいき》を醸《かも》し出《だ》していた。

もし真紅の船が攻撃《こうげき》を始めたら、自分の乗るこの白銀の船と向こうの紺碧の船は数分とかからずに宇宙の藻屑《もくず》と消えるだろう。

自分たちの乗る船の三倍はあろうかという巨大戦艦《きょだいせんかん》。いや戦艦《せんかん》ではない。恐《おそ》ろしいことにこの船は軍船ではないのだ。

軍の戦艦を遥《はる》かに凌《しの》ぐ戦闘力《せんとうりょく》を持ちながら、個人の所有物だという。

所有物であるが、そのオーナーが軍のトップであるのだから、結局は軍籍《ぐんせき》にあると言ってもいいと思われる。

そのとんでもない船の持ち主が、突然《とつぜん》、白銀と紺碧の船へとひとつの通信を放った。

その言葉に白銀の船の艦長《かんちょう》兼、この宙域の司令官でもある女性はふらりと立ちくらみを覚える。

宣戦布告ではない。ではないが、己《おのれ》たちの身に爆弾《ばくだん》を抱《かか》えろというような要請《ようせい》。女性の一存ではそれを決めることはできなかった。

『返答やいかに？』

「私の一存では返答しかねます。一度本星の方へ回すことになると思いますが、許可は下りるかと……」

女性が冷《ひ》や汗《あせ》を流しながら返答すると、同時に通信していたもう一つの紺碧の船からも返答が帰ってきた。

『こちらも同じく。規則《ルール》に則《のっと》っていただけるならば、我々に否はございません』

その回答に満足したのか、艦橋《ブリッジ》のモニターに映る真紅の船の人物が小さく頷《うなず》いた。

『良き返事を期待している』

通信が切れ、解析モニターに映る真紅の船が揺《ゆ》らめくように消える。白銀の船の宙域レーダーにはすでに影《かげ》も形もなかった。この惑星系から立ち去ったのだろう。

白銀の艦長兼司令官は、糸が切れたようにどっかと艦橋《ブリッジ》の椅子《いす》に身を沈《しず》めた。

おそらく紺碧の方の艦長《かんちょう》も同じようにしているに違《ちが》いない。

「大丈夫《だいじょうぶ》ですか、艦長」

「問題ありません……。いいですか、今の話は許可があるまで他言無用です。親兄弟にも話してはなりません。命が惜《お》しければね」

艦橋《ブリッジ》のクルーたちが無言で頷く。誰《だれ》だって命は惜しい。後は上に任せるだけだ。

「地上班には？」

「言えるわけがないでしょう……。しばらくは現状維持《いじ》で」

「了解《りょうかい》」

白銀の艦長は本星にどう報告したものかと、背もたれに身を委《ゆだ》ね、目を覆《おお》った。

DWO:02:01　転校生

【Real World】

「シュテルンさん、日本語ペラペラだねー」

「家庭教師の方が日本人だったもので。でも話すことはできても、文字はまだうまく読めないし、書けません」

「日本は初めて？」

「はい。伯父《おじ》夫婦《ふうふ》がこちらにいますので、その家にお世話になっています」

「あれ？　ご両親のお仕事でこっちに来たんじゃないの？」

「ああ、えっと、両親の仕事について行くと、地方をひっきりなしに移動することになるので。それならお前は伯父の家に厄介《やっかい》になった方がいいと。週末には二人とも伯父の家に帰ってきますよ」

　案の定というかお約束というか、休み時間になると、クラスメイトたちによる転校生質問攻《ぜ》めが始まる。男子女子入り交じり、質問の雨を降らせていた。

　隣《となり》の席の僕《ぼく》は、みんなの邪魔《じゃま》にならないようにそれとなく席を外す。廊下《ろうか》の壁《かべ》に背もたれて、隣にしゃがみ込んだ奏汰《かなた》と、ゲーム談義に花を咲《さ》かせていた。

「【傲慢《ごうまん》】の第二エリアにさ、すっげえ高い絶壁《ぜっぺき》があって。その上に貴重な鉱石の発掘《はっくつ》ポイントや、薬草類、あるいはレアモンスターの巣があるんじゃないかって噂《うわさ》なんだよ。俺《おれ》も登ってみたけど半分もいかないで落っこちた」

「【登攀《とうはん》】スキルがあれば登れるんじゃないか？」

「どうかな。かなり体力を消耗《しょうもう》するんだよ、岩壁《がんぺき》を登るの。よっぽどレベルを高くして、ＳＴ《スタミナ》の最大値を上げてないと難しいかもしれん」

　うーむ。第二エリアにはあるが、かなりレベルアップしてからじゃないと行けないところなのかもしれない。それかＳＴ最大値上昇《じょうしょう》系のスキルをつけまくって、体力ゴリ押《お》しで登るとか？

「【飛行】とかいうスキルがねえかな」

「さすがにそれはどうだろう……。あ、でも人を乗せられるくらいの飛行モンスターをテイムして、従魔《じゅうま》にしたらいけるんじゃないか？」

「そんなのをテイムするのにどれくらいの熟練度がいると思う？」

「だよねえ……」

うまくいかないもんだ。

そんな話をしていたら授業開始のチャイムが鳴ったので、僕らは自分の席に戻《もど》る。

隣には小さくため息をつくシュテルンさんが。お決まりの転校生の儀式《ぎしき》とはいえ、ご苦労様です。

◇　◇　◇

学校が終わり、いつものように『DWO《デモンズ》』をやるために帰ろうとしたのだが、先生に捕《つか》まって学校行事の冊子作りを手伝わされた。

おかげで帰宅するのが遅《おそ》くなってしまったので、近所のスーパーで晩ごはんを買っていくことにする。今日はそこの弁当でいいや。たまには手抜《てぬ》きも必要だ。

スーパーからやっと帰宅して、家の門をくぐろうとしたとき、隣の家から誰かが出てきた。

隣の家といっても、お互いの庭がそこそこ広いため、けっこう離《はな》れているのだが、その出てきた人物を見かけて僕は思わず立ち止まってしまった。

なにげなくこちらを見た向こうも立ち止まり、お互いに『あっ』と声を出してしまう。

「シュテルンさん？」

「えっと、因幡《いなば》くん？」

あ、名前覚えてもらってたのか。自己紹介《じこしょうかい》していないのに。まあ、先生が因幡の隣とか言ってたしな。

「驚《おどろ》いた。家まで隣だったのね。びっくり」

「こっちもだよ。あ、じゃあお世話になる伯父《おじ》さんの家って……」

「うん、ここ」

確かにお隣さんは二人とも七十くらいの外国人の旦那《だんな》さんと日本人の奥《おく》さんだった。前に父さんと引《ひ》っ越《こ》しのご挨拶《あいさつ》をしに行ったとき、僕も会っている。なんでもうちの爺《じい》さんともお隣同士《となりどうし》付き合いがあったとか。

旦那さんの方は日本語ペラペラだった。二人とも元大学教授なんだそうだ。

「シュテルンさんは買い物に？」

手にしているピンクの財布《さいふ》を目にして思わず僕が尋《たず》ねると、彼女《かのじょ》は小さく頷いた。

「うん。伯母《おば》さんがみりんを切らしちゃってて。この近くにスーパーがあるから買って来てって頼《たの》まれたの」

たぶん、僕が買い物をしてきたスーパーだろう。あそこは近いといってもそれなりに距《きょ》離《り》がある。わかりにくい場所にあるしな。……確かみりんならウチに先週買った未開封《みかいふう》のやつがあったはず。

「よかったらウチのみりんを譲《ゆず》ろうか？　一本余ってるから」

「ホント!?　こっちは助かるけどいいの？」

問題ない。そもそも僕と父が被《かぶ》って買ってきたのだ。二人ともないと思って。

とりあえず玄関《げんかん》まで来てもらって、みりんを取ってくるまで待っててもらう。

台所から未開封のみりんを持っていくと、来週の資源ゴミの日に捨てるため、玄関に重ねて置いてあったダンボールをシュテルンさんがなぜか凝視《ぎょうし》している。

やがて彼女はみりんを持ってきた僕に気付くと、目を輝《かがや》かせてテンション高く口を開いた。

「ねえねえ、これってVRドライブのやつだよね⁉　しかもリクライニング型の最新機のやつ！」

　確かにそれはVRドライブを梱包《こんぽう》していた箱だった。箱というか運搬《うんぱん》中に傷つけないために要所要所に巻かれていたダンボールだけど、そこにはきちんと商品名と型番、メーカー名が印刷されている。

「ひょっとして因幡くんってゲーマー？」

「いや、ゲーマーってほどじゃないよ。それはたまたま手に入ったやつで。ゲームは『デモンズワールド・オンライン』ってやつしかやってない」

「『DWO《デモンズ》』やってるの⁉　私もやってるよ！　罪原は【怠惰《たいだ》】！　因幡くんは⁉」

「ぼ、僕も【怠惰】だけど……。っていうか、シュテルンさんこそゲーム好きなの？」

　さっきからのテンションの上がりっぷりにちょっと引き気味に尋ねる。学校での初印象とだいぶ違うな。話し方も違うし。こちらの文化に慣れてないって話だったが、どうも違うみたいだ。

「あ、うるさくしてごめんなさい。本国にいた時はゲームの話をする相手もいなかったから、つい……。こっちに来たらもっとゲームの話ができると思ってたんだけど、あんまり女の子ってそういうの話題にしないって聞いて、学校では黙《だま》ってたの」

「そうなのか。でも女の子でもする子もいるよ。遥花《はるか》……クラスメイトの霧宮《きりみや》遥花なんて根っからのゲーム好きだから」

あそこの兄妹《きょうだい》は度を過ぎていると思うが。ジャンル問わずだからなあ。面白《おもしろ》そう、と思ったらなんでも手を出すらしいし。遥花ならシュテルンさんと話が合うんじゃないかな。

「シュテルンさんは『DWO《デモンズ》』で、今どの辺りにいるの?」

「シュテルンじゃなくてリーゼロッテでいいよ。さん、もいらない。リーゼでもロッテでもリズでもいいけど。私は先週頭に第二エリアに入ったばかりだよ」

ってことは僕らとさほど変わらないのか? 向こうは週頭、僕らは週末と差はあるけど。

それから僕らはしばらく玄関でお互いの状況《じようきよう》を話し合っていた。

「じゃあシュテル……リーゼは魔法《まほう》スキルメインの魔法使いなのか」

「うん。初めはパーティを組んでたんだけど、今はソロ状態。たまに野良《のら》パーティ組んだりしてるよ。それでガイアベアを倒《たお》したし」

魔法使いか。僕らの中ではレンが回復魔法を持っているだけなんだよな。後衛の大火力は魅力《みりよく》だなあ。

「よかったら僕らのパーティと一回組んでみないか? 僕以外は女の子ばかりなんで話をしやすいと思うけど」

「え、女の子ばかりって……いわゆるハーレムパーティ……」

「違う違う。三人のうち二人は子供だし、もう一人は大人の保護者！」

なんか変な誤解をしてるっぽいので、きちんと説明をしておく。確かに言葉だけだと周りからそう思われても仕方がないが。

「あはは、冗談《じょうだん》冗談。で、因幡くんのプレイヤーネームは？」

「『シロ』だよ」

「『シロ』？」

「本名から取った。はくと……白兎《しろうさぎ》だから」

「へえ。因幡くん、白兎《はくと》っていうんだ。白兎くんって呼んでいい？」

「構わないけど。リーゼのプレイヤーネームは？」

「私は『リゼル』だよ」

リゼル、か。彼女も本名をもじったんだろう。『リーゼロッテ・シュテルン』から。

お互い晩ごはんを食べてからログインして、向こうで会う約束をして別れた。まあ僕の今日の晩ごはんはスーパーの弁当なのだけれど。

明日はきちんとしたものを作ろう。

DWO:02:02　初めての村へ

【Game World】

スーパーで買った弁当という侘《わび》しい晩ごはんを食べたあと、すぐさま『DWO《デモンズ》』へと僕はログインする。

視界を開くとそこは第二エリアの町、ブルーメン。

【怠惰】エリア始まりの町、フライハイトと同じくらいの大きさの町である。町の中央に復活地点があって、北にポータルエリアが設置してあるのはフライハイトと同じだった。復活地点がフライハイトは噴水《ふんすい》広場だったが、ブルーメンは教会になっている。教会は長い階段の上に建っていて、階段の下は人が集まる広場になっていた。フライハイトの中央広場のように、そこにプレイヤーたちの露店《ろてん》が所狭《ところせま》しと並んでいる。

死に戻りしたプレイヤーが教会から出てくると、嫌《いや》でもこの露店の前を通らなければならないってわけだ。

シュテルンさ……リーゼのプレイヤーネームである『リゼル』で呼び出してみたが応答はなかった。まだログインしていないらしい。

彼女のログインを待つ間に、僕はチャットで他のみんなに呼びかけることにした。ミウラとウェンディさんは近くの平原で狩《か》りをしていて、レンは宿屋で生産スキルを上げていたようだ。

宿屋へレンを迎《むか》えに行って、教会の階段前まで戻ってくると、そこにはすでにミウラとウェンディさんが待っていた。

と、そのタイミングで『リゼル』から連絡《れんらく》が入る。

『ログインしたよー。今どこにいる？』

『教会前の階段だよ。みんなも来てる』

『わかった。すぐに行くね』

しばらく待っていると教会前の通りから一人の少女がやってきた。

【妖精族《アールヴ》】の少女だ。耳が長く、魔法に長《た》けた種族。知り合いだとトーラスさんと同じだな。

髪《かみ》は薄《うす》い桜色のロングヘアで、前髪が切り揃《そろ》えられている。

装備は杖《つえ》。魔法使いなら定番だ。上は清楚《せいそ》な白いブラウスに、下は黒いティアードスカート。そこから伸《の》びる足には黒いニーソックス。そして白衣のようなローブを装備していた。

顔はあまりいじってないらしく、僕はひと目で彼女が『リゼル』だと確信した。

「『シロ』くん？」

「ああ。そっちは『リゼル』だね」

「うん。待たせてゴメンね」

ぺこりと頭を下げるリゼル。礼儀《れいぎ》正《ただ》しい子だな。そう言えば貴族様の家系の出なんだっけか。

「みんな、この子はリゼル。リアルでの僕の知り合いだ。今ソロらしいんで今回パーティに誘《さそ》ったんだけど、いいかな？」

一応、さっき話は通しておいたけど、もう一度確認のためにみんなにお伺《うかが》いを立てる。

「シロさんのお知り合いなら構いませんよ。私はＯＫです」

「お嬢様《じょうさま》がそうおっしゃるのでしたら、私《わたくし》からは何もございません」

「あたしもいいよー」

みんなから承諾《しょうだく》を得て、リゼルがレンのパーティに加わった。

「リゼルさんは魔法使いなんですか？」

リゼルの杖を見ながらレンが尋ねる。大抵《たいてい》、杖を装備するのは魔法スキルを重点的に取っているプレイヤーだからだ。杖には大抵ＩＮＴ（知力）の上昇効果がついているからな。

「そうだよ。【火属性魔法（初級）】、【風属性魔法（初級）】を持ってるの」

「レベルと熟練度はどれくらいなのですか？」

「レベルは15で、熟練度はどっちも七割くらい？　中級までもう少しかかりそう」

ウェンディさんにリゼルが答える。魔法の熟練度は伸びるのが遅いって言うしな。その分多くの呪文《じゅもん》を覚えていくわけだが。

なんでも同じ火属性の魔法でも、よく使う魔法の方が威力《いりょく》が上がるとか。それぞれの魔法にも熟練度があるのかもしれない。

「それよりも、さっきから気になってたんだけど……」

ちら、と僕の方を見るリゼル。ん？　なんだ？

「そのマフラー……ひょっとして、シロくんって、『忍者《にんじゃ》さん』？」

「くっ、その名で呼ばないでくれ……。不本意だ」

「わ、やっぱり⁉　見たよ、乱戦デスマッチの動画！　凄《すご》かった！　全然攻撃が当たらないんだもん！　どんだけＡＧＩ（敏捷度《びんしょうど》）高いの⁉」

瞳《ひとみ》をキラキラさせてリゼルがそんなことを言ってくるが、あれはたまたま相手が組みやすい奴《やつ》らだったってだけだ。逆上してたから動きが読みやすかったし。

もし、僕とリゼルが【ＰｖＰ】をしたならば、先手でリゼルを倒しきれなかった場合、広範囲《こうはんい》の初級魔法一発で間違《まちが》いなく僕がやられる。魔法防御力《まほうぼうぎょりょく》なんてさっぱりだからな。いや、物理防御力もさっぱりだけど……。

そう考えると、広範囲の物理攻撃とかもダメだな……いや、広範囲の物理攻撃ってなんだ？　……爆弾？

爆弾って作れるんだっけ？　確か【錬金】ってスキルがあったはずだが。よくわからん。

「じゃあとりあえず、慣らし運転ってことで、みんなで【トリス平原】に行きましょう！」

レンが今日の方針を決める。【トリス平原】はここブルーメンの東に広がるだだっ広い平原だ。

初めて第二エリアに来た大抵の人たちはまずそこで狩りをする。モンスターのレベルもそれほど高くなく、安心して狩れるからだ。もちろん、夜になれば手強《てごわ》い相手も出没《しゅつぼつ》するので、昼限定だが。

まあ、僕らの連携《れんけい》を試《ため》すにはうってつけだな。よし、じゃあ【トリス平原】に向けて出発だ。

◇　◇　◇

「【ファイアバースト】！」

『ギャルァァァァァ！』

リゼルの唱えた火属性魔法で、三体のゴブリンが一気に黒焦《くろこ》げになる。

魔法は戦技《せんぎ》と同じく、そのスキルを持っていれば熟練度によって使える、いわゆる『必《ひっ》殺技《さつわざ》』のようなものだ。戦技と違い、消費するのはＳＴ《スタミナ》ではなくＭＰ《マジックポイント》だが。

「やっぱり広範囲《こうはんい》魔法《まほう》はいいなあ」

「まだ初級魔法だから範囲が狭《せま》いけどね。それに威力も落ちちゃうし」

リゼルの言うとおり、範囲魔法よりも単体魔法の方が威力がある。しかし、こんなときのように雑魚《ざこ》の殲滅《せんめつ》にはうってつけだ。戦闘《せんとう》がかなり楽になる。

しかもリゼルは種族が魔法の得意な【妖精族《アールヴ》】なので、種族スキル【高速詠唱《えいしょう》】を持っている。魔法は使用時に、詠唱時間と言われるいわゆる『溜め』の時間があり、強力な魔法ほどこれが長い。【高速詠唱】はそれを短縮するスキルである。

「むーん……」

ふと横を見ると、レンが何やら難しい顔で考え込んでいた。

「どうしたの？」

「自分の立ち位置をちょっと考えてまして。ウェンディさんが盾役《タンク》、ミウラちゃんが近距離《きんきょり》、リゼルさんが遠距離《えんきょり》の攻撃役《アタッカー》、そしてシロさんが遊撃《ゆうげき》、あるいは回避《かいひ》型の盾役《タンク》と考えたとき、私は回復役《ヒーラー》か強化役《バファー》寄りにスキルを取った方がいいのかなあ、と」

まあ、確かに回復役とかがいてくれると助かるが。レンも【回復魔法（初級）】を持ってはいるが、そこまで熟練度は高くしていない。それを伸ばそうと考えているってことか。

「別に縛《しば》られることはないさ。自由に好きなスキルを伸ばして、いろいろ試すのもこのゲームの楽しみ方だと思うよ。僕らは別に攻略《こうりゃく》メインってわけじゃないんだし、みんながみんな役割を決められてプレイするってのも窮屈《きゅうくつ》だろ？」

「うーん。確かに生産とかもしたいし、いろいろやりたいことはあるんですけど……」

「やってみればいいさ。それで楽しめりゃ御《おん》の字《じ》だ。僕らは楽しむためにゲームをしてるんだから」

『こうしなきゃいけない』とか、そんな考えに縛られてもつまんないだろう。効率とかそんなものにとらわれることなく、思うようにやればいいと思う。

レンはせっかく【ヴァプラの加護】とかいうレアスキルを手に入れたんだし、そっちを伸ばさない手はないと思う。

このゲーム、けっこう手に入れたスキルに左右されるよな……。

そんな僕らの会話にミウラがひょこっと入り込む。

「レンは考え過ぎなんだよねー。もっと簡単に考えればいいのに。そっちの方が楽じゃん」

「ミウラちゃんは考え無さ過ぎ！　こないだの学校のお掃除《そうじ》でも……」

「お嬢様、敵です」

なにやら言い争いになりそうだった二人に、ウェンディさんが注意を促《うなが》す。僕らの前に現れたのは、『クインビー』という、中型犬ほどはありそうな大きな蜂《はち》であった。それが四匹《ひき》。ちょっと面倒《めんどう》かな。こいつ毒も持ってるし。

僕は腰《こし》の双剣《そうけん》、双雷剣《そうらいけん》『紫電一閃《しでんいっせん》』と『電光石火』を構え、クインビーと対峙《たいじ》する。

こないだのガイアベアとの戦いで、【短剣《たんけん》の心得】の熟練度がＭＡＸになり、その先の上位スキルが派生した。派生したのは【短剣術】【小剣術】【小太刀《こだち》術】の三つだ。

このうち【短剣術】は読んで字のごとく、そのまま短剣を扱《あつか》うスキルである。短剣を使ったさらに多くの戦技を扱えるようになる。

【小剣術】の小剣はいわゆるショートソードのことだ。短剣より長く、剣よりは短い。わかりやすく言えばショートソード二刀流になれるということである。【短剣術】より一撃《いちげき》の威力は上がるが、その分重く、当然手数も減る。

【小太刀術】は、扱える剣が一本になってしまうが、切れ味鋭《するど》い『小太刀』を使えるようになり、さらに体術と組み合わせた戦技を覚えることができる。一撃の威力を考えるなら、三つのうちこれが一番上だろう。また、『受け流す』防御《ぼうぎょ》系の戦技が多いことも特徴《とくちょう》である。

この三つのスキルの中から僕が選んだのは、定番の【短剣術】だ。

やはり手数を活《い》かした方が自分のスタイルに合っていると思ったし、変に奇《き》をてらわなくてもいいだろうということで。

すでに【☆短剣の心得】を【短剣術】に変え、スロットに入れている。

あいにくと熟練度が一〇%にも満たないので、【短剣術】での新たな戦技は会得《えとく》していないが、【短剣の心得】は一〇〇%になったので、そっちでは新たな戦技を会得した。

【短剣の心得】の上級スキルである【短剣術】は、【短剣の心得】の戦技も受《う》け継《つ》いでいる。

ちょうどいいし、このクインビーで試してみよう。

「【ファイアアロー】！」

「【ストライクショット】！」

『ギギギィ！』

リゼルの魔法とレンの戦技が一番遠い一匹に同時に炸裂《さくれつ》、クインビーが光の粒《つぶ》となる。

残りの三匹が、僕、ウェンディさん、ミウラへとそれぞれ襲《おそ》ってきた。

クインビーは空を飛ぶモンスターなだけあって動きが素早《すばや》い。しかもこちらからは攻撃がしにくいときている。倒すには向こうが攻撃してきたときにカウンターでダメージを与《あた》えるか、飛び道具を投げるかだ。

正直、クインビーにスローイングナイフを消費するのはもったいない。そこらの石を投げてもいいが、当たったところでほとんどダメージはないだろう。

クインビーの攻撃を待ち構える。耳障《みみざわ》りな羽音を立てて空を飛んでいたクインビーが、突然《とつぜん》僕《ぼく》の方へ急降下してきた。今だ！

「【アクセルエッジ】」

僕が放った左右合わせて四回の連続攻撃で、あっという間にクインビーが細切れとなり、光となって消えた。うん、使えるな。威力も申し分ない。硬《かた》い相手には利《き》きにくいと思うけど。

横を見ると、ウェンディさんとミウラもそれぞれクインビーを戦技で倒していた。ミウラは少し手こずったみたいだが。クインビーは素早いから、命中率が低いミウラとは相《あい》性《しょう》が悪い。

えーっと、ドロップは『クインビーの針』か。これは確か強力な矢の素材になるんだっけ？　後でレンに渡《わた》そう。それと『蜂蜜《はちみつ》』。まんまだな。

その日、【トリス平原】で僕らは狩りまくり、それからブルーメンの町へ戻って、新しく仲間になったリゼルの歓迎会《かんげいかい》を開いた。正式にリゼルがうちのパーティに入ってくれることになったのだ。

リゼルもみんなと馴染《なじ》んだようで、よかったな。

……あ、そういや、レアモンスター図鑑《ずかん》を貰《もら》ったバラムさんの手紙。知り合いの人に渡すクエストを終わらせてないや。明日にでも届けなきゃ。

◇　◇　◇

■個人クエスト
【バラムの手紙をブルーメンへ届けよう】
□未達成
□報酬《ほうしゅう》　？・？・？

※このクエストはいつでも行うことができます。

始まりの町・フライハイトにいる本屋のお爺さんから託《たく》された手紙。それをここ、第二エリアの町・ブルーメンにいる知り合いの人に届けるのがこのクエストの内容だ。

ブルーメンに着いたのに、町巡《めぐ》りやリゼルの加入で後回しになっていた。いかんいかん、すでにお爺さんから報酬（レアモンスター図鑑）を貰っているのだから、ちゃんと届けないと。期限無しのクエストとはいえ、そこらへんはきちんとしないとな。クエスト報酬は別に貰えるみたいだけど。

今日はみんなそれぞれ自由行動をしている。リゼルとミウラは狩りに、レンは服飾《ふくしょく》系の生産、ウェンディさんは料理スキルの熟練度を上げるとか言ってた。

「確か東区三番街の角って……ここか？」

僕はブルーメンの地図を頼《たよ》りに、大きな通りから外れた場所に目的のその家、いや、その店を見つけた。

喫茶店《きっさてん》……だよな。『ミーティア』って小さいティーカップの描《えが》かれた看板が出ているし。確か『ミーティア』って、『流星』とか『隕石《いんせき》』のことだっけか。看板に流れ星みたいなマークも付いてるし、間違いないだろう。

扉《とびら》を開くと、カランコロン、とドアに取り付けられたベルが鳴る。中はそれなりに広いスペースを取った造りで、そこに四つの椅子がセットになったテーブルが四つ、窓際《まどぎわ》に六人掛《が》けのテーブルが二つ。そしてカウンターには席が八つあった。

アールヌーヴォー調の店内はなかなか落ち着いた雰囲気である。漂《ただよ》うコーヒーの香《かお》りがなんともいい匂《にお》いだ。

「いらっしゃいませ」

カウンターの奥にいたこの店のマスターらしき人が話しかけてきた。白いシャツにネクタイ、黒のズボンにサスペンダー。ちょっと癖毛《くせげ》が入った天然パーマの頭と、高い身長、優《やさ》しそうな糸目。年《とし》の頃《ころ》は二十代後半か？

天パの頭からは動物の耳が、ズボンからは尻尾《しっぽ》が伸びている。【獣人族《セリアンスロープ》】だ。なんの獣人かはちょっとわからないな。猫《ねこ》系なのは確かだが……豹《ひょう》か？　にしては耳や尻尾が白っぽいけど……。雪豹《ゆきひょう》？

視線をマスターに向けていると、その天パ頭の上に青いネームプレートがポップした。

『メテオ』と書いてある。

「あれっ？　プレイヤーなんですか？」

「そうですよ。貴方《あなた》と同じ『ＤＷＯ《デモンズ》』のプレイヤーです」

なんでもないことのように、マスターのメテオさんが微笑《ほほえ》んで答える。青いプレートだから間違いないんだろうが、てっきりＮＰＣかと思った……。

っていうか、そもそもこの人、この店のマスターなのか？　プレイヤーが喫茶店を持つなんてできたのか？

「できますよ。きちんと手続きをしてお金を払《はら》えば店も買えますし、営業許可も下ります。もちろん、飲食店の場合は【料理】スキルが必須《ひっす》ですけど」

「そうなんだ……。というか、店って高いんじゃないですか？」

「そうですね。私の場合、レアスキルオーブをたまたま手に入れたので、それを売りました。私には必要のないスキルでしたので。それを元手に少々商売をして、まとまったお金ができたのでここを買い取ったんですよ」

レアスキルのオーブを売ったのか……。レアオーブは、たまに露店なんかでとても買えない金額で売ってたりもする。しかし、あれは持ってるレアオーブをプレイヤーが自慢《じまん》したいだけの行為《こうい》で、実際には売る気がないらしいと聞いたが。

この店長さんが何を売って、誰が買ったかは知らないが、お金があるところにはあるんだなあ。

「それで、ご注文は？」

「あ、えっと僕は客じゃなくてですね。フライハイトから手紙を届けに来ました。本屋のバラムさんからです」

「おや、そうでしたか」

インベントリからバラムさんの手紙を取り出して、マスターに渡す。マスターはそれを受け取ると、軽く読み流して懐《ふところ》にその手紙をしまった。

「ありがとうございます。お礼に一杯《いっぱい》奢《おご》りますよ」

マスターの言葉と同時に、ポーン、という音と共にウィンドウが開いた。

★クエストを達成しました。

■個人クエスト
【バラムの手紙をブルーメンへ届けよう】
■達成
■報酬　スターコイン五枚

クエスト達成か。しかし、報酬の『スターコイン』ってのはなんだ?

インベントリから手に入れたばかりのそれを取り出してみる。

大きさは五百円玉ほど。銀色の金属製で、表には中央に大きく一つ、裏《うら》には縁《ふち》に沿って周囲に多くの小さい金色の星が並んでいる。

【スターコイン】　Eランク
■星の力が込められたコイン。

個数によって、特定のアイテムやスキルと交換《こうかん》できる。

□収集アイテム
品質：Ｓ（標準品質《スタンダード》）

収集アイテム？　集めるとなにかと交換できるのか。ポイントカードのポイントみたいなものかな。あんまり興味はないけど、とりあえず取っとこ。

待ってる間メニューなどを眺《なが》めていたが、けっこう凝《こ》っているな。いろんなものがある。あ、クラブハウスサンドは食べたいかも。ハニートーストとかパフェとか女の子向けなのも多いな。

「お待たせしました」

マスターがコーヒーを運んでくる。いい香りだ。ブラックは苦手なんで、ミルクと砂糖を入れて飲む。美味《うま》い。これってマスターが高い【料理】スキル持ちだからなのかな。

「第二エリアへは最近来たばかりですか？」

「あ、はい。まだいろいろと回ってないのでこれからです」

「えっとお名前は……」

「あ、すいません。シロです」

僕の場合、ネーム非表示にしているので、マスターにはプレートがポップしても見えなかったのだろう。

「シロさんですか。通り名の方は知ってたんですけど」

「あー……。そこらへんは触《ふ》れないでいただけると……」

くっ、知られていたか。『忍者さん』とか通り名じゃないし。つうか忍者じゃないっつうの。

あの動画は顔とかを加工されてあったけど、マフラーでバレるんだよな……。かといってレンからもらったこれを装備しないってのはなんか違《ちが》う気もするし。

いかん、話題を変えよう。

「この辺だとやっぱり東の【トリス平原】が狩場《かりば》なんですかね?」

「そうですね。だいたいの人はそっちに向かいます。南東にある【ガンガン岩場】の方にも行く人はいるんですが、こちらのモンスターは硬いヤツが多いんですよ。魔法か打撃《だげき》系じゃないと苦戦するかもしれません」

硬いモンスターか。ウチのパーティだとリゼルの魔法しか対抗《たいこう》できないかもしれないな。ミウラのパワーなら少しはダメージが通るかもしれないけど……あ、竜人族《りゅうじん》であるウェンディさんの【ブレス】もあったか。

「【ガンガン岩場】を越えると、その先には【トトス村】があります。なにも特徴のない村ですけど、干し芋《いも》が美味いですよ」

へえ、村があるのか。第一エリアは始まりの町《フライハイト》だけだったからな。

【怠惰】の領国だけじゃなく、各《かく》第一エリアは、いわばチュートリアルのようなもので、『DWO《デモンズ》』に慣れてもらうためのステージといったものらしいし、ここからが本当の冒険《ぼうけん》なのかもしれない。

「ただ、【ガンガン岩場】を抜《ぬ》けるにはそれなりにレベルや熟練度が高くないとキツいですよ。動画で見ましたが、シロさんの武器は双剣でしょう？　相性が悪いですね」

確かに。今の装備では硬い相手には不向きだ。予備武器《サブウエポン》というわけではないが、なにか他の武器も考えた方がいいのかな。刺突武器的な物で弱点をピンポイントで狙《ねら》うとか？　それとも魔法を覚えるか？

「マスター、【ガンガン岩場】のことを教えてもらえますか？」

「いいですよ。攻略サイトに書かれているものに毛が生えたくらいの情報しかありませんが」

僕《ぼく》はコーヒーをもう一杯《いっぱい》注文し、マスターの情報に耳を傾《かたむ》けた。

◇　◇　◇

「村？」

「うん」

みんなと合流した僕は、マスターから聞いた情報をみんなに話した。次の目的地、というわけでもないが、その村まで今度みんなで行ってみないかと。

「確かにそんな村がありましたね。ですが先行したプレイヤーの情報だと、何もないただの小さな村ということでしたが」

「まあ、そうらしいんだけど。別に僕らは攻略組でもないし、一度行ってみるのも面白いかなって思ってさ」

ウェンディさんの言うこともわかるが、ひょっとしたら何かあるかもしれないじゃないか。

「いかがいたしますか、お嬢様」

「私は行ってみたいです。せっかくの『DWO《デモンズ》』ですもん、いろんな所を見てみたいですし」

「お嬢様がそう仰《おっしゃ》るのであれば、私《わたくし》に否はありません」

レンは行く気になってくれたようだ。ウェンディさんもレンが行くなら来ないわけはないよな。

「私も行ってみたいかなー。干し芋って食べてみたいし。それにあの村って変な噂《うわさ》があるんだよね。ネットの噂だから当てにならないけどさ」

リゼルも付いてきてくれるようだ。外国人のリゼルは干し芋を食べたことがないらしい。

僕もあまり食べたことはないけど。

彼女《かのじょ》の魔法は【ガンガン岩場】を抜けるのにとても役立つ。僕らじゃあまりダメージを与えられないからな。

それにしても噂ってなんだろう？

残るミウラにレンが視線を向ける。

「ミウラちゃんは？」

「んー、行ってもいいけど、その前にあたしちょっと武器を変えたいんだよね」

「新しい大剣を買うのか？」

「違うよー。ハンマーだよ。予備武器《サブウエポン》に欲《ほ》しいかなって。【ガンガン岩場】って硬いやつらばかりなんでしょ？　ハンマーの方がダメージ通るんじゃないかなって」

なるほど。確かに大剣を操《あやつ》るミウラの筋力があれば、ある程度のハンマーは装備できるだろう。だけどハンマーの力を活かすには、やっぱりそれなりのスキルが必要になってくる。

「【棍棒《こんぼう》の心得】を取るのか？」

「【心得】のスキルオーブなら町で売ってるしね。あとはいいハンマーをリンカ姉ちゃんに作ってもらえばなんとかいけんじゃない？」

「リンカ？」

知らない名前が出てきたのでリゼルが首を傾《かし》げる。そうだな、僕らとパーティを組むんだから教えておいた方がいいか。

「リンカさんは知り合いの生産職プレイヤーだよ。【鍛冶《かじ》】のスキルを持ってる。僕らの武器や防具を作ってもらったりしてるんだ」

「へえ。私の杖も作ってもらえるかな？」

「杖は【鍛冶】じゃなく【木工】になるから難しいんじゃないかな？」

「ですが、シロ様。金属製の杖なら【鍛冶】で作れますよ。もっとも装備するにはある程度の筋力が要《い》りますが……」

「あー、ダメダメ。私、筋力サッパリだから」

苦笑《くしょう》しながらリゼルが手を振《ふ》る。魔法特化だもんなぁ。種族も【妖精族《アールヴ》】だし。軽くて硬いと言われるミスリルの杖とかなら装備できるかもしれないが、あいにくとミスリルはまだ見つかってないしな。

「じゃあみんなでリンカさんの所に行ってみようか」

第一エリア、フライハイトの町に行くため、僕らはブルーメンのポータルエリアへと歩き始めた。

◇　◇　◇

いつものように、始まりの町・フライハイトの共同工房《こうぼう》の一角でリンカさんは鎚《つち》を振るっていた。

そういや、リンカさんも【棍棒の心得】、そしてそこから派生する【戦鎚術《せんつい》】とかを持っているのかな？　一応小さいけどハンマーを振り回《まわ》してるわけだし。

リンカさんに事情を話し、ハンマーを作ってもらえないか尋《たず》ねてみた。

「ハンマーならいくつかある」

作るまでもなく持ってるのか。リンカさんは作業台の上にドン、ドン、ドンと、三つのハンマーをインベントリから出してみせた。

どれもこれも凶悪《きょうあく》そうな武器だな。こんなので殴《なぐ》られて死に戻《もど》りしたら夢に見そうだ……。

「うんしょっと」

ミウラがそのうちの一つを両手で持ち上げてみせる。自分の身長と同じくらいはあるハンマーをあっさり持つあたり、【鬼神族《オーガ》】の面目躍如《めんもくやくじょ》といったところか。

ちなみに僕も持ってみようとしたが持ち上がらなかった。重くて筋力の値が足りないんだろうな。

ミウラはそのまま空いた鍛冶スペースのところに行き、ブンブンとそれを振り回し始める。やがてまたこちらにやってきて、別のハンマーを手に取り、またブンブンと振り回し出した。どれがしっくりくるか試しているのだろう。

やがてミウラは三つのうちの一つを手にして、うん、と頷《うなず》く。

「これが一番使いやすいかな。もうちょい握《にぎ》りが細いと手にしっくりくるんだけど」

「そこらへんは調整する。それでいい？」

「うん。これちょうだい」

「毎度あり」

黒光りする片口型の戦鎚《ウォーハンマー》を譲《ゆず》り受け、リンカさんが握り革《がわ》の部分を調整し直している。

「ひょっとして【ガンガン岩場】に行く？」

「そうです。よくわかりましたね？」

「第二エリアに行った大剣使いがハンマーを必要としている。わかりやすい」

それもそうか。ってことは、そういうプレイヤーがわりといるってことだな。その先にある村なんか、あまり行かないって話だったけど。

「【ガンガン岩場】は多数の鉱石が採掘《さいくつ》できる。持ってくれれば買い取る」

そうか、採掘目当てで行くんだな。村まで行かないで、そこで鉱石類を手に入れるのか。

「そういえば、リンカさんは第二エリアへは行かないのですか？　それほどの【鍛冶】スキルを持っているなら、レベルも高いのでしょう？」

ウェンディさんが、リンカさんへ疑問を投げかける。生産スキルが高いということは、技術経験値が入っているということで、それなりにレベルが高いということだ。

レベルが高い＝強いではない『DWO《デモンズ》』だが、リンカさんが【鍛冶】スキル一辺倒《いっぺんとう》だとは思えない。

「第二エリアにはもう行った。でもブルーメンにある共同工房も、設備はあまりここと変わらないから。こっちの方が人が多くて商売になる。素材はアレンとかが持ち込んでくれるし」

ああ、もう第二エリアには行ったのか。

確かにここと比べるとブルーメンはプレイヤーが少ないかな。しばらくすれば増えてくるとは思うけど。

第二エリアに行ってないプレイヤーが少ないんじゃなくて、こっちの方が居心地《いごこち》がいいというか。

「リンカ姉ちゃんは店とか持たないの？　武器屋とか」

「面倒くさい。嫌《いや》な客も来るかもだし。今は気に入った素材で、気に入った物を作って、気に入った人に売ってた方が気楽。攻略が進んだらそのうち持つかも」

ミウラの質問に答えながらリンカさんがハンマーの調整を終える。そのハンマーを握って、ミウラが軽く左右に振る。問題はなさそうだ。

さて、ミウラはこれでいいが僕はどうするかな。

「やっぱり僕の武器だと【ガンガン岩場】は厳しいですかね？」

「厳しい。刺突系の双剣で関節部とかを狙った方がまだダメージが入る。ハンマーみたいに大ダメージを与えられるわけじゃないけど。買う？」

「ちょっと見せてもらえます？」

リンカさんが再びインベントリから四本の短剣を取り出す。二本で一セット、二種類の短剣だ。

どちらも刃《は》の部分が細く、突《つ》き刺《さ》すことに特化したものである。

片方はアイスピックのような形状をしていて、刃渡《はわた》り（？）二十センチほどの長さ。握りは太く、持ちやすい青色の双剣。

そしてもう片方は分厚い刀身であったが、十手のように手元に鉤《かぎ》のようなものが付いている。これって兜割《かぶとわり》みたいだな。兜割と違ってしっかりと刃が付いているけど。

とりあえず【鑑定済《かんていずみ》】にしてもらう。どれどれ。

【サウザンドニードル】　Xランク
ATK（攻撃力《こうげきりょく》）＋31

耐久性《たいきゅうせい》27／27
■刺突性に優《すぐ》れた短剣。
□装備アイテム／短剣
□複数効果あり／二本まで
品質：S（標準品質《スタンダード》）
【鑑定済】

【突剣・鬼爪《おにづめ》】　Xランク
ATK（攻撃力）＋28
耐久性35／35
■鎧《よろい》をも貫《つらぬ》く短剣。
□装備アイテム／短剣

□複数効果あり／二本まで
品質：Ｓ（標準品質《スタンダード》）
【鑑定済】

やっぱり双雷剣より攻撃力は落ちるな。っていうか、サウザンドニードルって……千枚通し？

数値的には攻撃力を取るか、耐久性を取るかだが……。デザイン的にはこっちかなあ。

僕は黒光りする武骨な二本の『鬼爪』を手に取った。

「そっちにする？」

「はい」

リンカさんに代金を払い、『突剣・鬼爪』をインベントリに収納する。これで【ガンガン岩場】で硬い敵が出てきても少しはマシになるかな？

「ところでそっちの子は？」

リンカさんがリゼルの方を向いて尋ねてくる。やべ、忘れてた。

「ああ、この子はリゼル。最近パーティに入ったんですよ」

「リゼルです。よろしくお願いします」

「ん。よろしく。……魔法《まほう》メイン？」

「あ、はい」

リゼルの装備を見ていたリンカさんが彼女のスキル構成を当てる。まあ、【妖精族《アールヴ》】で杖《つえ》を持ってたらそう思うよな。

するとリンカさんはインベントリから幾《いく》つかのアクセサリーを取り出して机に並べ始めた。指輪やイヤリング、ペンダントなど様々な種類のアクセサリーだ。

「一律5000G。全部INT（知力）やMND（精神力）、MP上昇《じょうしょう》の効果がある。お買い得」

「どうしたんですか、これ？」

「トーラスから物々交換《ぶつぶつこうかん》でもらった」

僕のバッジと同じくトーラスさんの作ったやつかな？　なら品質は確かだと思うが。

リゼルはアクセサリーを手にとっていろいろと悩《なや》んでいたが、そのうちの指輪とイヤリングの二つを買うことにしたようだ。

「毎度あり。あと、【ガンガン岩場】に行くのなら毒消しのポーションを持っていった方がいい。あそこはアーマースコーピオンが出る。毒対策をしとかないと痛い目に遭う」

そうなのか。今まで毒をくらったことはなかったから対策なんかしてなかったな。クインビーは躱《かわ》しまくってたし。

「シロ君、【調合】スキル持ってるって言ってたよね？　毒消しのポーション作れる？」

「いや、【調合】はあんまり熟練度上げてなくて……。毒消し草ならいくつか持ってるんだけど」

リゼルの質問になんとなくバツの悪い気持ちになる。そう言えばそっちのスキルをおざなりにしていたなあ。

なぜかと言うと僕の場合、基本的にダメージをあまり受けないからだ。防御力《ぼうぎょりょく》が低いんで直撃《ちょくげき》を受けたら死ぬ可能性が高いし。

なのでポーションの出番がそんなにないんだよね。

そんな理由もあって、僕の防御装備は大して強くない。金属鎧系だとＡＧＩ（敏捷度《びんしょう》）が下がるしな。

毒消し草だけ持っていても仕方ないし、なるべく【調合】も上げるようにするか。解毒《げどく》系ポーションだけじゃなく、麻痺《まひ》とか暗闇《くらやみ》、沈黙《ちんもく》に睡眠《すいみん》、いろんな回復ポーションを作れた方がいいだろうし。

共同工房から出た僕らは、リンカさんのアドバイスに従って、ＮＰＣの道具屋で毒消しのポーションをそれぞれいくつか買った。プレイヤーの露店《ろてん》で買っても良かったのだが、探すのが面倒なのとそれほど安いわけではないので、こっちで買った。一人五本くらいしか買わないし。

ミウラはスキル屋で【棍棒の心得】を買っていた。【棍棒の心得】は熟練度が上がれば【金棍術】や【戦鎚術】になる。

僕も【軽業《かるわざ》】や【体術】あたりが欲しかったのだが、高くて無理だった。とりあえず安い（それでもけっこうな値はするが）【毒耐性《たいせい》（小）】を買っておいた。

一応、毒消しのポーションは買ったけど、体力の低い僕の場合、毒を受けたらそのまま致命傷《ちめいしょう》になりかねないし仕方ない。

また【セーレの翼《つばさ》】で鉱石稼《かせ》ぎしないといかんかなぁ。モンスターにビクビクしながら掘《ほ》るのってなかなかにストレス溜《た》まるんだが。

レンは【チャージ】のスキルオーブを買っていた。弓矢による遠距離《えんきょり》攻撃《こうげき》の威力《いりょく》を高めるつもりらしい。連射速度は落ちるが、充分《じゅうぶん》にパワーを溜めれば硬い敵でもそれなりにダメージも通せるだろう。

とりあえず準備は整った。だけど今から【ガンガン岩場】に行っても中途半端《ちゅうとはんぱ》な時間になるので、それぞれ解散してさらに入念な準備をすることに決めた。

ミウラは手に入れたハンマーを試《ため》しに狩《か》り場《ば》へ、それにレンも【チャージ】のスキルを練習しに付いていった。当然ながらウェンディさんも付いていく。

リゼルはログアウトし、【ガンガン岩場】の情報を集めるとか言ってた。なにか気になることもあるらしいが。

僕はと言えば宿屋へ戻り、手持ちの素材で【調合】の熟練度を上げることにした。

結果、粗悪品《そあくひん》の解毒系ポーションが大量生産されてしまったが。

ううむ、ポーションはそれなりに失敗しなくなったのにな。やっぱり作り慣れてないモノは失敗しやすいのだろうか。しかし……。

【解毒薬《げどくやく》（低品質）】　Fランク

■解毒効果があるかもしれない苦い水。

低確率で毒が消滅《しょうめつ》する。

□回復アイテム／毒

□複数効果無し／

品質：ＬＱ（低品質《ロークオリティ》）

これはまだいい。問題は、

【毒薬（弱）】　Ｆランク

■弱い毒効果を与《あた》える。
□弱体化アイテム／体力衰弱《すいじゃく》
□複数効果無し／
品質：ＬＱ（低品質《ロークオリティ》）

なんで毒消し草から毒ができるんだよ。わけわからんよ。こういうのって、【調合】スキルじゃなくて【錬金】スキルとかじゃないの？

毒消し草は毒にも薬にもなるってことなんだろうか……。まあ、薬も飲み過ぎると毒になるとか言うけどさ。

できた毒薬を無駄《むだ》にするのもなんなので、投げナイフに塗《ぬ》ることにした。【毒付与《ふよ》】のスキルもないからあまり効果は望めないが。

なんかさらに暗殺者とか忍者《にんじゃ》じみてきたな……。ふう。

◇　◇　◇

【怠惰《たいだ》】の領国、第二エリアの町ブルーメン。

そこから南東にあるのが【ガンガン岩場】。その名が示す通り、大小様々な岩が転がる荒地《あれち》で、そこらに枯《か》れ草《くさ》なども生えている。大きなものになると家一軒《けん》ほどの岩が転がっていたりする。

その大きな岩を【採掘】スキルで確認《かくにん》すると、いくつかの採掘ポイントを発見したので、みんなに一言断ってからピッケルで掘ってみた。

【輝《き》鋼《こう》鉱石】　Dランク

■輝鋼を多く含《ふく》んだ石

□精製アイテム／素材

品質：S（標準品質《スタンダード》）

【暗鋼《あんこう》鉱石】　Dランク

■暗鋼を多く含んだ石

□精製アイテム／素材

品質：S（標準品質《スタンダード》）

ふむ。Dランクだからそれほど珍《めずら》しい鉱石ってわけでもなさそうだ。

もっと掘っていきたいところだが、今日の目的は採掘ではないので諦《あきら》める。

「出たよ！」

ミウラの言葉に正面を向くと、岩場の陰《かげ》から二匹《ひき》の蠍《さそり》が這《は》い出《だ》してきた。

蠍と言っても大きさが大型犬くらいある。鉄のように黒光りした甲殻《こうかく》に、巨大《きょだい》な鋏《はさみ》、そして毒針のついた長い尻尾。こいつがリンカさんの言っていたアーマースコーピオンか。

先手必勝とばかりにミウラが買ったばかりの戦鎚《ハンマー》を振りかぶる。

まだ慣れていないのか、DEX（器用度）が低いのか、ミウラの振り下《お》ろしたハンマーはアーマースコーピオンに躱され、その下にあった岩石を粉々に砕《くだ》いた。うわ、さすがに威力は凄《すご》いな。

「【ファイアアロー】！」

後方からリゼルの魔法が飛んでくる。飛来した炎《ほのお》の矢はアーマースコーピオンに命中し、あっという間に火ダルマになる。

『ギギギギッ！』

「つらあッ！」

動きが一瞬《いっしゅん》止まった隙《すき》を狙って、ミウラが再びハンマーを振り下ろし、今度は見事に火ダルマの蠍に命中した。

『グギャッ⁉』

さすがに硬《かた》いと言われるモンスターなだけあって、まだ死なない。ミウラのハンマーでその鎧のような甲殻に無数のヒビが入っていても、鋭《するど》い動きで僕らに鋏を向けてくる。

ふと横を見ると、もう一匹のアーマースコーピオンの攻撃《こうげき》をウェンディさんが盾《たて》で受け止め、その隙を突いて炎の【ブレス】で牽制《けんせい》していた。

僕も手に入れたばかりの『突剣《けん》・鬼爪』を手にし、ブスブスと煙《けむり》を上げながら向かってくるヒビだらけのアーマースコーピオンの攻撃を躱す。そして躱したタイミングで思い切り腕《うで》の付け根に鬼爪を突き立《た》てて、反撃《はんげき》が来る前にすぐさま離脱《りだつ》した。いけるな。

「やっ！」

弱ってきたアーマースコーピオンにミウラが放つトドメの一撃《いちげき》。それが決め手となって、アーマースコーピオンの片割れは光の粒《つぶ》となって消えていった。

「【ストームアロー】！」

今度は風の矢がウェンディさんの対峙《たいじ》する残りのアーマースコーピオンに襲《おそ》いかかる。

それを追うようにレンの放った矢も蠍に突き刺さった。貫通《かんつう》力のある鏃《やじり》と【チャージ】スキルがあれば、ダメージは小さいが矢も通るんだな。

「【ファイアアロー】！」

『ギギギギッ……！』

再び飛んできた魔法の矢により、こちらのアーマースコーピオンも光の粒となって消えていく。

うん、倒《たお》せないことはない、な。

「アーマースコーピオンには風属性より火属性の方がダメージを与えられるね」

リゼルが杖を下ろしながら口を開く。彼女は今のところ火属性と風属性しか取っていないから他の属性の効果はわからないが、スコーピオン相手には次から火属性メインでいくことに決めたようだ。

ちなみに僕のアーマースコーピオンのドロップアイテムは『鎧蠍《よろいさそり》の甲殻』だった。ミウラは『鎧蠍の鋏』、リゼルは『鎧蠍の毒針』。毒針は毒効果のある武器を作れそうだな。

【ガンガン岩場】で初勝利をあげた僕らの前に、その後も硬いモンスターが次々と現れる。

ロックスライム、メタルビートル、シールドタートル、アイアンクラブ、などなど……。

カメやカニが岩場にいることにはツッコんではいけないのだろうか。

「確かにここは硬い敵ばかりでしんどいな……。抜けるのにけっこうかかりそうだ」

「その分、ドロップアイテムは武器や防具の素材にいろいろと使えそうなモノが多いですよね」

まあ、それは言えてる。いろんな鉱石も採れるしな。お金を稼ぐにはうってつけかもしれない。

ただしそれはブルーメン側のポータルエリア付近で、と注意書きがつく。

僕らのようにその先の先にあるトトス村まで行こうとすると、それなりに厳しくなるし、ヤバくなったらすぐ町に戻る、といったこともできない。

町へ一瞬にして戻れるアイテムもないことはないんだが、いささか値段が高いしな。

僕らはひたすらゴツゴツとした岩場を歩いて進んでいく。上ったり下ったり、なかなか平坦《へいたん》な場所がない。その上でモンスターが次々と襲ってくるのだ。気の休まる暇《ひま》もない。

たまに巨大な岩が進路を塞《ふさ》いでいて、回り道をする場所もあった。セーフティエリアのひとつぐらいあればいいのに。

半分くらいは越えたかとマップを見ると、すでに三分の二は来ていた。思ったより進んでいたんだな。

もうちょっとだ、頑張《がんば》ろう。と、みんなに声をかけようとしたとき、【気配察知】がそれを捉《とら》えた。

「ッ⁉」

巨大な岩かと思っていたものが突然《とつぜん》立ち上がりこちらを振り向《む》く。窪《くぼ》んだ中にある赤い目が僕らを見た。そいつの頭上にモンスター名がポップする。

「ストーンゴーレム……！」

四メートル近い身長の、全身が岩でできた魔法生物。動きは鈍《にぶ》いがその一撃は絶大な威力を持つ。そのレアモンスターが僕らの前に立ちはだかった。

「えええ⁉　このエリアってこんなモンスター出たっけ⁉」

「出たって話は聞いたことがない……出てもおかしくない場所だけど」

ストーンゴーレムの出現に驚《おどろ》くリゼル。

存在しているのは確かだ。レアモンスター図鑑《ずかん》にも載《の》ってたし。

前にアレンさんも遭遇《そうぐう》したことがあるとか言ってたけど、出現場所までは聞いてなかった。図鑑にもそれは載ってなかったぞ！　……『山岳《さんがく》地帯などに棲息《せいそく》する』とは書いてあったけど。『など』にどうやら岩場は入るみたいだ。

『ゴ』

ストーンゴーレムが問答無用とばかりにその大きな拳《こぶし》を振り下ろす。僕らはそれぞれ散開してそれを躱した。

ズドンッ！　と、殴られた地面が拳の形にめり込む。なんてパワーだ。

「んにゃろッ！」

回り込んだミウラが戦鎚《ウォーハンマー》をストーンゴーレムの足に打ち込む。ゴーレムはわずかに揺《ゆ》らいだが、すぐさまミウラへその足を突き出した。

「がふっ⁉」

直撃は避《さ》けたが、それでもゴーレムの足を避け切れなかったミウラが何メートルも吹っ飛ぶ。すぐさまレンが駆《か》け寄《よ》り、回復魔法をかけていた。

「【ファイアアロー】！」

リゼルの放った炎の矢がゴーレムの顔面を焼く。ある程度のダメージが通ったが、それでもさっきのミウラの一撃と合わせたって、まだ十分の一も減ってない。

僕も背後から襲いかかり、『突剣・鬼爪』を突き立てるが、ほんのわずかしかダメージが通らない。硬すぎるぞ、こいつ！

今度は比較的隙間《ひかくてきすきま》が多い膝《ひざ》裏の部分に『突剣・鬼爪』を突き入れる。岩の隙間に深々と突き刺さった『鬼爪』により、やっとゴーレムが膝をついた。

攻撃をした僕に対し、大きな腕を振り下ろしてくるが、基本的に動きは鈍いので向こうの攻撃は避けられる。これはかなりの長期戦になりそうだ。

「僕がなるべく引き付けるから、リゼルは魔法で攻撃を！」

「わかった！」

あえて囮《おとり》の役を引き受ける。このパワーじゃ盾役のウェンディさんだってタダじゃすまない。僕が担当するのが一番効率がいい。

レンに回復してもらったミウラも立ち上がり、再びハンマーを振りかざしてゴーレムに向かっていく。

ミウラの種族であるオーガの種族スキル【狂化】はまだ使わない方がいい。

僕と違《ちが》ってミウラはＡＧＩ（敏捷度）が高くない。さっきのようにダメージを受けるときは受ける。

その代わりオーガは耐久度《たいきゅう》が高く、ミウラならストーンゴーレムの攻撃を一、二発は耐《た》えられるだろう。しかし【狂化】を使うと攻撃力が増す代わりに、その防御力が大幅《おおはば》に下がってしまう。

こんな序盤《じょばん》で使ってしまうと、さっきのような攻撃を受けた場合、間違《まちが》いなく即死《そくし》だ。

だから僕が引き付け、遠距離《えんきょり》でリゼルの魔法、中距離でウェンディさんの炎の【ブレス】、近距離でミウラのハンマーでダメージを稼ぐしかない。

ウェンディさんやミウラの方にゴーレムが向かおうとしたら、僕が『鬼爪』を連続で突き入れて敵意をこちらに向けさせる。なるべく戦技《せんぎ》を使い、ゴーレムを引き寄せるのだ。

あいにくと攻撃力が僕はあまり高くないので、なかなかゴーレムの注意を引くのが難しい。【挑発《ちょうはつ》】でも手に入れておけばよかったな……。

レンはいざというときに回復魔法と、余裕《よゆう》があれば【チャージ】を使った弓矢での援護《えんご》射撃《しゃげき》だ。

少しずつだが、削《けず》れていってはいる。しかし地味な戦いだな……。

と、そんな僕《ぼく》の油断を突くようにストーンゴーレムが口から岩を飛ばしてきた。危なっ⁉ ギリギリなんとか躱したけど、今のはヤバかった！

いかんいかん、僕の防御力じゃ一発受けたらおしまいなんだ。もっと緊張感《きんちょうかん》を持って動かないと。

躱して躱して躱しまくる。その合間に何度も岩の継《つ》ぎ目《め》に『突剣・鬼爪』を突き刺してダメージと敵愾心《ヘイト》を稼ぎつつ、注意をこちらへ向けさせる。

そうやって敵の残り体力が三分の一以下になったとき、突然ストーンゴーレムが大きく吠《ほ》え、全身を覆《おお》っていた岩を四方八方に飛ばしてきた。

「な、にっ⁉」

これは躱しきれない。大半は避けたが、二、三発食《く》らってしまった。

岩自体の基本ダメージはそれほど大きくはないと思う。だけど防御力の低い僕は、全体力の六分の五を持っていかれた。

あっという間にレッドゾーンだ。いわゆる瀕死《ひんし》状態。こうなると動きに支障が出てくる。マズい。

そのままストーンゴーレムは今までの動きとは違う速さで突進《とつしん》し、僕を庇《かば》いに入ったミウラとウェンディさんに向けて腕を振り回した。

「がっ⁉」

「くっ……！」

先ほどと同じようにミウラが吹《ふ》っ飛《と》ばされる。ウェンディさんは【不動】のスキルを持っているので吹き飛ばされはしなかったが、かなりのダメージを受けただろう。

僕はインベントリの中から回復ポーションを取り出して一気に飲む。苦っ。

体力が半分ほどまで回復して、レッドゾーンから脱出《だつしゅつ》した。これでなんとか普通《ふつう》に動ける。

だがストーンゴーレムは吹き飛ばされなかったウェンディさんにさらに追撃《ついげき》をかけようと、その大きな拳を振り上げた。

マズい！　ウェンディさんがやられる！

そう思ったとき、どこからか影《かげ》が飛び込んできて、ストーンゴーレムに重い一撃を食らわせた。

よろめいたストーンゴーレムが少し後退する。誰《だれ》だ⁉　ミウラ……じゃない？

『パーティリーダーの【レン】さんが【レーヴェ】さんの戦闘《せんとう》参加を許可しました』

不意に僕の耳にアナウンスが響《ひび》く。レーヴェ？　え？　誰それ？

「大丈夫《だいじょうぶ》か、少年。立てるかな？」

「え？　あ、は……い？」

声をかけてきた飛び込みの助《すけ》っ人《と》プレイヤーは、どう見てもライオンの着ぐるみだった。

◇　◇　◇

ライオンだ。おはようからおやすみまで暮らしを見つめるようなライオンさんの着ぐるみだ。

茶色いボディにフサフサの鬣《たてがみ》、ゆるキャラのような、それでいて部分的にはリアルなライオンの着ぐるみを着たプレイヤーが、岩場を吹き抜《ぬ》ける風の中に立っている。【獣化《じゅうか》】

した【獣人族《セリアンスロープ》】……じゃないよな？

僕らのパーティメンバーの中に、『レーヴェ』というプレイヤーが加入していた。これはパーティリーダーであるレンが、この戦闘の助っ人を許可したということだ。

レベル22だから僕らより高い。僕らで一番高いのがウェンディさんのレベル17だからな。

そのライオンさん、いや、レーヴェさんがなんであの姿なのかがわからない。あれって、装備なの？『ライオンの着ぐるみ』って装備があるの？

「来るよ」

レーヴェさんはそう言うと、振《ふ》り下ろされるストーンゴーレムの拳を躱し、その懐《ふところ》へと入ってガラ空きのボディに重い正拳突《せいけんつ》きを叩《たた》き込む。

そのまま拳による連打を浴びせ、くるりと回転して鋭い回し蹴《げ》りを放つ。

よろめいて片足を上げたゴーレムの横へそのまま するりと移動し、今度は身体を半回転させて背中からショートレンジの体当たりをぶちかます。流れるような連続攻撃だ。

さすがにゴーレムもバランスを崩《くず》し、地面に倒れた。

今の技……【格闘術《かくとう》】スキル持ちか？　いや、それに加えてあれはリアルでもなにか武術をやっている動きだった。最初の正拳突きは【チャージ】を使っていたようだったけど。

伯父《おじ》さんの流派の動きと似てるけど、どこか違うな。なんにしろレーヴェさんは無手の

格闘家タイプらしい。……ライオンだけど。

「【ファイアアロー】！」

倒れたゴーレムへ向けてリゼルの魔法が炸裂《さくれつ》する。そのチャンスを逃《のが》さないとばかりに、動けるようになっていたミウラが、種族スキル【狂化】を使い、防御力を削って攻撃力を倍加させた。

「りゃああああぁぁ！」

飛び込んだミウラの戦鎚《ウォーハンマー》が、倒れているゴーレムの胸部に叩きつけられる。【狂化】により高められた、まさに乾坤一擲《けんこんいってき》の一撃だ。

インパクトの瞬間《しゅんかん》、まばゆい輝《かがや》きとともにゴーレムの上に【Critical《クリティカル》Hit《ヒット》！】の文字が浮《う》かび上がった。おおっ！

『ゴォオオオン……！』

低い断末魔《だんまつま》の声を上げてストーンゴーレムがガラガラと崩れ、ゆっくりと光の粒になっていく。倒した、か。

「ふえぇぇぇ。しんどかったー」

リゼルがその場でへたり込む。ウェンディさんもレンも無事なようだ。最後なにもしなかったな、僕。

「あっ、あの、ありがとうございました！」

「なに、気にしないでくれたまえ。たまたま通りかかっただけだよ。参加させてもらってこちらこそ感謝する」

レンがレーヴェさんに駆け寄り、頭を下げていた。レーヴェさんの声は、落ち着いた男の人のような、女の人のような不思議な声だ。これもなんかのスキルか？　性別不明……いや、見た目はオスライオンだけれども。

僕らもレーヴェさんにお礼を言ってから、インベントリの中の手に入れたアイテムをチェックする。おっと、レベルも上がってるな。15になった。

称号《しょうごう》も増えてる。『ゴーレムバスター』か。ちょっとかっこいいな。

ドロップしたのは、と。『魔硬岩《まこうがん》』『古びた破片《はへん》』『鉄鉱石（上質）』……。『古びた破片』ってのはなんだろ？　詳細《しょうさい》が【ｕｎｋｎｏｗｎ】だ。【鑑定】してみるか。

【古びた破片】　Ｅランク
■古びた何かの破片。

このままでは使えないが……。
□？？アイテム／素材
品質：ＬＱ（低品質《ロークオリティ》）

なんだよ、『このままでは使えないが……』の先を教えろよ！　アイテムの種類もわからないし！　まあそれは僕の【鑑定】の熟練度が低いからだが。

手に入れたアイテムを見て僕がなんともモヤッとした気持ちになっていると、レーヴェさんに近寄ったミウラがみんなが思っている疑問をストレートにぶつけた。

「ってか、その着ぐるみってなに？　コスプレ？」

うん、もうちょっと言葉を選べ、お嬢様《じょうさま》。

「これかい？　これは趣味《しゅみ》のようなものだよ。知り合いにこういったものを作るのが好きなプレイヤーがいてね。吾輩《わがはい》も嫌《きら》いではないのでこうして着ている。他に何着もあるが、今日はライオンの気分だったのさ。深い意味はない」

レンと同じような【裁縫《さいほう》】とか【機織《はたおり》】系のスキル持ちだろうか。ていうか、こんなのまで作れるのかよ。

「それって防具なんですか？」

「うむ、カテゴリ的には『衣類』になる。この下にはそれなりの装備をしているよ。鎧の上から着るコートと同じ扱《あつか》いさ」

服なのか、それ……。間違っちゃいないような、間違っているような。

「レーヴェさんもトトス村に行かれるんですか？」

「いや、吾輩はトトス村からブルーメンに帰る途中《とちゆう》さ。向こうを拠点《きよてん》として素材を集めていたのでな。君たちのおかげで最後にいい素材を手に入れられた」

レーヴェさんはパーティに参加したといっても途中からだし、それほど貢献度《こうけんど》は高くはないはず。よくて一個くらいだと思うが、なにかいいアイテムがドロップしたみたいだな。

「では吾輩はこれで。機会があればまた会おう。さらばだ」

最後に僕らとフレンド登録をして、ライオンの着ぐるみは去っていった。……変なプレイヤーだったな。いや、このゲームをどう楽しむかは人それぞれで、僕らが口を挟《はさ》むことじゃないか。

「はぁ……。私もあれぐらいのものを作れるくらいになりたいですねぇ」

「お嬢様なら必ずできますよ」

「ウサギの着ぐるみ作ってシロ兄ちゃんに着せようよ！」

「いいね！　シロ君ぴょんぴょん跳《は》ねるし似合いそう！」

「ちょっと待て、お前ら」

あんな着ぐるみ着て戦えるか。いろんな意味で。断固反対するぞ。

ストーンゴーレムを倒した僕らは【ガンガン岩場】のフィールドをやっと抜けて、トトス村へと向かう街道《かいどう》へと辿《たど》り着《つ》いた。けっこうかかったなあ。村まで行けば次はポータルエリアから跳《と》べるから楽だけれども。

あれ？　じゃあレーヴェさんはなんで岩場を通って帰ろうとしてたんだろう？　なにかの熟練度上げでもしようとしてたのだろうか？

街道をしばらく行くと、遠目に小さな村が見えてきた。

「あれがトトス村ですね！」

「やっと着いたー！」

年少組が我先にと駆けていく。元気だなあ。

「お嬢様、あんまり慌《あわ》てますと転びますよ」

保護者であるウェンディさんもレンとミウラに付いていく。僕とリゼルはそれを見て笑いながら村へと足を踏《ふ》み入《い》れた。

◇　◇　◇

トトス村はいかにも『村』って感じだった。

高い建物なんてまったくないし、家も木造のものばかり。そこらへんに畑などがあって、柵《さく》の中には豚《ぶた》や鶏《にわとり》が飼われている。店舗《てんぽ》も少なく、品揃《しなぞろ》えも少ない。いや、村としてはこれで充分なのだろうが。

さっそく村の名物だという干し芋《いも》を買って食べてみたが、確かに美味《うま》い。この芋もさっきの畑で作っているのかな？

「干し芋ってこんな味なんだね～」

「けっこう美味いよね」

「初めて食べました」

「私もです、お嬢様」

なん……だと……。まさかの僕以外が全員干し芋を食べたことがないという事実……。

そういやリゼルも含めてこいつらセレブな人たちだった。リゼルは貴族の家系らしいし、レンとミウラは財閥《ざいばつ》のお嬢様、ウェンディさんもそこそこの家柄《いえがら》っぽいし。くそう。

まあ今の時代、干し芋を食べたことがある方が少数派なのか……？　そんなことはないと思いたい。

村の真ん中には井戸《いど》を中心とした広場があって、その北には小さいながらもポータルエリアがあった。

広場にはブルーメンやフライハイトほどではないが、やはりプレイヤーたちの露店が並んでいた。人があまり集まらないと聞いたが、それでも僕らのようにやってくる変わり者はいるのだろう。

それに都会の街並みより、この長閑《のどか》な田舎《いなか》の方が落ち着くという人たちも多いんじゃないかと思われる。

こういったところにギルドホームを建てるのもアリだよなぁ。

「おろ？　シロちゃんやないか」

「え？　あれっ、トーラスさん!?」

広場の露店前に、【妖精族《アールヴ》】の商人であるトーラスさんがいた。商人と言ってもそういう職業《ジョブ》があるわけではないので、勝手に僕がそう認識《にんしき》しているだけなのだが。

「人が少ないこっちの方じゃ店を出さないと思ってましたが」

「そやな、売りに来たというより素材を探しに来たというところや。たまにこういうとこで掘り出し物があんねん。このゲーム、よくわからん素材が多いやろ？　使い道がわからんでも、とりあえず取っておくって奴《やつ》が大半なんやけど、中には放出するプレイヤーもおんねん」

相変わらずのエセ関西弁でトーラスさんがそう語る。

確かに鑑定《かんてい》しても何に使うんだろう？　と首を傾《かし》げる素材もかなりある。さっき手に入れた『古びた破片』なんかがいい例だ。

加工するのか、合成するのか、はたまた錬成《れんせい》するのか。一つじゃ役に立たず、他の物と組み合わせて初めて効果を生み出す物なんてのもありえる。

そもそもそれは自分にとって本当に必要なものなのか？　という判断が難しい。必要がなければ売って、その金で必要な物を買った方が建設的だ。

それはみんなわかっているが、そのきっかけがないだけなのだ。

故《ゆえ》に使い道がわからなくても珍しい素材は出回らない。だけど中にはお金の方が、という人もいる。トーラスさんもそんな掘り出し物を探しに来たのだろう。

まあぼくも『古びた破片』なんてわけのわからない物がお金になるなら換金《かんきん》したい方だが。

「生産系はなにが必要になるかわからんからな。持ってない素材はなるべくないようにしときたいんや。……っと、そっちのお嬢《じょう》さんらは初対面やな。シロちゃんとこのパーティメンバーか？」

トーラスさんは僕の後ろにいたリゼルとミウラに声をかけた。リゼルが慌ててぺこりと頭を下げる。

「あ、はい。リゼルって言います」

「あたしはミウラ」

「リゼちゃんとミウラの嬢ちゃんか。わいはトーラス。商売人や。よろしゅうな」

ただでさえ細い糸目を細くして、トーラスさんがチャラい挨拶《あいさつ》をする。

「んで、なんでシロちゃんはこっちに来たん？　レベル上げか？」

「まあ、村を見たかったってのもありますけど。せっかくなんだからいろんなところに行ってみたいじゃないですか」

「さよか。まあわからんでもないけどなあ。どこに隠《かく》しクエストのトリガーがあるかわからんし」

「隠しクエストなんてものまであるんですか？」

僕の言葉にトーラスさんは苦笑《くしょう》しながら教えてくれる。

「なんやシロちゃん、攻略《こうりゃく》サイトとか見ないタイプか。通常のクエストはアナウンスが流れたり、選択《せんたく》画面がポップするやろ？　隠しクエストっちゅうのはそういったものが一切《いっさい》なく進んでいくんや。大概《たいがい》がちょっとしたイベントに発展するらしい。そういった意味じゃこの村はかなり怪《あや》しい。……妙《みょう》な噂《うわさ》もあるしな」

「妙な噂？」

神妙《しんみょう》な顔をしているトーラスさんの話を、僕らは詳《くわ》しく聞くことにした。

◇　◇　◇

「何人かのプレイヤーがな、この村の周辺で奇妙《きみょう》なモノを見とるんや」

「奇妙なモノ？」

「ちょい待ち、確かサイトにＳ Ｓ《スクリーンショット》があったはず……ほら、コレや」

トーラスさんが空中に浮かび上がらせた情報サイトには、一枚のＳＳが貼《は》られていた。

そしてそこに写っていたのは……。

「猫《ねこ》……？」

猫だよな、これ。猫だけど……。

「よく見てみい。ただの猫やない。二本足で立っているやろ。これを撮《と》ったプレイヤーの話だと、撮った瞬間にものすごい速さで走って逃《に》げていったそうや。もちろん二本足でやで？」

「これ、猫の【獣人族《セリアンスロープ》】のプレイヤーが【獣化】スキルを使った姿なんじゃ……」

「身長が五、六十センチのプレイヤーか？　言っとくけど、『ＤＷＯ《デモンズ》』の年齢《ねんれい》制限は保護者付きで十歳《さい》以上やで？　一歳児がログインできるとは思えんし、そもそもまだ走るどころか歩けんやろ」

確かに。全力疾走《しっそう》する一歳児とかちょっとしたホラーだ。

「ネットじゃ新しい種族の発見なんやないかと騒《さわ》がれとる。【猫精族《ケット・シー》】説が今んとこ有力やな」

猫精族《ケット・シー》。長靴《ながぐつ》を履《は》いた猫的なアレか。そんなものまでいるのか。

「ただ、普通の猫と見分けがつかんのが難点やなあ。プレイヤーが村の猫を片《かた》っ端《ぱし》から捕《つか》まえて話しかけたりしとるから、村人たちに変な警戒《けいかい》されとる。わからんでもないけど」

まあ……そりゃなあ。猫をいじめているようにしか見えないかもしれない。印象は良くないだろう。

「そもそもこれは本物なのでしょうか。どうも眉唾《まゆつば》ものなのですが」

ウェンディさんが画面に写る猫のSSを見ながらトーラスさんに尋《たず》ねる。うん、このSS自体が作り物で、全部デマって可能性もあるよね。

「何人かの目撃者《もくげきしゃ》がおるから本当だと思いたいところやけどな。グルになってる奴らもおるかもしれんし、面白《おもしろ》がって尻馬《しりうま》に乗ったアホもおるかもしれん。ま、そのうちハッキリするんやないかな」

「本当なら会ってみたいですねえ」

「あたしは犬の方が好きだけどなあ」

レンとミウラがそれぞれの反応を示す。ミウラの方はあまり興味がないみたいだ。

そういや村の中には牛とか馬とか鶏に豚、犬などは見かけたが、猫は見なかった気がする。あまりにもプレイヤーが無茶《むちゃ》するからどこかに逃げてしまったのかな？

「村の子にイジメられとった猫を助けたら、ケット・シーの村に案内してくれるとか、そんなレアイベントが起きるかも知れへんで？」

「んなアホな」

思わず関西弁でツッ込んでしまった。そんなベタベタなイベントなら、すぐに発生しているだろうに。

まあ、今のところ僕らにはどうしようもない。とりあえず今日の目的は達したわけだし、これからどうしようか。

「一旦《いったん》ブルーメンに戻《もど》りますか？　ここにはポータルエリアでいつでも来られるようになりましたし」

ウェンディさんの言う通りポータルエリアのある場所なら、一度登録すればそのあとは自由に転移できるようになる。

一応村の中にある店も回ってみたが、ブルーメンよりもやはり質や品揃えは悪い。食事をするにもあっちの方がいいだろう。

「それじゃあ、僕らはブルーメンの方に戻ります」

「さよか。ほな、またな」

トーラスさんと別れ、村の北にあるポータルエリアからブルーメンへと転移する。

トトス村とはやっぱり違う、活気のある賑《にぎ》わいがポータルエリアのある教会の階段下から聞こえてきた。

とりあえずお茶でもということになったので、みんなを喫茶《きっさ》『ミーティア』に案内した。

あそこなら軽食もけっこうあるし、値段もお手ごろだしな。

「こんちはー」

「いらっしゃいませー」

「いらっしゃいませ。おや、シロさんじゃないですか」

『ミーティア』の扉《とびら》を開けると、マスターと見たことのないウェイトレスさんが声をかけてきた。店内に客はいない。大通りから少し離《はな》れているからなのか、あまり流行《はや》ってはいないようだ。

まあ、実際の店経営のように生活に困るようなことはないんだろうけど。お金に困ったら狩《か》りに行けばいいんだからな。

「そちらのお嬢さん方はシロさんのお仲間ですか？」

「はい。トトス村に行ってきた帰りです。あの、こちらは……」

僕は銀盆《ぼん》を持つウェイトレスさんに目を向ける。年齢は僕らと同じくらい。黒髪のショートカットで活発な印象を受ける。白と黒のエプロンドレスのような服に身を包んでいるが、お尻《しり》の辺りから黒い尻尾《しっぽ》が伸《の》びていた。よく見ると頭にも猫耳があった。黒猫《くろねこ》の【獣人族《セリアンスロープ》】だ。

「この子はシャノアと言います。ウチのウェイトレスですよ」

「シャノアです。よろしくお願いします」

ぺこりと頭を下げたシャノアさんに緑のネームプレートがポップする。緑ってことはこの子、ＮＰＣなのか。

店舗を持つと、ＮＰＣを店員に雇《やと》うこともできるんだな。

とりあえずマスターに勧《すす》められるままに、みんなはテーブル席に、僕はカウンターに座《すわ》った。さすがにガールズトークに入る勇気はない。

きゃっきゃっとはしゃぎながらメニューを見て、テーブル席の四人が注文を決めていく。や、ウェンディさんはいつも通り落ち着いた感じだったけれども。

「【ガンガン岩場】を抜けられたんですね」

「はい。途中でストーンゴーレムが出てきて大変でしたけど」

「ほう、それは珍《めずら》しい。レアモンスターじゃないですか」

僕らが注文した品を全《すべ》て出してから、マスターがコーヒーを淹《い》れてくれた。これはサービスらしい。

ハニートーストやら苺《いちご》のタルトやら甘《あま》い匂《にお》いが漂《ただよ》ってくる女性陣《じょせいじん》を背に、僕はトトス村までの出来事や、村で聞いた噂話《うわさばなし》をマスターに話す。

「ケット・シーですか。なるほど……」

「隠れ里《ざと》みたいなものがあるんですかね？」

「可能性はありますね。『DWO《デモンズ》』にはいわゆる『シークレットエリア』と呼ばれる場所があるそうで……」

『シークレットエリア』？　なんだそりゃ？

「これも噂話の類になりますが、ある一定の条件を満たしていると入れるようになる場所があるそうです。しっかりとした確認《かくにん》はされてないんですけど」

このゲームにはいろんな種族たちがいる。プレイヤーが選ぶことのできる種族の他に、【蜥蜴族《リザードマン》】、【妖鳥族《ハーピイ》】、【人馬族《ケンタウロス》】、【単眼族《サイクロプス》】、【牛頭族《ミノタウロス》】、【蛇妖族《ラミア》】、【妖花族《アルラウネ》】そして【猫精族《ケット・シー》】など。

それぞれ彼《かれ》ら固有の村や集落が存在するらしい。そしてそここそが『シークレットエリア』と言われる場所のひとつだと。

「誰か行ったことのある人っているんですか？」

「それがですねえ。行ったことはあるけれど追い出されたとか、二度と行けなかったとか、誰かに話したら二度と行けなくなるとか。やっぱり隠れ里の存在を知られるのは嫌《いや》なようでして。知っていても自分だけにメリットがある場合、黙《だま》っている人もいるでしょうし」

うーん……まあ、わからんでもないか。僕も見つけたとしても、その隠れ里の人たちが知られることを望まないなら発見したことはともかく、行き方は黙っているかな。

もし行き方をサイトなんかで公開したりしたら、その隠れ里が滅茶苦茶《めちゃくちゃ》になるかもしれないし。

「いや、実際にあったらしいんですよ。【怠惰《たいだ》】の領国ではありませんが、【蛇妖族《ラミア》】の集落にたまたま迷い込んだプレイヤーがそのことを吹聴《ふいちょう》しまくったんです。しばらくするとその集落への道が閉ざされてしまい、二度と開くことはなかったと。『シークレットエリア』はここととは違う次元にあって、その入口を自由に繋《つな》げられるんじゃないですかね」

だとすると、トトス村の近くにあるらしいケット・シーの集落が消えるのも時間の問題かもしれないな。あれだけ噂になってたらもうダメだろう。

そしてまた別のところへ入口を繋ぐのかもしれない。

「『シークレットエリア』ってのは、隠れ里だけなんですかね？」

「いえ、特定の鉱石が沢山《たくさん》取れる場所とか、通《とお》り抜けられる隠された近道なんかもこれに当たるみたいですよ。なんでも【強欲《ごうよく》】の領国じゃ、密林の中に古代遺跡《いせき》のようなダンジョンが見つかったとか。きちんとした手順を踏まないとそこへは行けないそうです」

「へえ。ずいぶんと詳しいですね、マスター」

「ははは。店が閑古鳥《かんこどり》なもので、ついそういった情報サイトを覗《のぞ》いてしまって。店に来てくれる仲間からもいろいろ聞きますしね」

『シークレットエリア』か。探してみるのも面白そうだけど、静かに暮らしている種族に迷惑《めいわく》をかけるのもな。ゲームなんだからそんなことを気にしなくてもいいんじゃないかとは思うんだけど。

このゲームを始めたときにデモ子さんに言われたことが引っかかってるのかな。

『「デモンズワールド」においては、このNPCも生きているということを忘れないでほしいですの。楽しければ笑い、悲しければ泣く。どうか別世界の友人として接して下さいですの』

確かにこのゲームのNPCとやらはプレイヤーと見分けがつかない。ポップしたネームプレート色の違いがなければプレイヤーだと思ってしまうだろう。

こちら、と女性陣と話しているウェイトレスのシャノアさんを見る。その仕草は人間そのもので、機械的なところは全くない。

「僕は今までVRゲームをしてこなかったんですけど、NPCってのはみんなあんなに表情や表現が豊かなんですか？」

「いえ、『DWO《デモンズ》』は他のVRゲームに比べて格段に優《すぐ》れています。他のVRゲームではどこか機械的なところがあったり、なにか制限があったりするものなのですがね。噂じゃレンフィルの全社員がNPCを操作してるんじゃないかって話もあるくらいで」

「まさか」

さすがにそれはないだろう。リアルさを出すためとはいえ、いくらなんでも。

「このゲーム、技術的にもですけど謎《なぞ》の部分がけっこうあるんですよね。例えば普通、こういったMMOにはβテスト的な物があるはずなんですが、βテスターの話を聞いたことがありません。よほど完成度に自信があったのが、それとも別の……」

「βテスターはレンフィルの社員全員だったとか？」

「それこそ、まさか。仕事になりませんよ」

マスターが苦笑しながらそんなことを話す。レンフィル……『DWO《デモンズ》』を製作したレンフィルコーポレーションか。

レンのお父さんの会社だ。レンフィールド家はかなりの大財閥《だいざいばつ》らしく、いろんな会社を持っているようだけれど、さすがに全NPCやβテストプレイヤーを社員が操作するってのはありえないだろう。

よほど高性能なVR技術を開発したか、それとも……ま、どうでもいいか。僕はゲームを楽しめればそれでいいや。

僕はコーヒーを飲みながら、マスターと再びゲーム談義を始めた。

【怠惰（公開スレ)】雑談スレその 123

001：エエト
ここは【怠惰】の雑談スレです
有力な情報も大歓迎
大人な対応でお願いします

次スレは >>950 あたりで宣言してから立てましょう

過去スレ：
【怠惰】雑談スレその 1 ～ 122

063：ウール
その後、ケット・シーを目撃した者は？

064：テンテン
いないな
どうやら猫天国は俺たちの前から消えたらしい……

065：ヴィル
くそっ、アホどもが騒ぎ立てるから！

066：クレッド
犬派の俺にはノーダメージ

067：パロ
【憤怒】の方でも噂がなかったか？

068：ピート
モフモフしたかった……

069：テンテン
>> 067
ケンタウロスの村な
でもあれはシークレットエリアというか、近づくと攻撃される閉鎖的な村らしいぞ

070：ヴィル
誰も入ったことがないん？

071：テンテン
らしいな
リアル友人が【憤怒】でプレイしてるんで、そいつから聞いた話だけど

072：ガル・ルー
>> 064

これってケット・シーの隠れ里が、今度は他の領国に現れるかもしれないってことなの？

073：ウール
シークレットエリアに行けるスキルもあるとか

074：テンテン
>> 072
可能性はある
でないと不公平だろ

075：レレド
>> 073
やっぱりソロモンスキルなのかね
おいらガイアベアめっちゃ倒してるけど、全然出ないぞ

076：カイ
>> 075
そもそもエリアボスからスキルオーブが落ちても、それがレアスキルオーブである可能性はかなり低い
さらにそれがソロモンスキルの可能性ってなると……

077：ガル・ルー
ソロモンスキルを持ってるヤツに会ったことないが

078：ピート
>> 076
しかもそのソロモンスキルが欲しいものかどうかとなると……

079：クレッド
絶望的じゃねーかｗ

080：レレド
★３のレアスキルを持ってるヤツはちょこちょこいるんだがな……
露店で売ってるのも見たことあるけど、バカ高い

081：ウール
レアスキルのオーブは完全に運なのか？

082：テンテン
レアスキルったってピンキリだからな
自分の持ってる【爆釣】ってのは使えるのか使えないのかよくわからん
早く第三エリアに行って沖に出て試してみたい
なぜか川や海岸じゃ発動しないんだよ……

083：カイ
>> 081
おそらくそう
だから種族がインキュバス・サキュバスのヤツは、ＬＵＫを上げるアイテムを装備しまく

るといい

084：クレッド
それだって限界あるしなぁ……
結局はリアルラックかよ……

085：ピート
物欲センサーをオフるんだ

086：レレド
自由にオフれたらこんな苦労しない

087：ヴィル
このゲームなにげに不可解なところが多いよな
スキルもいくつあるかわからないし

088：カイ
ＮＰＣの店売りのスキルはまとめてあるんだけどなぁ
ドロップやイベント報酬とかになると……

089：ガル・ルー
手に入れたのが使えるスキルだったりすると公開しない奴も多いしなあ。

090：ピート
このゲームＰＫしたって装備してるアイテムや習得してるスキルを奪えるわけじゃないんだし、別に公開したって構わなくね？

091：クレッド
金は半分奪られるし、ランダムでアイテム三個取られるぞ
まあ、別に公開する義務はないしな
公開して変な奴に、パーティに入れ入れって目をつけられるのも嫌だし

092：パロ
ＰＫするのもけっこう厳しいよな
賞金首になって町に入れなくなるみたいだし

093：カイ
それだけじゃないぞ
賞金首のレッドネームプレイヤーになると、そいつと取り引きをしたプレイヤーも軽犯罪者のオレンジネームになる
気をつけろよ
まあ賞金首なんて赤札晒したままだから、気づかないなんてありえないけど

094：ピート
厳しっ
村八分にされるってこと！？

095：テンテン

しかもＮＰＣの騎士団とかに捕まるか、プレイヤーに討伐されたら、装備している武器・防具を含めた所持アイテムの半分がその場でランダムドロップ、レベル・熟練度がダウン、所持金は０、一定期間のログイン不可

096：ピート
こわあ！
やりすぎちゃうの！？

097：クレッド
かなり厳しい設定だが、これはＶＲにおける殺人が個人的トラウマになるのを防ぐべく設定されている
事実、他のＶＲＭＭＯにおいて、初心者プレイヤーがＰＫの被害にあうと、その恐怖心から二度とログインしなくなるといった事例は多いしな
過度にリアルさを求めた弊害だな

098：カイ
運営だって客がいなくなるのは困るだろ
まあ、ＰＫもお客様なわけですが

099：ウール
保護者付きでフィルタがかかってるとはいえ、ＤＳもＪＳもいるわけですしおすし
全く知らない他人が剣持って殺しにくるなんてそりゃトラウマになるわ

100：クレッド
13歳未満のプレイヤーはＰＫ不可だからやられないけどな
反撃もできないけど

101：ピート
それでも怖いと思うよ
それにＭＰＫなら可能だろうし

102：テンテン
これだけ厳しくしてもやる奴はやるし、その自由までは奪ってないわけで

103：ガル・ルー
逆にその中でどう動くかが面白いのかも

104：クレッド
町には行けないし、取り引きもできないとなるとなあ……
自給自足するしかないと思うが
素材さえあれば武器や防具も作れるだろうし
スキルだってドロップで手に入れられる

105：ウール
ＰＫ同士でグループを作れそうだな

106：テンテン
いや、すでにあるらしい

荒くれ者の集団といった感じで、山賊プレイを楽しんでいるとか
かなり大きな組織になってるらしいぞ
【怠惰】じゃないけど

107：レレド
なにそれ、面白そうな気もする

108：クレッド
>> 107
ダークサイド落ち

109：パロ
>> 107
狩らせろ
賞金と所持金はもらっといてやる
いいアイテム落とせよ

110：レレド
レッドネーム状態だと金庫って効果ないの？

111：テンテン
ない。討伐されるまでそのままだし、モンスターとかに殺されたときのデスペナもきつい

112：ウール
全額リセットはなあ
せっかく山賊プレイで稼いだ金もパアか
ならその前に使ってしまえば……って、町で買い物できないのか
オレンジの協力者がいるな
ＮＰＣのゴロツキでも仲間に入れればいけるか？

113：レレド
一度くらいはレッドネームになってみたいかも

114：テンテン
やめとけ
騎士団に自首して罪を償っても『前科』って犯罪歴がつくし、『前科者』って称号になる
ＮＰＣの反応がそれで左右されることもあるみたいだし、プレイヤーの中には『前科者おことわり』ってギルドやパーティもいるしな

115：ガル・ルー
きちんと罪を償ったんならいいじゃないかとも思うが、それが世の中だよな……

116：パロ
称号はＮＰＣからはそう簡単にはバレないから、そこまで冷たくされることは滅多にないと思うが、プレイヤーだと「こいつ何したんだ？」って思ってしまうし、あんまり仲間に入れたくはないかな

117：レレド
『前科者』の称号は外せないの？

118：テンテン
今のところ外せない
外せないけど、隠すスキルはある

119：ガル・ルー
あなたの隣人も実は前科者……

120：クレッド
>>118
おっと、それを暴くスキルもあるぜ！

121：ヴィル
>>114
ＮＰＣの反応が変わるってのは、隠しパラメータで善悪の数値があるとかか？
ＰＫしたり犯罪したりすると上がるとか

122：パロ
カルマ値か

123：ウール
上げまくったら魔王になれるとかｗ

124：テンテン
カルマ値かはわからんが、好感度みたいなものがあるのは確か
親切に対応すれば仲良くなれるし、そっけなくすれば相手にされなくなる

125：レレド
ってことは､ＮＰＣの彼女ができるかもしれないってことか！？

126：ガル・ルー
彼女できんの！？
オレ、好感度上げるよ！
何すればいい！？

127：クレッド
いや、カルマ値とＮＰＣの好感度はまた違うものだと思うけどな

128：テンテン
>>125
可能性はある

129：パロ
>>126
普通にアプローチすればいんじゃね？
食事に誘ったり、プレゼントしたり

130：レレド
リアルと変わらねえｗ

131：ガル・ルー
終ー了ー

132：クレッド
やれよｗ

・
・
・

DWO:02:03　第三種接近遭遇

【Real World】

「いーなー。あたしも【怠惰】で始めればよかったなー」

放課後に寄った喫茶店《きっさてん》で遥花《はるか》が咥《くわ》えたストローを上下させながらボヤいた。

その横では困ったように笑うリゼル……リーゼがいる。

僕らが『DWO《デモンズ》』で一緒《いっしょ》にパーティを組んだと聞いて遥花がやさぐれているのだ。

僕の隣《となり》に座っていた彼女《かのじょ》の双子《ふたご》の兄である奏汰《かなた》が呆《あき》れたような声を漏《も》らす。

「これぱっかりは仕方ないだろ。それとも今のキャラを消して新しくやり直すか？」

「むー。なんで『DWO《デモンズ》』ってサブアバター使えないのかなー」

『DWO《デモンズ》』ではサブアバターは使えない。新しくアバターを作るときは以前のアバターを消さなければならないのだ。確か複数のアバターによるログインは精神への負荷《ふか》がなんたらかんたらとあったが。

「そういや二人は第二エリアをクリアしたのか？」

「いんや、まだだ。それよりも先にやることが一杯《いっぱい》あってな。ギルドを立ち上げたばかりで金欠だし、俺《おれ》の方はＮＰＣの個人イベントも始まっちまってさ」

「私の方もギルドをいろいろとね。ギルド作ると面白いけどいろいろ必要になってくるよー」

「例えば？」

遥花の横にいたリーゼが尋ねると、彼女の口から予想外の返事が返ってきた。

「まずは家具だね」

「は？」

家具？　家具ってテーブルとかイスとかの家具か？

「拠点となる場所ができたのに、なんにもないんじゃつまらないじゃん！　それぞれ好みの家具や調度品を手に入れたくなるの！　運悪く、あたしたちのパーティには【木工】系のスキル持ちがいなくてさあ。買うとなるとそれなりにまたお金がかかるんだよ……。今から【木工】スキルを手に入れて、熟練度上げするのもなんだしさあ」

「なるほど……。僕《ぼく》らのパーティにも【木工】持ちはいないなあ……」

「レンちゃんは服飾《ふくしょく》系の生産スキルだしね」

リーゼの言う通り、うちのパーティで生産系のスキル持ちはレンと僕とウェンディさんだけだ。しかも僕とウェンディさんは【調合】と【料理】という、あまり伸ばしていないお蔵入《くらい》りスキルである。

「僕らもギルドを作るとなると、お金が必要になってきそうだな。手っ取り早く金を稼《かせ》ぐにはどうしたらいいかな……」

「元手が安い何かを大量生産して売る。生産経験値も入るし、熟練度も上がっていいことずくめだ。ただし、素材を集めてくれる協力者が必要になるけどな」

「それだと僕は【調合】だからポーションとかになるのか。そういやポーション系はまだハイポーションを作れてないな。ポーション（粗悪品《そあくひん》）は山ほどできたけど」

ポーション（粗悪品）から普通《ふつう》のポーションを作れるようにはけっこう早くなったんだけどな。さすがにハイポーションは熟練度が高いみたいだ。

「【調合】持ちならいろんなものを調合して、まだ発見されてないアイテムを作ってみれば？　高く売れるかもよ？」

「いやいや、もう大概見つかってるだろ。いろんな味付きポーションとかも考えたけど、すでにあったし」

ポーションを初めて飲んだとき、苦いと思った。ジュースや果物なんかと【調合】すれば美味いポーションができるんじゃないかと考えたけど、やはり誰《だれ》でもそう考えるらしく、『ポーション（オレンジ）』だの、『ポーション（サイダー）』などがすでに存在していた。

ところがこの手のものは味はまあいいんだが、回復量がかなり落ちるのだ。プレイヤーが露店《ろてん》で売っている中には『ハイポーション（グレープ）』などもあって、それでポーションよ並みだったりする。しかも値段は高い。

これがものによってはあまり回復量が落ちないものもあるとかで、僕は飲んだことはないが『ポーション（酢《す》）』なんかはそれなりの回復量らしい。飲みたいとは思わないが。

苦いか酸《す》っぱいかの違《ちが》いだけじゃないか。

それから僕らはゲームの話や学校の話、リーゼの日本観とか、取るに足らない話を駄弁《だべ》って時間を過ごした。

「そういやさ、最近変な噂を耳にしたんだけど。ほら、この近くに小学校があるだろ？」

「小学校？」

唐突《とうとつ》に奏汰が話題を振《ふ》ってくる。小学校って、また誘拐《ゆうかい》とかじゃないだろうな。僕は春先にレン……レンシアと出会った時のことを思い出していた。

「その小学校の校庭にさ、こないだ変なマークが描《えが》かれていたんだってよ。なんだっけ、アレだよ、み、み、ミリタリーサーカス？」

「……ひょっとして、ミステリーサークル？」

「そう、それ！」

どんな間違《まちが》いだ。軍人さんが火の輪くぐりでもすんのか。

「早朝に登校した生徒が見つけたんだって。誰かが夜の間に侵入《しんにゅう》して落書きしたんじゃないかってお母さんたちが話してた。迷惑よねえ」

「まあ、暇人《ひまじん》はどこにでもいるよね」

呆れたようにつぶやいた遥花に僕も同意してそう答える。くだらないイタズラだ。近所の不良とかの仕業《しわざ》かな。

「それに便乗したのか、その夜にＵＦＯを見たって人もいるらしいぜ。なんか葉巻型の光るものが夜空を飛んでいったって」

「案外その見たって人が学校に侵入した犯人なんじゃないの？　自作自演で事件を広めようとかさ。リーゼはどう思う？」

正面に座るリーゼに話を振るが、聞いてなかったのか彼女は視線を飲んでいたオレンジジュースに落としていた。

「リーゼ？」

「え？　あ、ああ、ヨーロッパの方じゃけっこうあるよ、そういうの。あっちは麦畑とかだけど。だいたい誰かのイタズラだって話だよ」

リーゼの言う通り、ミステリーサークルはヨーロッパ、特にイギリスとかでよく発見されたとかテレビでやってたな。僕もその手の番組を観《み》た記憶《きおく》がある。

「最近変な話をよく聞くよな。こないだうちの母ちゃんの知り合いは河童《かっぱ》を見たって言ってたし」

「河童ぁ？」

それはまた……。宇宙人だけじゃなく妖怪《ようかい》まで出るようになったのか、この町は。あまりの胡散臭《うさんくさ》さに疑惑《ぎわく》の目を奏汰に向ける。

「河童ってアレだよね。頭に皿があって甲羅《こうら》を背負ってる……」

「夜だったらしいから皿があるかはわからなかったみたいだけどな。なんでも雨の日の夜に全身緑色のやつを見たんだと。車のヘッドライトに照らされてどっかに逃げたらしいけど」

「それって子供が緑の雨合羽《あまがっぱ》を着てただけじゃ……」

苦笑しながら僕が奏汰に答えると、正面のリーゼが首を傾げて尋ねてきた。

「カッパとアマガッパってなに？」

「え？　ああ、雨合羽ってのはレインコートのことだよ。カッパは……えーっと妖怪、あー、向こうじゃなんて言うんだ？　モンスター？」

リーゼが目を丸くしている。なんて説明したらいいんだろ。甲羅を背負ってて、頭に皿があって……。

「こういうやつだよ」

バッグからノートを取り出した遥花が、それにサラサラと河童の絵を描いた。上手《うま》いな！よくこんな簡単に描けるもんだ。あっという間にコミカルな河童が出来上がった。

「……これがカッパ？」

「そう。頭に皿があって甲羅を背負ってる。日本に昔から伝わるモンスターのひとつさ」

遥花が描いたカッパのイラストを食い入るようにリーゼは眺《なが》めていた。それを横目で見ながら、僕は隣の奏汰に向けて口を開く。

「さっきのミステリーサークルも河童の仕業じゃないのか。河童はイタズラ好きだって言うし」

「また迷惑な河童だな、オイ」

「河童は迷惑なもんだろう？　妖怪だし」

　奏汰のツッコミにそう返す。「かっぱらい」って言うくらいだしな。アレは「掻《か》っ払《ぱら》い」で関係ないか。

　リーゼはまだ遥花の描いたカッパとにらめっこしている。

「それ気に入った？」

「え？　あ、うん。なんか」

「じゃありーぜにあげちゃおうー」

　ノートのページをビッ、と破り、遥花はカッパのイラストをリーゼに手渡《てわた》す。

「ありがとう。遥花」

　渡されたページを丁寧《ていねい》に折りたたみ、リーゼはそれをバッグにしまった。カッパが気に入ったんだろうか。女の子の「カワイイ」の基準はよくわからん。


「ありゃ、降ってきたか」

　喫茶店を出ると少し雨が降っていた。僕や奏汰なんかは濡《ぬ》れたって気にしないが、リーぜや遥花はそういかない。

幸い霧宮《きりみや》の兄妹《きょうだい》は傘《かさ》を持ってきていたので、一本借りることにした。僕とリーゼは家がお隣さんだし、正直助かる。美少女と相合傘《あいあいがさ》ってのがいささか緊張《きんちょう》するけど。

「朝、天気予報見てから出ればよかったな」

「私も。寝坊《ねぼう》しちゃってバタバタしてたから」

お互《たが》いにたわいない話をしながら、曇天《どんてん》模様の空の下を歩く。リーゼも日本やクラスに慣れて、いろいろと行動しているらしかった。意外とアクティブなんだな。ゲーム好きっていうからインドア派かと思ってたけど。

二人で川沿いの道を歩いていたとき、土手の下にある藪《やぶ》の中からガサガサという音が聞こえてきた。

「え、なに?」

「……下がって」

野良犬《のらいぬ》かもしれないとリーゼの前に僕は足を踏み出す。

次の瞬間《しゅんかん》、僕の目に映ったそれは全身緑色の――。

「……あれ？」

「よかった、気がついた？」

気がつくと土手の斜面《しゃめん》に僕は横になっていた。しとしとと降る霧雨《きりさめ》が冷たい。全身泥《どろ》だらけで濡れている。

あいてて。起き上がろうとすると、身体のあちこちが痛む。

「えっと、なにがどうなった？」

「藪から出てきた犬に驚《おどろ》いて、足を滑《すべ》らせて土手下に落ちたんだよ。頭を打ってたから救急車呼ぼうかと思ってたんだけど、大丈夫《だいじょうぶ》？」

犬？　……ああ、そうか。急に黒い犬が出てきて驚いて転んだんだ。うわ、カッコ悪いな。

泥だらけ、濡れネズミの身体を起こして立ち上がる。多少の痛みはあるけど怪我《けが》はしていないみたいだ。

「あーあ、傘を借りた意味がなくなっちゃったな」

「早く帰ってお風呂《ふろ》入った方がいいよ。風邪《かぜ》ひくから」

確かにリーゼの言う通りだ。意識したら寒くなってきた。

ずぶ濡れの気持ち悪い身体を引きずって、なんとか家まで帰り着く。

リーゼと自宅前で別れた僕は、すぐさま風呂を沸《わ》かし、濡れた制服を洗濯機《せんたくき》に放《ほう》り込んだ。

そのままシャワーを浴びて、湯船に浸《つ》かり、やっと温まって自分の部屋へ戻るとすでに時計の針は八時半を回っていた。

え？　もう八時半⁉　喫茶店を出たのが五時前で、家まで二十分くらいなのに。てっきり六時過ぎくらいかと思ってた。

あれえ？

晩御飯《ばんごはん》の用意とかしてないじゃん。どうしよ。なんか買ってくりゃよかったな。

いや、ずぶ濡れ状態でスーパーなんかどのみち入れなかったか。

「今日はもう買い物に行くのも面倒《めんどう》だし、あり物でいいかー……」

確か冷凍《れいとう》のチャーハンがあったはず。僕はキッチンに向かい、冷凍庫のドアを開けた。

◇
◇
◇

「うん、そう。ラプテオ星の。たぶんどっかで違法《いほう》に飼っていたのが逃げたんじゃないかと思う。……え？　それはそっちで処理してよ。これ、私の管轄《かんかつ》外なんだからね⁉　ちゃんとしてって上に言っといてよ？　じゃあ、転送よろしく」

とある家の庭でそんな会話が聞こえてくる。ピッ、と会話をしていた人物が、腕《うで》に取り付けてあったブレスレット型万能《ばんのう》通信機の通話を切った。

と、同時に庭に置かれてあった檻《おり》がブレ始める。

中にいた緑色の子供のような生物ごと、空気に溶《と》けるように銀色の粒子《りゅうし》となり、小雨《こさめ》降る夜空へと昇《のぼ》っていった。

「地上《した》に降りるならルールを守れってのよ。なんで私たちが【同盟】の尻拭《しりぬぐ》いをしなきゃならないの？　まったく……」

ぶつぶつ言いながら声の主は家の中へと入っていく。

この日以来、カッパの目撃《もくげき》情報はプツリと途絶《とだ》えた。

DWO:02:04 新装備

【Game World】

「また失敗か——……」

僕は目の前の出来上がったポーションを見てため息をつく。

ポーションに様々な飲み物を混ぜてマイルドにする方法はけっこうある。しかし大抵《たいてい》は飲みやすくなる代わりに効果が落ちてしまって、ポーションとしてはあまり役に立たない。

飲みやすく、かつ効果も落ちないポーションがあったら売れるんじゃないかと思ったんだが、そううまくはいかないようだ。

クインビーの『蜂蜜《はちみつ》』とかも混ぜてみたんだけどなあ。効果は落ちなかったんだけど、ドロリとして飲みにくいったら。戦闘《せんとう》中にあんなの飲めんぞ。

「や、待てよ？　パンとかに塗《ぬ》ったら体力回復のサンドイッチとかができるんじゃないか……？　って、だから戦闘中にのんびりサンドイッチなんか食えるかっての！」

自分で自分にセルフツッコミ。戦闘中じゃなけりゃ普通にポーション飲めばいいだけだもんなあ。

苦くてもガマンして飲めってことなのかねぇ。

とりあえず、【調合】の熟練度も上がってきたし、ハイポーションも作ってみるか。失敗するともったいないからあんまり作らなかったんだけど。

インベントリから霊薬《れいやく》草を出して調合を始める。

ゴリゴリゴリ、トポポポ、ポンッ！

【ハイポーション（粗悪品）】。

ゴリゴリゴリ、トポポポ、ポンッ！

【ハイポーション】。

お、二回目でできた。いいぞいいぞ。この調子でどんどん作っておくか。

インベントリにあるだけの霊薬草を使ってハイポーションを作る。七割の確率でできるようになってきたな。

「ついでだし解毒《げどく》系のポーションも何種類か作っておくか」

『解毒薬』、『麻痺《まひ》回復薬』、『睡眠《すいみん》回復薬』などを作っていく。こちらの方はあまり素材がないので数は作れなかったが。

かなりの量を作ってしまったな。まあ、熟練度も上がったし良しとしとくか。

作ったポーション類をインベントリに収めていたとき、ふと『フィエリアの樹液』というアイテムが目に留《と》まった。

これは確かトーラスさんに弓の素材を伐採《ばっさい》してきてほしいと頼《たの》まれた時に手に入れたんだっけ。そういや、こいつも調合アイテムだったな。

乾《かわ》くと固まるから接着剤《せっちゃくざい》とかになるのかなとも思ったが、これもポーションの材料になる……か？

メープルシロップって確かカエデかなんかの樹液が原料だよな。

おそるおそる匙《さじ》で『フィエリアの樹液』をひと掬《すく》いし、ペロリと舐《な》めてみる。

……………味気もなんもない。

甘くもないし、しょっぱくもない。なんだこれ。

蓋《ふた》をしている瓶《びん》の方はなんともないが、匙で掬った方はもうすでに固まってきている。歯で噛《か》むとパキッと割れた。まるで飴《あめ》みたいだ。甘くないけどな。

「あ」

思いついた。

ポーションの小瓶《こびん》の中に、『フィエリアの樹液』とクインビーの『蜂蜜』を入れて混ぜ合わせ、【調合】を発動させる。

ポンッ！　カラン。

小さな煙《けむり》を残し、黄金色《こがねいろ》のビー玉のような丸い球体が完成する。

【蜂蜜飴《はちみつあめ》】　Fランク

■蜂蜜味の飴。甘い。

□食品アイテム／

□複数効果なし／
品質：S（標準品質《スタンダード》）

やったー、飴完成。

ポイ、と口に入れて舐めてみると、蜂蜜の味がした。甘い。

まあ飴なんか普通にNPCの店で売ってるんですがね。キチンとした材料があれば【料理】スキルでも作れるんじゃないかな。

【調合】で作れるこっちの方がおかしいんだよ。お菓子《かし》なだけに！　……つまらん。

『フィエリアの樹液』を使えば飴が作れるのか。飴なんか作ったって売れないよなあ。

…………………ちょっと待てよ。

僕はインベントリの中に死蔵していた『あるもの』に目を奪《うば》われていた。


「およ。シロちゃんやないか。らっしゃい」

「ども」

ブルーメン教会下の広場に露店を広げていたトーラスさんを見つけた。やっぱりここにいたか。

「ちょっとトーラスさんに頼みがあるんですけどいいですか？」

「お、なんやなんや、儲《もう》け話か？」

「ひょっとしたらそうなるかもしれません」

「え？　ホンマに？」

目を丸くしたトーラスさんの前に、インベントリからさっき【調合】したばっかりのブツを取り出す。

「これを【鑑定《かんてい》】してほしいんです。僕の熟練度じゃ鑑定できないんで」

「なんや、そんなことか。ええで、貸してみ」

小瓶に入った深緑色のその飴玉《あめだま》をトーラスさんに小瓶ごと渡す。

このゲームには貸与《たいよ》システムがある。戦闘中以外で短時間だけ他人にアイテムの所有権を渡せるのだ。

もちろん、その間に消費アイテムを使うことなんかはできない。あくまで貸しているだけだ。時間がくればアイテムは本来の所有者に戻《もど》る。

【鑑定】スキルを持ってない人なんかが、スキル持ちにアイテムを【鑑定済】にしてもらうために使ったり、武器や防具の試着なんかに使われたりもする。

　僕もこのアイテムを【鑑定済】にしてもらうためにトーラスさんに渡したのだ。しかし、小瓶に入った飴玉を見たトーラスさんの動きがピタリと止まった。

「…………フォアッ⁉」

　トーラスさんから驚きの声が漏れる。

「【鑑定】できました？」

「あ、いや、できた、できたけれどもやな。なんなん？　これなんなん⁉」

【鑑定済】にしてもらったアイテムをトーラスさんから返してもらう。

【薬草飴（濃縮《のうしゆく》）】　Xランク

■薬草味の飴。
舐めている間、一定量の体力を持続回復。

回復量は濃縮具合による。

□回復アイテム／体力回復
□複数効果なし／
品質：S（標準品質《スタンダード》）
【鑑定済】

よし！　思った通りの効果だ！

この飴は舐めている間、体力を徐々《じょじょ》に回復し続ける効果がある。戦闘中でも口に含《ふく》んでいればある程度の回復が見込めるわけだ。

「シロちゃん、こ、これ、マジでどないしたん⁉」

「【調合】で作りました」

「作ったぁ⁉」

すっとんきょうな声を出し、トーラスさんが周りから注目を浴びる。引きつった笑いを浮《う》かべ、周りに謝《あやま》りながらトーラスさんはそそくさと露店を片付けると、僕を連れて教会の階段を駆《か》け上《あ》がった。

「……作ったって、マジでか？　いや、Xランクなんやからそうなんやろうけども」

「マジです」

僕の目を睨《にら》んでいたトーラスさんが、はあぁ、と長いため息をついた。

「調合レシピは……って、聞くのはマナー違反《いはん》やな……。量産はできるんか？」

「あまり大量には無理ですね。調合材料を取ってくるのが大変なんで」

「ふーむ、数に制限がある、か」

もう一度薬草飴を見ながらトーラスさんがそうつぶやく。作れないことはないんだけどね。

あそこはバイコーンがいるからさあ。あいつの攻撃《こうげき》は素早《すばや》くて僕でさえ躱《かわ》すのも一回が限度っぽいんだよ……。つまり見つかったら確実に死ぬんですよ。

そんなに何回も死に戻りはしたくない。

「ちなみに、もしこの飴ちゃんのレシピを公開したら誰でも作れるようになるんか？」

「……今は無理だと思います。いつかはできると思いますけど」

うむむむ、とトーラスさんは腕組《うでぐ》みして考え込んでいる。

「売らん方がいいかもしれんなぁ、これ……」

「えっ？　なんでです？」

「売るとしてどうやって売るつもりや？　露店で売ったら絶対に騒《さわ》ぎになるで。わいが売ったところで同じことやし、どこで手に入れた、っちゅう話に絶対なるやろ。揉《も》め事《ごと》になるんは目に見えてるで？」

うっ、確かに。

「売るとしたら、信頼《しんらい》できる知り合いに転売しないことを条件にして売るしかないなぁ……。おっと、わいは無理やで。商人やさかいな。売れんもんは買わん主義や。個人用でいくつかは持っといてもええと思うけど」

いや、知り合いったってなあ。そんなにいないし。こいつを必要としてる人ってーと……。

「アレンさんあたり……ですかね」

「ま、妥当《だとう》なところやなぁ。金はそれなりに持ってるやろうし」

仮にも【怠惰《たいだ》】の攻略《こうりゃく》組だ。金は持ってるだろう。それ以外だとあのライオンの着ぐるみを着たレーヴェさんぐらいしか知り合いがいない。

他の人に売ることを禁じた上で取引するしかないか……。アレンさんなら信頼できる。僕のソロモンスキルのことも黙《だま》ってくれているしな。

しかし、なんか闇《やみ》売買みたいになってきてないか？　売ってやるから黙ってろよ、みたいな。

「ちなみにコレって味はどうなん？」

「めっちゃ苦いです。クインビーの『蜂蜜』も混ぜてみたんですけど、あんまり消えなくて。『回復量は濃縮具合による』ってありましたけど、確かに濃縮していけば回復量も増えるんですよ。でも無理です。少なくとも僕は無理です。あるレベルを超《こ》えると口になんか含んでられません。吐《は》きます」

「うわあ……」

それでも濃縮された原液よりははるかにマイルドだけどな。カレーとかの辛《から》さを一辛《から》、二辛、とか言うのなら、この飴玉は五苦《にが》、ってとこか？

六苦《にが》になったら僕は無理だ。顔が歪《ゆが》んで舌がおかしくなる。なんの罰《ばつ》ゲームかと。

六苦《にが》の飴玉を口に入れたまま戦ったりなんかできないと思う。戦える奴《やつ》がいたら間違いなく馬鹿舌《ばかじた》だ。

実は濃縮しないでも薬草飴は作れるんだけど、口に入れるとまるで和三盆《わさんぼん》の砂糖菓子みたいにすぐになくなってしまうのだ。

それだと普通のポーションとあまり変わらないから意味がない。いや、ポーションよりも効果は落ちるからそれ以下か。

とりあえずアレンさんに連絡《れんらく》してみよう。僕はフレンドリストを開いて、アレンさんがログインしているのを確認《かくにん》した。

「いやもう、なんと言ったらいいやら……」

「さすが『調達屋』ね。こんなものまで調達してくるなんて」

いや、今回のは調達したんじゃなくて作ったんだけどね。

連絡を取り、ブルーメンにある喫茶店『ミーティア』にやってきたアレンさんと、付《つ》き添《そ》いできたという弓使いのベルクレアさんが、お互いにそんな感想を漏らした。

二人とも装備に星を象《かたど》ったデザインのエンブレムがある。二人の所属するギルド『スターライト』のエンブレムだ。

「確かにこれは大した代物《しろもの》だ。苦いという欠点はあるが、戦闘中に回復補助が自分でできるのは大きいな」

「ふっふっふ。それだけやないんやで。これも見てみいや」

トーラスさんがテーブルに別の飴玉が入った小瓶を置く。トーラスさんに【鑑定済】にしてもらったから他のみんなにも見えるはずだ。

「これは……」

【毒消し飴（濃縮）】　Xランク

■毒消し草味の飴。
　舐めている間、毒を解毒。
　効果時間は濃縮具合による。
□回復アイテム／状態異常回復
□複数効果なし／
品質：S（標準品質《スタンダード》）
【鑑定済】

　薬草の代わりに毒消し草を濃縮させて作った飴玉だ。こいつの凄《すご》いところは舐めている間は毒を受けない（正確には受けてもすぐに解毒する）という効果だ。

「さらに！」
ドン！　と、トーラスさんがもうひと瓶机に置く。

【麻痺消し飴（濃縮）】　Xランク

■麻痺消し草味の飴。
舐めている間、麻痺を解消。
効果時間は濃縮具合による。
□回復アイテム／状態異常回復
□複数効果なし／
品質：S（標準品質《スタンダード》）
【鑑定済】

麻痺用の飴もある。

毒よりも麻痺の方が厄介《やっかい》だ。なぜなら麻痺になると身体の動きが不自由になり、回復アイテムを使うのでさえ難しくなる。基本は仲間に解除してもらうのが一般的《いっぱんてき》だが、ソロだとそうもいかない。

しかし、この飴があればそんな心配は無用なのだ。

「ねえ、アレン。これって……」

「うん、使える。これがあればかなり有利に戦えるぞ」

ベルクレアさんの言葉にアレンさんが頷《うなず》く。キョトンとしていた僕にアレンさんが説明してくれた。

「今、僕らは第三エリアの港町からその先の島に渡ろうとしているんだけどね。だけど海岸を『ポイズンジェリー』っていう大きな毒クラゲが大量に占拠《せんきょ》していて、漁師さんたちが船を出せないっていうんだよ。一回戦ったんだけど、毒攻撃が厄介で恥《は》ずかしながら撤《てっ》退《たい》してしまってね。こいつの毒は特殊《とくしゅ》で、猛毒《もうどく》の上に麻痺効果もあるんだ」

なんていやらしい攻撃をするクラゲだ。

確かにこの飴があればそんな毒や麻痺の攻撃にも対処できるな。片《かた》っ端《ぱし》から解毒するわけだし。ちなみにこの毒消し飴も麻痺消し飴もきっちりと苦い。薬草飴よりはマシな四苦《にが》といったところか。

「この飴ちゃんはシロちゃんにしか作れへん。今んとこはな。転売しないという条件を呑《の》んでくれるなら、定期的に一定量を売ってもいいっちゅう話になっとる。さあ、いくらの値を付ける？」

「なんであんたが仕切ってんのよ」

呆《あき》れた顔をしてベルクレアさんが突っ込む。

「ええやんか。シロちゃんの交渉《こうしょう》代理人や。さあ、いくらや？」

トーラスさんの言葉に思わず苦笑《にがわら》いしてしまう。商人の血が騒いだのだろうか。いや、あれは楽しんでいるだけだな。

頼んでないけど、実際そういった交渉は苦手なのでこの際任せてしまおう。

そこから壮絶《そうぜつ》（？）なトーラスさんとアレンさんの交渉が始まった。

僕《ぼく》はどこか他人事のように、呆れているベルクレアさんとその光景を見守っている。

「飴食べます？　蜂蜜味」

「……いただくわ」

コロコロと口の中で転がる飴は甘《あま》かった。

トーラスさんの交渉により、飴はかなりの高値で売れた。

毎週固定数を作って売ることで、ある程度（かなりの金額だが）の定期的な利益は見込める。それ以外は必要な時に注文してもらい、僕に余裕《よゆう》があればその都度作るということで話はまとまった。

突然《とつぜん》大量に注文されるとも限らないので、ストックは幾《いく》つか作っておいてある。何回かバイコーンに殺されて死に戻りしたけど。

代わりにと言ったらなんだけど、僕の方もアレンさんから第三エリアの『ポイズンジェリー』からドロップする『毒クラゲの触手《しょくしゅ》』とかをもらった。

こいつは調合すると強力な猛毒になるとか。しかも麻痺効果もあるらしい。だけど武器に塗って使っても、毒も麻痺もその効果を及《およ》ぼすのはけっこう低い確率で、感覚的にだが0・5％とかじゃないかな。使えん。

直接飲ませることができればもっと発動率は高いと思うんだけど。モンスターは大概《たいがい》鼻がいいので、エサに混ぜても見破ってしまうだろうしな……。テイムするモンスターを捕《つか》

◇　◇　◇

まえるのに使えるのなら売れるかと思ったんだが。

まあ、麻痺効果なら『双雷剣《そうらいけん》』があるしな。こっちは5％だし。効果時間は短いけど。

世間に飴の素材となる『フィエリアの樹液』が出回るまでだが、これでお金はかなり余裕ができた。

となれば次は？　そう、装備である。

僕の戦闘スタイルだと、正直に言ってあまり防具にお金をかけても仕方がない。

もともと避《さ》けて避けての繰《く》り返《かえ》しだ。当然、防御《ぼうぎょ》系のスキルなんか取ってないし、物理防御力などに影響《えいきょう》する、VIT《バイタリティ》（耐久力《たいきゅうりょく》）が、まっっっっったく成長してない。HP（体力）だけはレベルとともに上昇《じょうしょう》しているけどな。

となると防具で底上げするしかないのだけれど、当然ながら防御力の高いものは金属製が多い。

STR《ストレングス》（筋力）が必要になってくるし、AGI《アジリティ》（敏捷度《びんしょうど》）が犠牲《ぎせい》になる。

結果、僕の求める防具は、軽めで尚且《なおか》つ動きを邪魔《じゃま》しない防御力が高めのものになる。

ゆえに金属製はスルーだ。噂《うわさ》に聞くミスリルとやらなら軽い金属製の鎧《よろい》ができるのかもしれないが、まだ見つかったという情報はない。

革製《かわせい》……レザー系か、特殊効果付与《とくしゅこうかふよ》の布系かなぁ。防具装備としては魔法使《まほうつか》い並みなんだよな……。筋力は魔法使い系よりあるからまだマシだけど。

とりあえず服飾《ふくしょく》系ならレンに頼んでみるか。

そう思い、僕は彼女《かのじょ》へのチャットラインを開いた。


「ここいらが新作です。これは結構いい出来だと思うんですけど」

「おおう……」

レンがログアウトに利用しているブルーメンの宿に来た僕は、ベッドの上に並べられた様々な服を見て驚いた。こんなに作ってたのか。

その中からレンが取り上げたものは純白のスーツ。胸ポケットに赤いバラまで挿《さ》してある。これを着ろと？　新郎《しんろう》か。

「いや、さすがにそれは目立つからちょっとね……」

「そうですか？　似合うと思うんですけど……」

僕がやんわりと拒否《きょひ》すると、残念そうにレンは白スーツを隣《となり》に立つウェンディさんに渡す。

「じゃあこっちはどうですか？　ミウラちゃんの意見を取り入れて、忍者風《にんじゃふう》にしてみたんですけど」

「……いや、真っ黒覆面《ふくめん》姿なんて白スーツ並みに目立つでしょ。どこの暗殺者かって思われる」

　そんな姿で町中を歩いていたら不審者《ふしんしゃ》にしか見えない。怪《あや》しさ大爆発《だいばくはつ》だ。ミウラも余計なことを。

「うーん……。そうなると、こっちの普通《ふつう》のシャツとかズボンになりますけど……」

「それでいい。普通が一番だよ」

「ですがせっかくのゲーム世界ですのに、普通のシャツとズボンでは、逆に浮いて見えませんか？」

　ウェンディさんが痛いところを突《つ》いてくる。確かに剣《けん》と魔法《まほう》の世界でTシャツにGパンとかでは、逆にネタ装備と取られかねない。

　というか、ならなんでこんなのを作ったのかとレンに聞いたら、練習用に実際にあるものを作ってみたんだとか。

「こういったファンタジー風なコートならどうです？」

「まあ、それならアリかな……」

レンが渡《わた》してくれたコートを着てみると、意外としっくりときた。フードのついた白いコートで黒いファーがフードと袖口《そでぐち》に付いている。大きなベルトやボタンがちょっと現実味がないけど、ゲーム内でそれを言っても仕方がない。

「白髪《はくはつ》に白いマフラー、白いコートと白ずくめですね」

「名前も『シロ』ですしね」

言われてみればそうだ。まあ本名が白兎《はくと》なんで、白はパーソナルカラーとしているから問題ないけど。……これはこれで目立つかもしれない。

レンはそれだったら白スーツの方が……と言っていたが、これにすることにした。

それと上着やズボンもついでに選ぶ。

「じゃあこれらを売ってもらおうかな」

「あ、ここにあるのは普通の糸で作っているんで普通の服です。防御力はありませんよ。見本です」

あれ、そうなの？　それじゃ今から作るのか。

まあ急いでないし、暇《ひま》な時にいつでもいいよとは言ったのだが、さっそく作り始めるとレンは言い出した。ありがたいけど、無理はしないでほしいな。

「それとそのマフラーも貸してもらえませんか？」

「これを？　なんで？」

「【縫製《ほうせい》】スキルの熟練度が上がったんで強化しておこうと思って。これはお金を取りませんから」

まあ、もともとレンにもらったものだから構わないけど。なんか馴染《なじ》んでたから装備を外すとちょっと落ち着かないが。

口元とか隠《かく》せるから便利だったしね。トーラスさんが言うには僕は考えてることが丸わかりらしいから。

マフラーを預けてレンたちの宿を出る。その足でポータルエリアに行き、【怠惰】の始まりの町フライハイトへと跳《と》んだ。

今度は共同工房《こうぼう》にいるリンカさんのところだ。

「新しいメイン武器？」

「はい。ある程度まとまったお金が入ったので」

工房にいたリンカさんにそう言うと、少し考えるようなそぶりをみせてから、僕に向かって彼女は指を二本立てた。

「武器を強くするには二つの方法がある。一つは現在使用している武器より、高性能・高品質な武器に新しく持《も》ち替《か》えること。もう一つは現在使用している武器を強化すること。

これらにはそれぞれメリット・デメリットがある」

ほうほう。

「前者のメリットは一足飛びに強くなれること。デメリットは新たな素材が必要になること、つまりお金がかかること。後者のメリットは安上がりですむことと、以前の特殊効果《とくしゅこうか》を受《う》け継《つ》ぐこと。デメリットは耐久性《たいきゅうせい》の最大値が減って壊《こわ》れやすくなること」

武器には耐久性というものがある。これが0になると武器は壊れてしまう。0になる前なら修復することでいくらかは回復できるが、壊れてしまうともうどうしようもない。

強化しすぎるとだんだんと壊れやすくなるというわけだ。つまり耐久性の高い武器というのは強化をしやすい武器ということでもある。

もちろん、強化する場合も素材が必要になる、とリンカさんは告げた。しかし一から作るわけではないので、それほどの量はいらないとのことだった。

「それで、どっちにする?」

「うーん……」

さて、どうするか。お金には余裕があるから新品を作ってもらうことはできる。

しかし今まで使っていた『双雷剣・紫電一閃《しでんいっせん》』と『双雷剣・電光石火』にも愛着があった。麻痺効果もあるしな。それを捨ててしまうのはもったいない気もする。

だけどせっかくお金が入ったんだし、新品を買うのもいいよなぁ～……。

「もちろん、シロちゃんが新しい素材を持ってきてくれるならその分お安くする。その素材がAランクなら半額でもいい」

マジですか。Aランクの素材を扱《あつか》えば、リンカさんも技術経験値をどっさりと貰《もら》えるということか？

しかし、Aランクの鉱石なんかそう簡単に採れんだろ。まあ【セーレの翼《つばさ》】を使えば採れなくもないが。

目の前のリンカさんがキラキラした目でこちらを見ている。

「手に入れられるかわかりませんけど、一応、前向きに探してみます……。けど、採れないかもしれませんからあまり期待しないでもらえると……」

「わかってる。あ、これプレゼントする。多分必要」

「え？」

リンカさんが開いたトレードウィンドウには『パワーピッケル×5』と出ていた。

「Aランク以上の鉱石はそのピッケルじゃないと採れない……らしい。採った人がいないから鑑定欄《かんていらん》を信じるしかないけど」

すでに【鑑定済】になっていたそのアイテムの詳細《しょうさい》を開いてみる。

【パワーピッケル】 Cランク

■強化されたピッケル。

Aランク以上の鉱石を採るのに必要。

□消費アイテム／

□複数効果なし／

品質：S（標準品質《スタンダード》）

【鑑定済】

Cランクって……。これだけでもけっこうなものじゃないのか？

「気にしないでいい。もともとこれもシロちゃんの持ってきた鉱石がなければ作れなかったモノ」

消費アイテムってことは、これも普通のピッケルと同じく壊れる可能性もあるってことだよなぁ……。

こんなのもらったら後に引けなくなるじゃんか。思いっきり期待してるだろ……。

とりあえず新武器を作るにしろ、今の武器を強化するにしろ、いい鉱石が必要なのは確かだし、行ってくるか。

僕は共同工房をあとにして、【セーレの翼】をスロットにセットし、町の北にあるポータルエリアに足を運んだ。

よくよく考えると、僕の手に入れてるアイテムって実はそれほど価値はないと思うんだよね。

せいぜいフィールドで取れる素材なわけだし、もっと攻略が進めば、そのうちみんなAランクの鉱石なんかジャンジャン掘《ほ》り出《だ》すことになるだろうし。

人より早く手に入れられるから、今は希少価値があるってだけでさ。

「そのうちこの手も使えなくなるよなぁ」

今のうちに稼《かせ》げるだけ稼いでおいた方がいいかもしれんな。

そんなことを考えながらフライハイトのポータルエリアに飛び込んだ。

いつものようにランダム転移が起こる。一瞬《いっしゅん》にして僕は見たこともないフィールドに到《とう》着《ちゃく》した。

「【ウール大草原】……。【暴食】の領国か。第三エリア、かな？」

アフリカのサバンナみたいな光景が広がるその場所を一目見て、僕は『あ、ダメだ』と思った。

まず鉱石を掘れそうなポイントがポータルエリア付近にない。さらに隠れる場所も全くなく、遠くのモンスターから丸見えだ。すでにサイだかヌーだかわかんないモンスターが遠くからこちらに走ってくるのが見える。

「次だ、次」

一度ポータルエリアから出て、再び入る。【セーレの翼】によるランダム転移が起こり、僕はまた見たこともないエリアへと転移した。

「うおっと！」

思わず驚《おどろ》いた声が出てしまい、慌《あわ》てて口を塞《ふさ》ぐ。

周りの人は一瞬《いっしゅん》僕《ぼく》を見て不思議そうな顔をしたが、すぐに興味を無くし、次々とポータルエリアに入っていった。

一旦《いったん》その場から離《はな》れ、近くのベンチに僕は腰《こし》を下ろす。

「ああ、びっくりした。そりゃそうか。こういうこともあるよなぁ」

【セーレの翼】が僕を運んだ場所は、どこかの町のポータルエリアだった。ポータルエリアがあるのはなにもフィールドだけじゃない。町や村、神殿《しんでん》なんかにもある。そこに転移してもなんら不思議はない。

「えっと……『ライオネック』。【傲慢《ごうまん》】の町か」

ベンチで周りを眺《なが》めているとプレイヤーが多いことに気付く。マップで確認してみると、ライオネックは第二エリアの最初の町だった。

「ちょうど【怠惰《うち》】でいうブルーメンみたいな場所か。そりゃ賑《にぎ》わうよな」

ライオネックのポータルエリアの場所はブルーメンのと同じように広場になっており、周りにはプレイヤーの露店《ろてん》が並んでいた。こういったところはどこでも同じか。

ちょっと露店を巡《めぐ》ってみたいところだが、また今度にしよう。さっさと鉱石が採れそうな場所にいかないと……ん？

ベンチに腰掛《こしか》けていた僕の横に、いつの間にかちょこんと仔犬が座《すわ》っていた。シベリアンハスキーのような灰色の犬である。

首輪をしてるから野良《のら》ってわけじゃなさそうだ。んん？　これってただの首輪じゃないな。テイムしたモンスターに着ける……あれ、じゃあこの仔犬って犬じゃなく、グレイウルフか！

「あ！　いた！」

声がして振《ふ》り向《む》くと、ベンチの前に一人の少女が立っていた。銀髪《ぎんぱつ》のポニーテールに黒のベストを着込み、キュロットスカートを穿《は》いている【獣人族《セリアンスロープ》】の少女。腰には細身の剣を装備していた。狼《おおかみ》の【獣人族《セリアンスロープ》】か？

足下《あしもと》には別の犬……いや、狼？　が二匹座《ひきすわ》っている。色は黒と白。ブラックウルフとホワイトウルフ、か？　こちらは成犬……成狼である。

「うぁん！」

可愛《かわい》らしい声で吠《ほ》えて、グレイウルフの仔がご主人様らしき少女のところに駆けていく。

「もう！　離れるなって言ってるでしょうが！」

「うぁん！」

仔犬ならぬ仔狼を捕まえて、睨みつける少女。おい、ちょっと待てよ……まさか……。

僕はその少女を一目見たときから、ある既視感《きしかん》に襲《おそ》われていた。そりゃそうだ。ほぼ毎日学校で見る顔なのだから！

「ん？」

向こうも僕の視線に気がついたのか、こちらに視線を向ける。

しばらく僕らは馬鹿みたいにお互《たが》いを見つめあい、同じように首を傾《かし》げた。

そのうちアバター名が少女の上にポップする。同じように僕の上にもポップしたことだろう。

少女のアバターネームのプレートには『ハル』と書かれていた。

もうちょっと捻《ひね》れよ！　あと顔とか髪型《かみがた》もいじれよ！　どんだけ自分好きなんだよ！

僕が言えた義理じゃないけどさぁ！

「シロ……はく……はっくん？」

「や、やあ……」

彼女しか呼ばない名前で呼ばれ、確信する。やっぱり遥花《はるか》だわ、この子。

霧宮《きりみや》遥花。霧宮兄妹《きょうだい》の妹で、クラスメイトで、僕の親戚《しんせき》。

「えええええ!?　なんで!?　なんではっくんが【傲慢】の町にいるの!?　どうしてぇぇ!?」

遥花ことハルの声を聞きながら、面倒《めんどう》なことになったと空を見上げ、僕は運命の神を呪《のろ》った。

◇　◇　◇

「さあ、どういうことか吐いてもらおうか？」

目の前に虎《とら》の【獣人族《セリアンスロープ》】の少年が腕《うで》を組み、ふんぞり返っている。

腰掛けた喫茶店《きっさてん》の椅子《いす》の横には壁《かべ》に立てかけられた大剣があり、虎耳がぴょこんと飛び出した髪《かみ》は金色の短髪《たんぱつ》だが、後ろだけは伸《の》ばして一本に縛《しば》っていた。

髪型は違《ちが》うがこいつも妹同様あまり顔をいじってないので一目でわかった。霧宮の兄、奏汰《かなた》だ。

やっぱり顔がそのまま、ってのは、個人情報のセキュリティ的に問題あるよなあ。人のこと言えないし、変えなかった自己責任だけど。

自分の顔をいじるってのはけっこう抵抗《ていこう》あるし、僕らと同じような人はけっこう多いような気もする。

「はっくん、源罪は【怠惰】って言ってたけど、ホントは【傲慢】だったの？」

「いんや。【怠惰】だよ」

奏汰……アバター名『ソウ』の横に座っていた双子《ふたご》の妹、遥花……『ハル』の質問に正直に答える。

すると食い気味にソウが次の疑問をぶつけてきた。

「じゃあなんで【怠惰】のプレイヤーであるお前が【傲慢《ここ》】にいるんだ？」

もっともな疑問である。

こうなってしまったら隠していても仕方ないか。いや、別に隠していたわけでもないんだが。二人が疑問に思うのも当たり前だし。

僕は二人に【セーレの翼】のことを説明した。もちろん、ネットなどで口外しないと約束させた上でだが。

「えぇーっ、なにそれ、羨《うらや》ましいー！　じゃあ、はっ……シロくんは好きなところに自由に行けるの⁉」

「いや、自由に行けるわけじゃないよ。完全ランダムだし。それに行けたってランクの高いエリアだと強力なモンスターがいてなにもできないぞ？」

「その【セーレの翼】のランダム転移ってのはお前だけなのか？　パーティに入っていると一緒《いっしょ》に転移されたりは……」

「しない。少なくとも今のところは。ただ【セーレの翼】にはまだ解放されていない能力があるからな。のちのちできるようになるのかもしれない」

たぶん、なにかの解放条件があると思うんだが。レベルか熟練度なんじゃないかなとは思ってるんだけど。

しかしパーティで転移できるようになってもあんまり意味がないような。結局みんなも僕と同じレベルなんだから、高レベルのエリアに行ったところでやられるだけじゃないのかね。

「まあ、そういうわけで。ちょっと僕はこれからやることがあるから」

「またどっかにスキル転移するのか？」

「まあね。Aランクの鉱石を探してる。見つかるかわからないけど」

「「Aランク鉱石⁉」」

双子だからなのか、二人とも同時に声を上げ、同時に自分で口を塞いだ。キョロキョロと店内を窺《うかが》うのまで同じだ。

幸い店内には僕ら以外おらず、店員も奥《おく》に引っ込んでいた。

「Aランク鉱石ってどういうこと⁉　あたしたちだってAどころかBランクの鉱石も見たことないよ⁉」

「【セーレの翼】を使えば先のエリアに飛べるんだよ。運良くポータルエリアの近くに採掘ポイントがあれば手に入れることもできるんだ」

「マジか！　いいなあ！　羨ましい！」

心底羨ましそうに奏汰……ソウが吠える。妹と同じ反応だな。ここまで羨ましがられると逆に清々《すがすが》しい。

「転売しないって約束してくれるなら、いくらかBランクの鉱石を売ってもいいけど……」

「「買います！」」

二人にはリンカさんたちに売る値段より多少安く売ることにした。【セーレの翼】の口止め料というわけではないけど、知り合いだしね。

インベントリにある残りのBランク鉱石を全部二人に売ることにする。そんなに数はないけど、大剣二本分くらいは作れるだろう。

一応入手先は秘密にしてもらう。武器は口の固い【鍛冶《かじ》】スキル持ちにでも頼《たの》んで作ってもらえと伝えると、どちらもギルドメンバーに【鍛冶】スキル持ちがいるんだそうだ。なら大丈夫《だいじょうぶ》か。

二人とフレンド登録をすると、どちらも所属しているギルド名が表示された。ソウの方は『銀影騎士団《ぎんえいきしだん》』、ハルの方は『フローレス』か。

ギルドに所属してないと参加できないイベントなんかもあるようだし、僕らも考えないとな。

「これでかなりいい大剣が作れるぜ！　ありがとうな、シロ！」

「あたしも新しい剣が作れるー。ありがとうね！」

ソウは大剣使いだけど、ハルは細剣使いのようだ。どちらも同じ【剣の心得】から派生したスキル、【大剣術《けんじゅつ》】、【細剣術】を持ってないと扱えない。

確か【剣の心得】は【剣術】【大剣術】【細剣術】【刀術】に分かれるんだっけかな？

「じゃ、明日また学校で」

「おう！」

「またね！」

ホクホク顔の二人と別れて僕はまたポータルエリアへと入った。【セーレの翼】によるランダム転移が始まり、再び僕を未知の領域へと誘《いざな》う。

移動した先はどこかの洞窟《どうくつ》の入口にあるポータルエリアだった。

マップで位置を確認すると【憤怒《ふんど》】の第五エリア、【輝岩窟《きがんくつ》】とある。

「雰囲気《ふんいき》的には鉱石を掘れそうな場所だけど……」

周りを注意しながら洞窟の奥へと進んでいく。何しろ第五エリアだ。おそらくここの雑魚敵でさえ、出会ったら僕は瞬殺《しゅんさつ》されるだろう。

しばらく進むと洞窟のやや広い場所に出た。

「お？」

岩壁《がんぺき》の中ほどに採掘《さいくつ》ポイントが見える。よし、あそこなら掘れそうだぞ。

どうにか登れそうな場所を見つけた僕は、苔《こけ》で滑《すべ》りそうになりながらもそこを登り、その上に畳《たたみ》二畳ほどの休めるようなスペースを見つけた。

下を覗《のぞ》き込むと三階くらいの高さである。逆に上を見上げると、さらに十メートルほど登らないと向こう側へは行けないようだ。

岩壁面には【採掘】のスキルによって採掘ポイントが光って見えるが、その範囲《はんい》がいつもより大きい。

これは【採掘】の熟練度が低いからか、それとも掘り出そうとしている鉱石のランクが高いからか。

とにかく掘ってみよう。

リンカさんに渡されたパワーピッケルを取り出し、ポイントに突き立ててみる。

いつもならゴロリとすぐに鉱石が落ちてくるのだが、なにも落ちない。石片《へん》が飛び散るエフェクトが出て終わりだ。ハズレってこと？

ポイント範囲内《はんいない》であちこちピッケルを突き立ててみたがなかなか出ない。やはりAランク鉱石を掘るには熟練度が低いからだろうか。

「こりゃ時間がかかるか……？」

そう思ったタイミングでゴロンと足下にキラキラとした鉱石が落ちてきた。大きさは野球ボールほど。

【鑑定《かんてい》】してみる。当然ながら細かいところまではわからなかったが、アイテム名とランクくらいはわかった。

【星鉱石】　Ａランク

■ｕｎｋｎｏｗｎ
□精製アイテム／素材
品質：Ｓ（標準品質《スタンダード》）

　よっしゃ！　Ａランク鉱石ゲット！

　これだけでは足りないと思うので、もう少し別のポイントにもピッケルを突き立てていく。Ａランクの鉱石に混じってＢランクの鉱石もいくつか取れた。

運のいいことにその岩壁面からは合計八つのAランク鉱石が採掘できた。もらった五本のピッケルのうち、三本が使えなくなってしまったが。

これなら自分の武器を作っても剣一本くらいはまだ余るぞ。欲を出し、もう一個採掘しようとした時に、ズ……、ズ……、となにか重いものを引きずるような音が聞こえてきた。

【気配察知】が敵の接近を知らせる。マズい！　慌てて僕はその場に伏《ふ》せる。おそらく戦って勝てる相手じゃない。

僕が来た入口の方からなにやら臭《にお》ってきた。くさっ！　鼻が曲がりそうに臭《くさ》い！　VRだからってここまで再現することないだろ！

ドブ水の臭いを凝縮《ぎょうしゅく》したような臭いが漂《ただよ》ってくる。僕は鼻をつまみながら首をのばして、眼下を進む敵の姿を確認《かくにん》した。

全身を苔のようなもので覆《おお》われた蛇《へび》だ。太さが大型バスくらいはある。まるで電車だ。赤いネームプレートがポップするが【ｕｎｋｎｏｗｎ】としか見えない。

ゆっくりとした動きで地面を這《は》い、僕の下を進んでいく。

額から流れる汗《あせ》を感じながら、僕は息を潜《ひそ》めてそれをただ見守っていた。【隠密《おんみつ》】スキルをつけてはいるが、この状況《じょうきょう》でどれだけの効果があるのかわからない。

あんな化け物と戦って勝てるわけがない。おそらくあっさりと飲み込まれて死に戻《もど》るだろう。蛇に飲み込まれて死ぬ体験なんかしたくはない。

巨体《きょたい》をくねらせながら苔の大蛇《だいじゃ》は洞窟の奥へと消えていった。

大蛇が消えても念のため三分ほどその場に伏せて留《とど》まり、辺りを窺いながら岩壁を下りて、一気に洞窟入口のポータルエリアまで駆《か》け抜《ぬ》けた。

【セーレの翼】を外し、リンカさんのいるフライハイトへと跳ぶ。

無事に転移が終了《しゅうりょう》し、見慣れた光景が目の前に広がると、ドッと疲《つか》れが押《お》し寄《よ》せてきた。

よろよろとベンチに座り、深く息を吐《は》く。

「なんかわからんが、助かった……」

【隠密】スキルのおかげだろうか。ステータスを呼び出して確認してみると、熟練度がけっこう上がっている。これはレベル差がある敵から隠れ切ったからかね？

戦闘《せんとう》もしていないのに重たい身体を引きずるようにして、なんとかリンカさんのいる共同工房へとたどり着く。

「戻りました～……」

「っ、おかえりっ！」

工房にいたリンカさんが僕を見つけると、小走りでこちらにやってきて、期待を込めた瞳《ひとみ》を向ける。その姿に苦笑しそうになりながらも、僕はインベントリから採掘してきたばかりの星鉱石八個を取り出して作業机の上に並べた。

「ッ！　すごい！　やった！」

黙《だま》っていれば長身の美人が子供のようにはしゃぐ姿はなかなかくるものがあるな。微笑《ほほえ》ましいというかなんというか。

「これで新しい双剣《そうけん》を作ってもらえますかね？」

「もちろん。約束通り半額にする。だけどこの量だと少し多いと思う。残りはどうする？」

僕《ぼく》は鎧を着ないのでそっちには必要ないしな。ミウラの大剣を作るには少ないし……ウェンディさんの剣ならできるか？

ウェンディさんに連絡《れんらく》を取ると、彼女はしばらくしてリンカさんの工房へとやってきた。レンはブルーメンの宿屋にこもって僕の装備を製作中らしい。

「Aランクの鉱石ですか……。またとんでもないものを取ってきましたね」

呆れるような視線でウェンディさんが星鉱石と僕の顔を見やる。

僕は半額にしてもらったが、ウェンディさんは据《す》え置《お》きの金額だ。鉱石を僕が持ち込んだ形にはなっているので、いくらかは安くしてもらえるとは思うが。

ウェンディさん的に金額には問題ないらしい。ただ剣ではなく、盾《たて》を作って欲《ほ》しいという話になったが。

「残りの量だと盾は中型になる。大盾を作るのなら他の鉱石と混ぜて合金製にすればできなくもないけど」

「その場合どういったメリット、デメリットが？」

「ん。単純に重くなる。防御力も若干《じやっかん》下がる。だけど耐久性はそのまま作るより少し上がるはず」

「では大盾でお願いします」

ウェンディさんは合金製の大盾にすることに決めたようだ。

「あ、そうだ」

リンカさんが作業机の下からなにか箱のようなものを取り出してきた。

「シロちゃんにお礼。試《ため》しに作ってみた」

リンカさんから手渡《てわた》された小さな箱は、けっこう重く、なにか小さいものがたくさん入っている感じがした。

開けてみると、中にはジャラッと三角錐《さんかくすい》の塊《かたまり》がたくさん入っていた。

「……なにコレ？」

「撒菱《まきびし》。忍者《にんじゃ》には必須《ひっす》アイテム。ちなみに踏《ふ》んでも『DWO《デモンズ》』だとあんまり痛くなく、ほとんどダメージにならない」

「役に立たないじゃん……」

いや、プレイヤーには痛覚を大幅《おおはば》にカットされてるから効かないだけで、モンスターには効くのかもしれないが。

実際自分で踏んでみたが、石ころを踏んだような感覚があるだけで、10回踏んで1ダメージしか受けなかった。しょぼい。たくさん撒《ま》けばそれなりのダメージを与《あた》えられるかな？

まあ、何かに使えるかもしれないし、とりあえずもらっておく。

武器の完成には数日かかるとリンカさんに言われた。初めての鉱石なので特性を見極《みきわ》めてから作るらしい。

今から楽しみだな。

◇　◇　◇

「【アクセルエッジ】」

発動した戦技《せんぎ》によって、目の前のキラーマンティスが細切れにされ、光の粒《つぶ》と化していく。
うん、使いやすい。しっくりと手に馴染む新しい双剣。さすがリンカさんといったところか。

【双焔剣《そうえんけん》・白焔《びゃくえん》】Xランク
ＡＴＫ（攻撃力《こうげきりょく》）＋７８
耐久性23／23
■炎《ほのお》の力を宿した片刃《かたは》の短剣《たんけん》。
□装備アイテム／短剣
□複数効果あり／二本まで
品質：Ｓ（標準品質《スタンダード》）
■特殊効果：
10％の確率で炎による一定時間の追加ダメージ。
【鑑定済】

【双焔剣・黒焔《こくえん》】　Xランク
ＡＴＫ（攻撃力）＋78
耐久性23／23

■炎の力を宿した片刃の短剣。
□装備アイテム／短剣
□複数効果あり／二本まで
品質：Ｓ（標準品質《スタンダード》）
■特殊効果：
10％の確率で炎による一定時間の追加ダメージ。
【鑑定済】

双焔剣・『白焔』と双焔剣・『黒焔』。

以前使っていた双雷剣《そうらいけん》・『紫電一閃』、『電光石火』と同じようにこの剣にも特殊効果がある。相手を燃やし、その炎による追加ダメージを与えるのだ。

これはリンカさんのサービスで付けてもらった能力である。ランダム付与《ふよ》なのでこの能力を狙《ねら》って付けたわけではないらしいが。

大型モンスターなどには地味だが効果があると思う。それに火属性に弱いモンスターは多いしな。

「【シールドバッシュ】」

大盾を構えたウェンディさんが放つ戦技により、吹《ふ》き飛《と》ばされたもう一匹《ぴき》のキラーマンティスが宙を舞《ま》っていた。

「よっと！」

地面に叩《たた》きつけられたキラーマンティスにミウラが大剣でとどめを刺《さ》す。

ウェンディさんの盾も新しくなり、大きな物になった。逆三角形を上下に伸ばしたような形状の盾で、カイトシールドと言われるものの一つだとか。

「おっ？」

「どしたの、シロ兄ちゃん？」

キラーマンティスのドロップ品に、珍《めずら》しいアイテムが落ちた。インベントリに入ったそのアイテムを取り出して、ミウラに見せてやる。

「わ。『緑の月光石』ですね！」

僕の手のひらに乗せられたゴルフボールほどの緑の宝石を見てレンが驚く。

『月光石』は【怠惰《たいだ》】の領国における第二エリアのボス、ブレイドウルフに会うための必須アイテムだ。

正確には月光石には七つの色があって、それらを全《すべ》てを集めた時にブレイドウルフのいる場所がわかるようになるらしい。

また、ブレイドウルフは自分のテリトリーに結界を張り、侵入者《しんにゅうしゃ》を阻《はば》む。七つの月光石はそれを通り抜けるためのアイテムでもあるのだ。

七つの月光石は全て第二エリアのモンスターからドロップする。ドロップ確率もいろいろあって、緑はそこそこ高かったはずだ。

僕らのパーティだと、レンが赤、リゼルが青の月光石を持っていたはずだ。僕の緑を入れて三つ。残るは黄、紫《むらさき》、橙《だいだい》、銀の月光石である。

正直に言うと、プレイヤーの露店を回ればおそらく全色をあっさりと揃《そろ》えられると思う。

もちろんお金があれば、だが。

「月光石を揃えたところで我々の熟練度ではまだブレイドウルフを倒《たお》せません。熟練度を上げていれば、その途中《とちゅう》で手に入るかもしれませんし、急がなくてもいいと思います」

確かにウェンディさんの言う通りだな。まだ焦《あせ》らなくてもいいだろう。その時になっても揃ってなかったら買うことを考えればいい。

ブレイドウルフを倒すにはだいたいレベル23以上は必要とか聞く。これは取得しているスキルによって大きく変わるから、あんまりアテにはならない。

ちなみに現在の僕らのレベルは僕が18、ウェンディさんが21、ミウラが17、レンが19、リゼルが20。えーっと平均レベル19か。

これに加え、僕らのパーティはフルパーティではないから、さらに強さが必要になるような気がする。

まだまだ第二エリアを抜けるには時間がかかりそうだ。月光石を集めつつレベルアップにスキルアップだな。

「防具の方はどうですか？」

「動きやすいし、大丈夫《だいじょうぶ》だよ」

作ってくれたレンにそう答える。防具も一式作ってもらって、先ほど新調していた。白いコートに白いマフラーと白ずくめだが。

【レンのロングコート】　Xランク
DEF（防御力《ぼうぎょりょく》）＋31
AGI（敏捷《びんしょう》度）＋22
耐久性《たいきゅうせい》18／18

■レンの作ったコート。
わずかだが気配を隠《かく》す効果がある。
□装備アイテム／上着
□複数効果なし／
品質：HQ（高品質《ハイクオリティ》）
【鑑定済】

　コートの方には敏捷度補正が付いていた。敏捷度が上がるのはありがたい。僕の生命線だからな。気配を隠す効果はステルスシルクワームの糸を素材としているからだろう。

コートの方はまあそんな感じなんだけれど……。

マフラーは以前使っていたものと素材は同じだが、作り直されて強化されている。ワンポイントの兎《うさぎ》もなんだかカッコよくなっていた。

それはいいんだが、このマフラーの効果がちょっと問題で。

【レンのロングマフラー】　Xランク
ATK（攻撃力）＋14
AGI（敏捷度）＋37
MND（精神力）＋12
LUK（幸運度）＋26

■レンのお手製マフラー。
わずかだが気配を隠す効果がある。
□装備アイテム／アクセサリー
□複数効果なし／

品質：Ｆ（最高品質《フローレス》）

【鑑定済】

なんかいろいろ付き過ぎだろう、コレ。品質も最高品質だし。ものすごい値を付けても露店で売れそうだ。もちろんそんなことはしませんが。

これはレンの持つソロモンスキル【ヴァプラの加護】の効果らしい。

生産する際にいろんな付与が付きやすくなるとか。今のところそれはまったくのランダムで、なにも付かないこともあるそうだが。

つまりはこのマフラーは偶然《ぐうぜん》の産物、ラッキーだったとしか言いようがない。この場合、レンが幸運だったのか、僕が幸運だったのか判断が難しいが。

あとは靴《くつ》とか上着とかズボンを新調した。こちらはそれほど高性能というほどではなく、いたって普通《ふつう》の軽さだけが売りの装備だ。だからデザイン重視で選んでいる。

「そろそろ戻らない？　『ミーティア』でお茶しようよー」

そう言いだしたリゼルの言葉に誰《だれ》も反対はしなかった。確かに僕もちょっと空腹状態になりかけている。空腹状態になると攻撃力低下や敏捷度低下などが起こるからな。

ちなみに空腹状態が一定時間を超《こ》えると餓死《がし》となり、死に戻る。

街の近くや森になら木の実や果物がなっていて、それで空腹を満たすこともできるのだが。腹持ちしないけど。

餓死で死に戻るとなぜか空腹状態が半分くらい回復するため、食べずにわざと死に戻る人もいるようだ。しかし自分的にはあの感覚はツライ。きちんと食べ物を食べて回復したい。

僕らは狩《か》りに出ていた【トリス平原】から、ポータルエリアを使ってブルーメンの町へと戻った。

いつもの通りを歩き、『ミーティア』へと向かう。

途中、装備の肩《かた》に揃いのエンブレムをした集団とすれ違った。赤い蠍《さそり》のようなエンブレムだ。

「ギルドを設立する人たちが増えてきましたね」

レンの言う通り、ブルーメンにいてもギルドのエンブレムを最近よく目にする。しかしこれはいろんなギルドが設立したと言うより、設立したギルドに入ったプレイヤーが増えたということだろう。

ギルドマスターになるにはレベル25にならないとダメだが、ギルドメンバーにはレベル

1からでもなれるからな。

ギルドに所属していればいろんな恩恵《おんけい》を受けることができる。普通なら入らない手はない。

一応僕らはパーティを組んではいるが、誰かが他のギルドに入りたいというなら止める気はない。それも自由だし、空いた時間にまたパーティを組んで遊ぶのもアリだろう。

しかし保護者同伴《どうはん》ということで、ウェンディさん、レン、ミウラは一緒にログインしなくてはならないから、一人だけがどこか別のギルドに入るということはない。

僕はといえば、【セーレの翼《つばさ》】のこともあるからあまり知らないギルドに入りたいとは思わないし、リゼルもその気はないようだ。

「このままいくとウェンディさんが一番早くレベル25になりそうだけど……」

「お嬢様《じょうさま》を差し置いてギルドマスターになる気は毛頭ございません」

「ですよねー」

うん、わかってた。

まあ、どっちにしろブレイドウルフを倒して第三エリアに行ってからだよなぁ。

『ミーティア』の扉《とびら》を開けるといつもの心地《ここち》よいドアベルが僕らを出迎《でむか》える。

「ちわー」

「いらっしゃいませー」

あれ？　店内にいたのは猫耳《ねこ》ウェイトレスのシャノアさんだけだ。マスターは？

「マスターはちょっとお手伝いに出かけてます。もう少ししたら戻ると思いますけど」

そうなのか。店長が居なくても店を開けていられるってのはすごいな。

「あたし苺《いちご》のタルトー」

「私はプリンアラモードをお願いします」

「私《わたくし》はモンブランを」

「私はミルフィーユにしようかなー」

「かしこまりました」

テーブル席に座《すわ》った女子軍のスイーツ注文をシャノアさんが書きとめていく。

カウンター席に座った僕もシャノアさんにコーヒーとクラブハウスサンドを注文したのだけれど。

「申し訳ありません。コーヒーだけはマスターが作ることになってまして、現在注文受けることができません」

あらら。なんかこだわりでもあるのかな。確かにマスターの淹《い》れるコーヒーは他とは違う気がするけど。

まあ、そろそろ帰ってくるらしいし、後でもいいか。とりあえずクラブハウスサンドだけでも先に出してもらうことにした。

明日から何をするか話し合っている女性陣《じょせいじん》を背にしながら、僕はインベントリから魔獣《まじゅう》図鑑《ずかん》を取り出した。

「ブレイドウルフ、ブレイドウルフ……っと、あったあった。これか」

刃狼《じんろう》ブレイドウルフ。全身が刃物《はもの》のような毛で覆われた巨狼《きょろう》。その動きは素早《すばや》く、刃《やいば》と化した体毛を一斉《いっせい》に放射することもできるという。第二エリアを放浪《ほうろう》しており、七つの月光石がなければ場所を特定し、その結界内に侵入《しんにゅう》することは不可能。また、その咆哮《ほうこう》が生み出す【ハウリング】は、威圧《いあつ》による行動制限を生み出す……か。

エリアボスなだけあってそれなりに詳《くわ》しく書かれているな。たくさんのプレイヤーが挑《ちょう》戦《せん》しているからだろうけど。

しかし威圧による行動制限か。確か【威圧耐性《いあつたいせい》】とかいうスキルがあれば無効にできるとか聞いたな。

しかし【威圧耐性】は★付きのレアスキルでほとんど出回らないらしいしなあ……。【ハウリング】が効かなかったプレイヤーもいるって噂《うわさ》もあるけど。ＭＮＤ（精神力）の高さとかも関係してくるのかなあ。

だとしたら僕の場合、かなり低いから無理っぽいな……。

そんな考えを巡《めぐ》らせていると、カランコロンとドアベルが鳴り、『ミーティア』のマスターが戻ってきた。

「おや、いらっしゃいませ。来てらしたんですね」

「ええ、新装備の試し斬《ぎ》りに……」

返事をしかけた僕だったが、マスターの後ろから、のそっと現れた影《かげ》に言葉が止まった。

身長二メートルほどの緑色の物体。黄色い嘴《くちばし》、水掻《みずか》きの付いた手。そして頭に見える丸い皿。

「河童《かっぱ》……」

◇　◇　◇

カッパだ。カッパがいる。『三頭身』のずんぐりむっくりしたカッパがいる。

「ん？　おお、君は。こんなところで会うとは驚《おどろ》いたね」

「え？」

カウンターにいた僕の姿を見るなり、カッパが親しげに手を振《ふ》り出《だ》した。いや、カッパに知り合いはいませんが……。こんな寿司屋《すしや》のマスコットキャラクターみたいな着ぐるみの……あ。

「……ひょっとして、レーヴェさん？」

「ひょっとしてもなにも――ああ、そうか。あの時はライオン丸の姿であったか」

ピコン、と頭上にネームプレートが表示される。やっぱりレーヴェさんだ。ガンガン岩場で僕たちを助けてくれたプレイヤー。あの時はライオンの着ぐるみを着ていたけど、今はカッパの着ぐるみを着ている。

「おや、シロさんはレーヴェと知り合いでしたか」

「あ、はい。一度助けてもらって」

「そうでしたか。世間は狭《せま》いですねえ」

VR空間のことを世間というかはわからないが、どうやらマスターとレーヴェさんは知り合いのようだ。

マスターが店内に入ると、レーヴェさんも足を踏み入《い》れようとして、

「ぐうっ」

頭がドアを通らずに引っかかり、もがいていた。そりゃそうなるよ。でかいもん。

レーヴェさんが頭を両手でぐっと押さえ、一時的にへこませてドアを通過する。その姿にレンとミウラが若干引いていた。

「もう脱《ぬ》いだらいいのでは……」

「いやいや。これが吾輩《わがはい》のアイデンティティーであるからして」

変なこだわりがあるらしい。隣《となり》のカウンター席に座ったレーヴェさんがマスターにコーヒーを注文する。僕も同じくコーヒーを頼んだ。

しばらくして出てきたコーヒーをレーヴェさんが香《かお》りを楽しみながら飲む。……飲んだよ、おい。どうなってんの？　普通にカッパの口から飲んだよ。ストローでも付いてんのか？

「飲まないのかい？」

「あ、いや……。飲みます」

横目でカッパがブラックコーヒーを飲むのをチラチラと見ながら、僕もミルクと砂糖を入れたコーヒーを味わう。横が気になってイマイチ味がわからんかった。

「マスターはレーヴェさんと知り合いなんですか？」

「ええ。一時はパーティも組んでいたんですよ。今でもたまに手伝うことがありまして。

今回もそれで呼び出されたってわけです」

なるほど。臨時のお手伝いか。

「まあ、私の方も蜂蜜《はちみつ》がなくなってきていたので渡《わた》りに船でしたけどね」

「あ、クインビー狩りですか？」

「ええ。私は蜂蜜を。レーヴェは『黄の月光石』を」

ああ、『黄の月光石』ってクインビーからも落ちるんだ。すぐそこの【トリス平原】にいるし、僕らもそこで狙うか。けど、クインビーならけっこう狩ってるんだけどな。

「カッパさん、月光石集めてんの？　だったらあたしらとパーティ組んで、一緒《いっしょ》にプレイドウルフ倒さない？」

ミウラがそう声をかけるが、振り向《む》いたカッパは静かに首を横に振る。

「嬉《うれ》しい申し出だが、すでに予約が決まっていてね。すまない」

「そっかー。ちぇー、月光石集める手間が省けると思ったんだけどなー」

「おいこら、本音をぶっちゃけるな」

「はっはっは。面白《おもしろ》いお嬢《じょう》さんだ」

さすがにレーヴェさんだってソロでエリアボスに挑《いど》むほど強くはないだろう。何人かでパーティを組んで戦うに決まってる。この前言っていたこの着ぐるみを作った生産職のプレイヤーかな?

「残りはいくつです?」

「今回ので『黄の月光石』は手に入ったから残りは『銀の月光石』一つだな。そっちは?」

「まだ赤と青、緑しか集まってません」

「そうか……。『黄の月光石』はクインビーから落ちるんだが、魔法攻撃《まほうこうげき》でトドメをささないとドロップしないんだよ」

そうなのか。どうりでドロップしないはずだ。ってことはマスターは魔法使いタイプなのかな? レーヴェさんは格闘家《かくとうか》タイプだったし。

ウチだとリゼルに頼《たよ》るしかないか。ウェンディさんの炎の【ブレス】でもドロップするかもしれないけど。

「ちなみに他の月光石がドロップしやすいモンスターってわかります?」

僕はインベントリから『魔獣図鑑』を取り出し、カウンターで開いた。

レーヴェさんはページをパラパラとめくり、月光石を落としやすいモンスターを示してくれる。

「紫は【ガンガン岩場】のメタルビートル、橙は【クレインの森】の雷熊《かみなりぐま》がよくドロップすると聞くね」

「げ」

「げ？」

「あ、いや……雷熊にはちょっと嫌《いや》な思い出が……」

わけのわからないまま追いかけ回されたからなあ……。そんで崖《がけ》から落ちて川に流された。今なら一対一で倒せなくもないと思うけど……。一度植え込まれた苦手意識はなかなか消すことができないよな。

「『銀の月光石』はシルバードだな。こいつが一番厄介《やっかい》なんだ。空を飛んでいるし、おまけになかなかエンカウントしない。そして強い」

開いたページには銀色の翼を持った鳥型のモンスターが描《えが》かれていた。確かに空を飛ぶモンスターは面倒《めんどう》だな。リゼルの魔法か、レンの弓矢で仕留めるしかないか。さすがにウェンディさんの【ブレス】も届かないし。

なんとか地面に落として、そこを僕ら地上班がボコボコにするしかない。

「で、どれからいく？」

テーブル席でスイーツを堪能《たんのう》しているお嬢様方にお伺《うかが》いをたてる。

「まずは近場の【トリス平原】でクインビー狩りでしょうか。リゼルさんに頼ることになりそうですけど」

「全然問題ないよー。【火属性魔法（初級）】ももうちょいで熟練度100％になるから任せといて！」

「100％になると中級になるんだっけ？」

「そうだよ。あと初級の火属性魔法全部に少しボーナスがつくの」

魔法スキルは上級スキルになっても下級スキルの魔法を使うことができる。さらに上級スキルになると魔法の威力《いりょく》が上がるらしい。

「シロくんも魔法スキルを取ったらいいのに」

「いや、取ったところで使いどころがなあ。魔法詠唱《まほうえいしょう》してるヒマがあったら斬《き》り込むし」

僕はリゼルみたいな【妖精族《アールヴ》】ではないので、種族特性の【高速詠唱】を持ってないしな。

「ふむ。なら【付与魔法《ふよまほう》（初級）】を取ったらどうかね」

「付与魔法？」

レーヴェさんの提案に僕は首を傾《かし》げる。付与魔法とはいわゆる特殊《とくしゅ》な効果や属性を与える補助系の魔法だ。

「【パワーライズ】で一時的にSTR（筋力）を上げたり、【エンチャント】で武器に属性を与えることもできる。普通の属性魔法に比べて詠唱時間は短いし、戦闘補助としては悪くないぞ」

「うーん……。興味は引かれるけど、基本的に僕はＩＮＴ（知力）が低いから効果はそれほどでもないと思うんだよね。属性付与を付けてもすぐに切れそう」

「使い続けていればＩＮＴも上がると思うが……。まあ、好きにするといいさ。『ＤＷＯ《デモンズ》』ではプレイヤースタイルは自分で決めていくものだからね」

そうですね。目の前のカッパを見ているとプレイヤースタイルは千差《せんさ》万別《ばんべつ》だということがよくわかります。

「まあ空中の敵に対してはなにか対策が欲しいところだけど……」

「魔法スキルを取ったり、武器を変えないのであれば【ジャンプ】とか【軽業《かるわざ》】、【枝渡り】、【投擲《とうてき》】などですかね」

「あ、そうか。【投擲】があったっけ。そっちの熟練度を上げるの忘れてた」

マスターの言葉にはたと気がつく。

ちなみに僕の現在のスキルは、

■使用スキル（８／８）

【順応性】【短剣術】

【敏捷度ＵＰ（小）】

【見切り】【気配察知】

【蹴撃】【投擲】【隠密】

■予備スキル（8／10）
【調合】【セーレの翼】

【採掘《さいくつ》】【採取】【鑑定《かんてい》】

【伐採《ばっさい》】【暗視】【毒耐性《たいせい》（小）】


となっている。

あまりスキルを取ってないのはゴチャゴチャするのが嫌だったからだ。スキルスロットは8つしかないし、予備スロットは10しかないしな。

【投擲】に関しては使えば使うほど、スローイングナイフを補充《はじゅう》するお金が消えていくので、なるべく使わないようにしていた。なので熟練度があまり上がっていない。

正直に言うと、僕は双剣使いなので、【投擲】とは相性《あいしょう》が悪いのだ。両手がふさがっているからね。投げるためには片方の短剣を鞘《さや》に納めなければならないわけで。

さらに【投擲】で使ったアイテムって消費するんだよな……。拾ってもう一度再利用とかできないんだよ。ここらへん、ゲームだなぁと思う。

そこらの石を拾って【投擲】しても熟練度は上がるが、微々《びび》たるものだしな……。

しかもただ投げるだけじゃ上がらないんだ。きちんと何かを狙わないと効果はない。時間があるなら石をそこらの木に延々とぶつけても熟練度は上がるけど、いったい何億回投げればいいのか見当もつかない。

やはりちゃんとしたアイテムをモンスターに投げて当てた方がはるかに熟練度は上がる。

ケチってないでもっとナイフを使うか。お金は飴《あめ》で稼《かせ》いでいるからそこそこあるしな。

◇　◇　◇

『ミーティア』で食事を取ったあと、僕らは【トリス平原】に来てクインビー狩りにいった。目的は『黄の月光石』なので、トドメはリゼルにやってもらう。

「【ファイアアロー】！」

僕らが痛めつけたクインビーがリゼルが放った炎に包まれる。

残念ながら『黄の月光石』は落ちなかった。うーむ、もう百匹近く狩っているけど落ちないもんだなあ。これぱっかりは運だし、仕方ないか。いや、パーティにLUK（幸運度）の高いインキュバスやサキュバスがいれば違《ちが》ってくるのかもしれないけど。

「あ、やった！【火属性魔法（初級）】に☆がついたよ！」

「おー。おめでとう」

リゼルがステータス画面を見て喜んでいる。【火属性魔法（初級）】が熟練度MAXになったのか。

「☆がついたってことは火属性の新しい魔法を覚えたんですね？」

「うん。【ファイアボール】が使えるようになった」

レンの言う通り、魔法スキルは熟練度によって新しい魔法を覚えることができる。確か【火属性魔法（初級）】で覚えられる魔法は【プチファイア】、【ファイアブレット】、【ファイアアロー】、【ファイアバースト】、【ファイアボール】だったたか。

————っと。【気配察知】が敵の出現を教えてくれる。

「右前方、三体。来るよ」

クインビーが二体、ウィンドジャッカルが一体か。

リゼルが杖《つえ》を構えて前に出る。

「クインビーに一回攻撃《こうげき》させて。【ファイアボール】を使ってみたい」

「わかった。じゃあウィンドジャッカルは僕《ぼく》の方で引き寄せておく」

「じゃああたしはもう一匹のクインビーだね」

「では私《わたくし》とお嬢様はリゼルさんのサポートを」

それぞれの役目を確認《かくにん》して散開する。ウィンドジャッカルに残りが心許《こころもと》ないスローイングナイフを投げつけ、注意をリゼルから逸《そ》らした。

リゼルの方はすでに【ファイアボール】の詠唱に入っている。ウェンディさんが上空で漂《ただよ》っているクインビーを牽制《けんせい》しつつ、盾《たて》を構えてリゼルを守っていた。

ミウラはもう一匹のクインビーを引きつけて別方向へと移動している。

「【ファイアボール】！」

詠唱を終えたリゼルの杖の先から大きな火の球が撃《う》ち出された。それは真《ま》っ直《す》ぐにクインビーへと衝突《しょうとつ》し、一瞬《いっしゅん》にして巨大蜂《きょだいばち》を消滅《しょうめつ》させる。一撃《いちげき》かよ。

手の空いたレンの矢が、ウィンドジャッカルに突《つ》き刺さる。そのタイミングで僕もスローイングナイフをもう一投し、連撃で戦技を放つ。

「【アクセルエッジ】」

双剣《そうけん》の乱撃《らんげき》を受けて、ウィンドジャッカルが光の粒になって消える。

「【ファイアボール】！」

向こうではリゼルの【ファイアボール】が、ミウラが引きつけたクインビーめがけて再び放たれたところだった。

今回も一撃でクインビーを倒した。すごい威力だな。

クインビーを倒したリゼルにミウラが駆《か》け寄《よ》る。

「すごいじゃんか、リゼル姉ちゃん！」

「いやあー、威力は凄《すご》いけど詠唱長いし、ＭＰ消費も大きいよ、これ。クインビーに撃つのはもったいない……あ！」

ステータス画面を見ていたリゼルが小さく叫《さけ》び、手の上に黄色いゴルフボール大の宝石を取り出した。『黄の月光石』だ。

「やりましたね！」

「やれやれ、やっと終わったか」

リゼルのもとへと僕らは集まる。これで四つ目の月光石だ。残るは紫、橙、銀。

紫のメタルビートルはまだいいとして、橙の雷熊《かみなりぐま》は気が重いなあ。まあ、トラウマ克服《こくふく》だと思って頑張《がんば》るしかないか。

◇　◇　◇

【ガンガン岩場】にいるメタルビートルが落とす『紫の月光石』。

これはけっこう簡単に手に入れることができた。メタルビートル自体、けっこう出現率が多いし、リゼルの範囲魔法《はんいまほう》である【ファイアバースト】やミウラのハンマーで楽に倒せるからね。ま、ドロップしたのは僕が倒したやつだったけれども。

問題は【クレインの森】にいる雷熊《かみなりぐま》だ。

『グルゴガアアァァァアッ！』

雷《かみなり》を纏《まと》った大きな熊がこちらへと突進《とっしん》してくる。情けないことにその咆哮に一瞬、ほんの一瞬だけ、ビクッ、としてしまう。

やっぱり追いかけ回された時の恐怖《きょうふ》がまだ若干《じゃっかん》あるなぁ……。同じ熊のガイアベアは平気だったんだけど。

「【アクセルエッジ】」

雷熊の一撃を躱《かわ》しながら、戦技《せんぎ》を放つ。熊系のモンスターは総じてタフなので、僕だと一撃では倒せない。【蹴撃】による回《まわ》し蹴《げ》りを食《く》らわせて雷熊をミウラの方へとよろめかす。

「【大切断】ッ！」

振りかぶったミウラの大剣が雷熊の脳天から打ち下ろされる。

雷熊は断末魔《だんまつま》とともに光の粒《つぶ》へと変わっていった。

「落ちた？　シロ兄ちゃん」

ドロップアイテムを確認しながらミウラが尋《たず》ねてくる。僕もインベントリを開いて、今のドロップアイテムを確認する。

「ダメだな。『牙《きば》』と『毛皮』だけだ。そっちは？」

「あたしもダメ。『牙』と『肝《きも》』」

『雷熊の肝』もなかなか出ないアイテムではあるんだがな。僕らの狙《ねら》いは『橙の月光石』のみだからハズレである。まあ、『肝』はそれなりに高く売れるし、ST《スタミナ》を回復させる『スタミナポーション』の調合アイテムでもあるから無駄《むだ》にはならないが。

「レンたちの方で出てるといいけど」

「どうかなー。ＬＵＫ（幸運度）の平均は向こうの方が高いけど……」

僕らはそんなことを話しながら、決めておいた【クレインの森】の合流地点へと向かう。

今回の狩りは僕とミウラの二人、そしてレンとウェンディさんとリゼルの三人のパーティに分かれている。

理由としてはその方が多く狩れるからだ。雷熊は基本的に群れない。五人で一匹《ぴき》見つけるよりも、二チームで二匹見つけた方がいい。

防衛スキル持ちのウェンディさんは後衛二人と、一方僕らは前衛二人のコンビってわけだ。まあ僕は前衛というか中衛に近いんだが。

そんな状態で狩りを続けて、今日で三日目だ。簡単に出ないとは思っていたけど、ここまでとは。

「ＬＵＫでドロップ率ってそんなに大きく変わるものかねえ」

「重点的に育てていけば大きく差が出るんじゃないの？【強運】とか【豪運《ごううん》】ってスキルもあるんでしょ？」

そう言われると確かに。どっちも★付きのスキルだが、ＬＵＫを中心に育てることも可能か。僕だってＡＧＩ（敏捷度）をメインにしてるしな。

「早くブレイドウルフに挑戦したいなー。明日からしばらくログインできなくなるし、できるだけ進めたいんだよね」

「旅行に行くんだっけか？　どこだっけ？」

「イタリア。フィレンツェ」

おのれ、セレブめ。僕なんか島から本州に来ただけで精一杯《せいいっぱい》なのに。

「だいたい旅行じゃないよ。お父様が仕事相手に会いに行くのに付き合わされるだけ。向こうにも同じくらいの子供がいるからって。学校休んでまでだよ？」

ため息をつきながらミウラが答える。セレブにはセレブの付き合いがあるってことか。

僕も父さんは世界中飛び回ってるんだけど、海外に連れて行ってもらったことはないなあ。変なお土産《みやげ》はいくつももらったけどな。

「向こうからログインすればいいんじゃないか？」

VRドライブには簡易型のヘッドギアタイプとかもある。蘭堂《らんどう》グループのお嬢様なら一つぐらい買えるだろ。ヘッドギアタイプはあまり使《つか》い心地《ごこち》が良くないとか言うけど、高性能なものだってあるはずだ。それを使ってイタリアからログインするってのもアリだと思うんだが。

「シロ兄ちゃん、世界には時差ってもんがあるんだよ？　あたしの都合いい時間にレンやウェンディ姉ちゃんを付き合わせるわけにも行かないじゃん」

ぐ。そ、そうか、時差か。イタリアと日本だと八時間ほど違うらしい。今はサマータイムだから七時間なんだそうだが。……………サマータイム……？

ま、まあ、よくわからんが、そんなにズレてたんじゃさすがに難しいかな。

「あ、そうだ、シロ兄ちゃん。今度ひょっとしたらもう一人仲間が増えるかもしれない。レンとあたしの友達が『DWO《デモンズ》』やってたんだ」

「へえ。同じ学校の子？」

「うん。クラスメイト」

ってことはその子もセレブか？　レンたちの学校って、金持ちの子女が通う学校らしいし。また肩身《かたみ》が狭くなるなあ……。

「クラスメイトってことは保護者の人もパーティに入るのか？」

『DWO《デモンズ》』で十三歳《さい》以下のプレイヤーがログインするためには保護者として二十歳《はたち》以上のプレイヤーによる同伴が必要になる。

レンとミウラの場合、ウェンディさんがそれだ。レンとミウラの同い年なら保護者が必要なはずだけど。

「ううん。今までは従姉妹《いとこ》のお姉ちゃんとプレイしてたみたいなんだけど、その人が結婚《けっこん》して時間が取れなくなったんだって。罪源が【怠惰《たいだ》】で同じだったから、それなら一緒にやろうってレンが誘《さそ》ったんだよ」

「ウェンディさんも大変だな……」

一人の保護者につき、三人まで十三歳以下のプレイヤーが登録できる。ミウラも含《ふく》めて三人、ウェンディさんの保護下に入るってことか。

まあ、あの人なら『さして問題もございません』とか言いそうだけど……。ミウラの時もそうだったし。

「その子はどこまで進んでるって？」

「レベル17って言ってたかなあ。第二エリアには来てるみたいだけど」

僕らで一番レベルが低いミウラが17だから……あ、さっき18になったんだっけか。ならそんなに離《はな》れてもいないか。

月光石を集めてはいるけど、ブレイドウルフに挑むには僕らもまだまだだし、一緒に強くなればいいよな。

「あ、そういやその子って男の子？　女の子？」

「え？　女の子に決まってるじゃん。うちの学校、男の子いないし。あれ？　レンから聞いてないの？」

キョトンとした顔でミウラに返された。……聞いてないよ。小学校で女子校ってあるの

けど。

大丈夫《だいじょうぶ》かね、僕なんかいても。『男なんて不潔ですわ！』とか言われたりしなきゃいいか……。

いくばくかの不安を僕が感じていると、それとともに感じるものがあった。

「ミウラ、一時の方角に気配がする。たぶん雷熊だ」

【気配察知】が教えてくれた方向から、のそっと雷熊が現れる。やっぱりちょっと苦手意識があるなあ。姿を見ると少しドキッとする。

ミウラの方は平然と大剣《けん》を構えて、戦闘《せんとう》準備に入った。

「こいつで今日はラストかな。『月光石』が出るといいけどっ！」

ミウラが駆け出して、横薙《な》ぎに大剣をぶん回す。

巨体《きょたい》にそぐわぬ俊敏《しゅんびん》さで雷熊はそれを躱した。しかしそこに、僕が【投擲】で投げ放ったスローイングナイフが襲《おそ》いかかる。

腹に深々とナイフが刺《さ》さると、雷熊の動きが鈍《にぶ》くなった。

「【剛剣突き《ごうけんつ》】！」

ミウラの戦技による突きが雷熊に迫《せま》る。心臓をひと突きするその攻撃は、当たれば一撃で雷熊のＨＰを一気にレッドゾーンへと追いやる技《わざ》だ。

しかし切っ先は雷熊の心臓ではなく、逸れて肩口《かたぐち》を切り裂《さ》いた。ミウラはＤＥＸ（器用度）が低いため、命中率が悪い。それでもかなりのダメージではあるのだが。

ともかくミウラの作ったその隙《すき》を逃《のが》さず、今度は僕が雷熊の懐《ふところ》へと飛び込んだ。

「【風塵斬り《ふうじんぎ》】」

雷熊の周囲を高速で移動しながら、手に持つ『双焔剣《そうえんけん》・白焔《びゃくえん》』と『双焔剣・黒焔《こくえん》』で斬り刻んでいく。

巻き起こる風が双焔剣の付与《ふよ》効果発動により、炎《ほのお》を纏った竜巻《たつまき》となって雷熊を天高く吹《ふ》き飛《と》ばしながら、光の粒へと変えていった。

【風塵斬り】はＳＴ《スタミナ》だけではなくＭＰ《マジック》ポイントも消費する戦技だ。僕の場合、あまりＭＰは高くないので乱発はできないが、それだけ威力は大きい。

本来なら風だけの効果なのだが、『白焔』『黒焔』の付与効果により炎も追加される技になっている。

戦闘が終わった僕らの関心は、もうすでにドロップアイテムの方に移っていた。今日だけで何回も繰《く》り返《かえ》してきた作業だ。

「『牙』、『牙』、『牙』……。全部『牙』か！　最後にハズレ引いたなあ」

『雷熊の牙』は換金《かんきん》してもお大してお金にならないし、素材としてもアクセサリーとか細工物でしか使い道がない。

あ、レベル上がってら。20になった。

「ミウラは？」

「や……」

「や？」

尋ねる僕の目の前で、ミウラの手の中にオレンジ色をしたゴルフボール大の宝石が現れる。

「やった――――ッ！」

「おお!?　やったな！」

出た。ブレイドウルフの所在を突き止《と》めるアイテム、七つある月光石のうちの一つ、『橙《だいだい》の月光石』だ。

これで残りは一つ、『銀の月光石』だけだ。

「早くレンたちと合流しよう！　きっと驚くよ！」

よほど嬉しいのか、ミウラが森の中を駆け出した。やれやれ、これでもう雷熊を狩《か》る必要もないな。

やがて合流地点である場所に辿《たど》り着《つ》き、しばらく待っていると、森の奥《おく》からレンとウェ

ンディさん、リゼルの姿が見えてきた。

レンがこちらに大きく手を振り、駆け足《あし》で向かってくる。ものすごく笑顔《えがお》ではしゃいでいて、テンションがやたらと高い。

あれ、なんかヤな予感。いや、嫌ではないんだけど。ひょっとして……。

「ミウラちゃん！　シロさん！　やりましたよ！　ほらほら！　『橙の月光石』！」

満面の笑《え》みで差し出したレンの手のひらにはオレンジ色の宝石が握《にぎ》られていた。

――カブった。


「この展開は予想外だったねえ」

苦笑《くしょう》しながらリゼルがつぶやく。僕もその気持ちには同感だ。あんだけ狩りまくって出なかったのに、こうもタイミングよくカブるかね？

「どうします、これ？」

レンが『橙の月光石』を握りながら僕に聞いてくる。

「確か『月光石』はブレイドウルフの位置を示して、結界だかを越《こ》えたあと、無くなっちゃうんだっけ？」

「はい。砕《くだ》け散《ち》ります。もしブレイドウルフに負けてしまうと、またその位置を探すために、再び七つの『月光石』を集める必要があります」

うわ、めんどくさっ。ウェンディさんの説明を聞きながら、僕は顔をしかめる。そりゃ、みんなも一発で倒《たお》したいわ。

「なら売らずにとっとこう。負けたときの保険として。勝ったら売ればいい」

ちなみにブレイドウルフを一回でも倒せば、次からはその位置を特定することも、結界を無効にすることもできるんだそうだ。そりゃそうだ。そのたびに月光石を集めていたんじゃ周回する気にもなれん。

とりあえずこれで残りは『銀の月光石』のみ。

ドロップするモンスターは【トリス平原】の先、【ギアラ高地】にいる鳥のモンスター、シルバード。

ミウラが数日ログインできないので、シルバードを狩るのはミウラが帰ってきてからにしようと決まった。

そのあとはいつものように『ミーティア』に行き、みんなはスイーツ三昧《ざんまい》だ。

今さらながらに思うが、この人たちって生活レベルからして、相当舌が肥えているはずだよな。

それを満足させるってのは、VR技術による【料理】スキルがすごいのか、『ミーティア』のマスターの元々の腕前《うでまえ》がすごいのか。

ま、美味《うま》けりゃそれが正義だ。どうでもいいか。

僕はマスター手製のクラブハウスサンドをつまみながら、そんなことを思った。

DWO:02:05　日曜日よりの使者

【Real World】

朝。けたたましいチャイムの音で目覚める。

日曜の朝にこの非常識なチャイムの鳴らし方で、僕はドアの前にいる相手が誰《だれ》かだいたいわかった。

ボサボサの頭をかきながら、階段を下り、半開きの目で玄関《げんかん》の扉《とびら》を開ける。

「はっくん、おはよう！　これから、」

「間に合ってます」

満面の笑顔で立っていた遥花《はるか》にイラッとした僕は、そう言って扉を閉めてやった。

「ちょっとーッ！　なんで閉めんのさーッ！」

「ニュースはテレビとネットで充分《じゅうぶん》なんで。あ、あと仏教徒ですから」

「新聞でも宗教の勧誘《かんゆう》でもないよ⁉」

ドンドンドンと遥花が扉を叩《たた》いてくる。まったく、こんな朝っぱらからなんの用だ？

「だから電話してからの方がいいって言ったろーが」

「それじゃあサプライズにならないじゃん！」

サプライズである必要はないと思うが。常識的な双子《ふたご》の兄の方の声が聞こえたので、ドアを開けてやる。

「よう、白兎《はくと》。おはようさん」

「おはよう。奏汰《かなた》。ついでに遥花もおはよう」

「あたしはついでだ⁉」

ショックを受けたような遥花を無視して、奏汰に突然《とつぜん》の訪問の意図を尋ねる。

「隣町《となりまち》にさ、行きつけのゲーセンがあるんだ。実は今日、新作の稼働《かどうび》日なんだよ。で、白兎もどうかなって。あんまりゲーセンとかに行ったことないって言ってたろ。一緒に行かないか？」

「ゲーセンか……」

確かに島にはゲームセンターなんかなかったからな……。駄菓子屋《だがしや》に置いてある古びた筐体《きようたい》が唯一《ゆいいつ》のゲームだったたし。基盤《きばん》の入《い》れ替《か》えなんてなくて、ずっとそれしか置いてなかったけど。

「わかった。着替《きが》えるから入って待っててよ」

「おっじゃまっしまーす！」

遥花がさっさと靴《くつ》を脱《ぬ》いで玄関に上がり、リビングへと歩いていく。勝手知ったる人の家ってか。まだ二回しか入ったことないはずだが。

リビングのテーブルには電気ポットとお茶のセットが置いてあるので、二人に自由に飲んで待っててもらう。

腹ペコのまま行くのもなんなので、食パンを二枚トースターに入れて、焼いている間に自分の部屋へと戻《もど》り、着替《きが》えをすませることにした。

無難でシックな服に着替え、洗面所に行って寝癖《ねぐせ》を直す。僕は髪質《かみしつ》が柔《やわ》らかいので、水で湿《しめ》らせて櫛《くし》を通せばすぐに直るので楽だ。

階段を下りてリビングへ向かうと、明るい話し声が聞こえてきた。んん？　遥花じゃない女の子の声が聞こえるような。

「あ、おはよう。白兎君。お邪魔《じやま》してます」

「リーゼ？」

リビングのソファには霧宮兄妹《きりみやきょうだい》の他に、『DWO《デモンズ》』でのパーティ仲間・リゼルこと、お隣《となり》に住むリーゼが座《すわ》っていた。

当然いつもの制服などではなく私服である。レースの襟《えり》が付いたカーディガンとニーソックスの上に黒のティアードスカートといった、完全によそ行きの格好だ。

「なんでリーゼがここに？」

「あたしが誘ったの。リーゼもゲーセン行きたがってたから」

遥花がにぱっと笑みを浮《う》かべて答えた。そうか、リーゼもゲーム好きだったな。誘うのは当たり前か。

「ゲーセンの場所ってどこだ？」

「月瀬《つくのせ》の駅前にある『コペルニクス』ってとこだよ」

すでにこんがりと焼けていたトーストにジャムを塗《ぬ》り、口に運びながら奏汰にゲーセンの場所を聞く。駅前か。なら電車で行けるな。

ちなみに僕やリーゼが住んでいて、学校がある町が星宮《ほしみや》町で、その西隣《にしどなり》が霧宮兄妹が住む日向《ひなた》町、東隣《ひがしどなり》が月瀬町だ。

日向、星宮、月瀬と、二十分おきくらいに電車が運行している。日向や月瀬からウチの学校にこの電車で通っている生徒も多い。

「あ、ここからでも『おやま』が見えるんだねえ」

遥花が窓から見える小さな山を見てつぶやく。『おやま』とは日向町と星宮町の間にある小さな山のことだ。

ふもとに神社があって、縁日《えんにち》にはかなり賑《にぎ》わうらしい。その昔、都を追われた神狐《しんこ》たちがそこの神社に匿《かくま》われて住み着いたとかいう伝説も残ってるとか。

「ああ、白兎。そういやウチの婆《ばあ》ちゃんが会いたがってたぞ。今度家に連れてこいってさ」

「婆ちゃんって、あの『おやま』にある武家屋敷《ぶけやしき》のか？」

「そう。百花《ももか》婆ちゃん」

百花《ももか》おばあちゃん。霧宮兄妹の祖母にして、僕の祖父の妹に当たる。

僕と父がこちらに引《ひ》っ越してきた時に挨拶《あいさつ》したきりだ。ニコニコとした品のいいお婆さんだったけど。

でっかい武家屋敷にお手伝いさんと二人で住んでいた。僕を見て、祖父《じい》さんの若い頃《ころ》にそっくりだと言っていたな。一回しか会ってないが、あんな頑固《がんこ》そうな祖父さんに僕もなるんだろうか。

「まあ、そのうちにね。夏祭りに行くときにでも寄ってみるよ」

パンを食べ終えて、皿をキッチンに戻す。よし、行くか。

スマホと財布《さいふ》を持って、電車の時間を調べる。歩いていけばちょうどいいタイミングで乗れるな。

「よーし、じゃあレッツ・ゴー！」

むやみにテンションの高い遥花の先導で、僕らは足早に家を出た。


奏汰と遥花が目当てにしていたゲームは、異世界を舞台《ぶたい》にして、魔法《まほう》工学で作られた巨《きょ》大《だい》ロボットに乗り込んで戦うという、いわゆるＶＲ技術を使った対戦ゲームであった。

単なる対戦ゲームかというとそうでもない。登録したプレイヤーカードに自分のカスタマイズした機体を保存して、相手からパーツを奪《うば》ったり、戦績ボーナスで手に入れた装備などを手に入れて、自分独自の機体を造りあげていく。そんな育成ゲーム的な要素もあるという。

ゲームセンターというもの自体がほとんど初めてだったので、新作ゲームに夢中な二人を置いて、僕はリーゼといろんなコーナーを見て回った。

月瀬《つくのせ》駅前にあったゲームセンター『コペルニクス』は、かなり大きなアミューズメント施設《しせつ》である。

ゲームメーカーでもあるアースムーバー社が直営する『コペルニクス』は、全国に展開しているらしく、ここは月瀬駅前店というわけだ。体感ゲームからビデオゲーム、プライズゲームからメダルゲームまで幅広《はばひろ》く揃《そろ》っている。

やったことがなかったので、あまりない小遣《こづか》いを使い、クレーンゲームなどにも初挑戦《はつちょうせん》してみたが、うまくいかなかった。あんなにアームがプラプラで本当に取れるのか？　と疑いそうになったが、隣の人があっさりと取っているのを見て考えを改めた。何事にも技術があるんだなあ。

そんなことに感心しながら奏汰たちのところに戻ると、二人ともモニターを見上げて観戦しているところだった。

ちょうどいい時間になったので、お昼を食べに『コペルニクス』を出る。行き先は駅前のハンバーガーチェーン店だ。二階の見晴らしがいい窓際《まどぎわ》の席に僕らは陣取《じんど》った。

「やっぱりアースムーバーの新作だけあってすごかったな。『スターブリンガー』も初めてやった時はすごかったけど」

「ああ、そうか。アースムーバーって『スターブリンガー』を作ったとこか」

奏汰の言葉に僕はやっと思い出した。『スターブリンガー・オンライン』。『DWO《デモンズ》』と同じくVRMMOの有名な作品だ。奏汰はスターブリンガーもやっていたのか。

「『スターブリンガー』はなかなかレベルキャップが解放しなくてなー。そのうち俺《おれ》も遥花も受験勉強しなきゃならなくなったから、そのまま引退みたいになっちまった」

「お母さんが勉強しろ、勉強しろってうるさかったよねー。まあ、おかげで無事に今の高校に入れて、『スターブリンガー』で組んでた人たちと今は『DWO《デモンズ》』をやってるから結果オーライかもしれないけど」

ケラケラと笑いながらフライドポテトをパクつく遥花。霧宮のおばさん厳しいからな。僕にも生活態度を注意してくるし。主に食事関係だけど。

「あれ？　っていうか、二人とも大丈夫《だいじょうぶ》なのか？」

「え？」

「何が？」

対面席に座っている双子が同じように首を傾《かし》げキョトンとしている。

「いや、だってもうすぐ中間テストだろ？　悪い点取ったらおばさん、『DWO《デモンズ》』禁止とか言い出すんじゃないの？」

奏汰の手からチーズバーガーが、遥花の手からはフライドポテトがテーブルに落ちる。

おい、まさか。

「『忘れてた……』」

中間テストを忘れてたのか、おばさんのそんな性格を忘れてたのかどっちだよ。

「マズい！　白兎の言う通り、赤点なんか取った日にゃあ、その場でＶＲドライブを封印《ふういん》される！」

「ちゅ、中間テストっていつだっけ⁉」

二人が青い顔をして焦《あせ》り始める。どうやらどっちも忘れていたらしい。

「えっと……確か来週の水曜日からだったよね？」

「うん、そう。水、木、金の三日間」

「『時間がないッ！』」

ガタンッ！　と立ち上がる霧宮兄妹。うん、いいから座れ。他の客の迷惑《めいわく》になるだろ。

霧宮の兄妹はいつもの授業態度から察するに、あまり成績がおよろしくないと見た。まあ、これだけ焦ってりゃ、誰でもわかるだろうけど。

赤点を一教科でも取ったらヤバいだろうなぁ。

「そう言う白兎《おまえ》はどうなんだよ⁉」

「入学してから小テストで70点以下は取ったことがありませんが、なにか？」

「ええッ!? はっくん、こっち側じゃないの!?」

しつれーな。島にいた時は叔父《おじ》さんに文武両道を叩き込まれていたんだぞ。こっちに来てからも予習復習の習慣がなかなか抜《ぬ》けないんだよ。

正確に言うと『DWO《デモンズ》』のせいで少し成績が下がってはいるんだけど。授業中寝《ね》ちゃったりしたしな……。

「リ、リーゼは？ 現国とか古典とか、日本史とか苦手だよね!? あ、問題自体あまり読めない？」

遥花はなんとか仲間を探したいのか、僕の隣に座るリーゼに視線を向けた。

「転校したころはそうだったけど、今はなんとか文字も読めるようになったよ。古典とか日本史は、伯父《おじ》さん伯母《おば》さんが教えてくれるし」

「そういや、リーゼの伯父さん伯母さんって元大学教授だっけ」

「がーん……」

妙《みょう》なショックを受けている遥花。いやいや。リーゼはゲームしつつもちゃんと勉強をしていた。お前らはゲームしかしてない。わかりきった差だろうに。

「明日からゲームを休んで勉強だな」

「くっ、やっと第二エリアを突破《とっぱ》できるかと思ったのに……」

「あれ？　奏汰たちまだ第二エリアだったっけ？　僕らももうちょっとでエリアボスに挑《ちょう》戦《せん》できるところだけど」

「あたしたちは先にギルド設立の方を優先したからねー。今月中に第三エリアに行けると思ったんだけどなぁ……」

がっくりと肩《かた》を落とす二人。どのみち赤点なんか取ろうものなら、補習なんかになってゲームができなくなると思うがな。

結局、二人に泣き付かれたので、テストまでの間、一緒《いっしょ》に勉強をすることになった。

僕もちょっと油断できないしな。僕の場合、成績は小遣いに直結する。多いに越したことはないのだ。

そうと決まれば早い方がいい。昼食を食べた後、もう一度ゲーセンに行こうとしていた二人を引っ張って、僕の家で試験勉強をすることにした。やるなら明日と言わず、今日からだ。

結果、二人は赤点を回避《かいひ》することになるのだが、かなりギリギリであったことをここに記しておく。

DWO:02:06 INTERLUDE

【Game World】

★クエストが発生しました。

■個人クエスト
【落とし物を届けよう】
□未達成
□報酬《ほうしゅう》　？？？

※時間制限：本日のみ

「え？」

ポーン、と通知音が鳴ったことに僕《ぼく》は驚《おどろ》く。

「どうしました？」

一緒に歩いていたレンやウェンディさん、ミウラにリゼルが、屈《かが》んで『それ』を手にした僕を不思議そうな目で見ていた。

僕の手には小さなブローチが握られている。歩いていたらこれが落ちていたので、拾い上げたらクエストが始まってしまったのだ。

「いや、なんかクエストが始まっちゃって……」

「そのブローチですか？」

ウェンディさんが僕の持つブローチを見て尋ねてくる。ブローチは花がデザインされたシンプルなもので、宝石などの装飾《そうしょく》は一切《いっさい》なく、木製のいかにも安物といった感じのものだった。

「『持ち主に届けよう』だってさ。しかも今日中に」

「期限指定のクエストかぁ、ひょっとしたら連鎖《れんさ》クエストかも」

リゼルが言う『連鎖クエスト』とは、一つのクエストをクリアすると、次のクエストが起こり、そのクエストをクリアすると、また別のクエストが……と、いくつかの連鎖して起こるクエストのことだ。

意外とこの連鎖クエストというものは難しく、途中《とちゅう》で失敗することもあれば、誤った判断から強制終了《しゅうりょう》という流れもある。

しかし、連鎖クエストは滅多《めった》に手に入らないアイテムや情報が報酬だったりするので、非常に美味《おい》しいクエストでもあるのだ。

「本日のみ、か。うーん、どうしようかな……」

「もったいないし、やってみたら？　あたしたちも手伝うからさ」

ミウラがワクワクしたような目で見上げてくる。あ、これ、手伝う気満々だ。パスとは言いにくいぞ。

だけど持ち主を探すっていっても大変だと思うけど。

今日はレベルアップのために狩りにいく予定だったのだが、みんな賛成してくれたので予定を変更《へんこう》、このクエストを追うことに決まった。なんか悪いなあ……。

「まず、この持ち主は女の人ですよね？」

「たぶんそうでしょう。そしておそらく若い……お嬢様《じょうさま》くらいの女の子ではないでしょうか？」

さっそくとばかりにレンとウェンディさんがブローチを見てそう判断する。え、なんでそんなことまでわかるの⁉

「あのね、シロ君、まず男の人がこんな花のブローチなんかすると思う？」

「いや、まあ……しないかな……。でも年齢《ねんれい》は？」

「あのさ、シロ兄ちゃん。大人の女の人だったらもうちょっといいのをつけるんじゃない？　銀製とか宝石の入ったやつとか。それにこれって手彫《てぼ》りでしょ？　子供が親に買ってもらったものか、作ってもらったものじゃないかなぁ」

リゼルとミウラに説明されて、なるほど、と理解した。ううむ、女性陣《じょせいじん》のちょっと呆《あき》れた目が痛い。

「まあ、子供の頃にもらった大切な思い出の品、という線もあるので確実とは言えませんが……」

ウェンディさんがそう補足する。ああ、そういう可能性もあるのか。

「とりあえず教会通りの方へ行ってみましょう。知ってる方がいるかもしれません」

現在、僕らがいるのは第二エリアの町、ブルーメン。第二エリアはブルーメンの長い階段の上にある教会が復活地点となっていて、階段の下は広場となっている。様々なプレイヤーが露店《ろてん》を出してたりするのがこの広場だ。

この広場から真《ま》っ直《す》ぐに延びた大通りが通称《つうしょう》『教会通り』。いろんな店が立ち並び、人通りも多い、ブルーメンのメインストリートだ。

ここはプレイヤーだけじゃなくブルーメンに居を構えるＮＰＣたちも多く行《い》き交《か》う。というかＮＰＣの方が遥《はる》かに多い。プレイヤーの方がちらほらと見かける感じだ。

逆に教会下の広場はほとんどプレイヤーばかりだったりするが。

僕はブローチを眺《なが》めながらウェンディさんに尋《たず》ねる。

「持ち主はＮＰＣですよね、これ」

「クエスト絡《がら》みとなるとたぶんそうじゃないかと。とりあえず聞いてみましょう」

僕らは散開し、教会通りにいたＮＰＣたちに聞き込みを開始した。

「いや、知らないねえ」

「ごめんなさい。わからないわ」

「そんなことより串焼《くしや》き肉どうだい？　安くしとくよ」

むう。そう簡単には見つからないか。同じようなブローチを売っている店の店員さんにも聞いたが、わからないと言われてしまった。

このそれなりに広いブルーメンで、落とし主を探すのは骨が折れるぞ……。

深いため息をついていると、向こうから足早にリゼルがやってきた。

「どう？　見つかった？」

「いや、まったく。手掛《てが》かりもない」

僕はリゼルに首を横に振《ふ》って答える。

「こっちも収穫《しゅうかく》なし。警備隊の詰所《つめしょ》にも行ってきたんだけど、落とし物を尋ねてきた人で、ブローチを探しにきた人はいないって」

「ということは、まだ落としたことに気付いていないか、あるいは探す気がないのか……」

まだ探している最中かもしれないけどな。もし僕が落としたのなら、まずは自分の通った道を探してみるし。

ブローチを拾った道を辿ってみるか。向こうも探していたら出くわすかもしれない。

「シロ兄ちゃん、リゼル姉ちゃん！　こっちこっち！」

僕らを呼ぶ声に顔を上げると、通りの向こうでミウラが大きく手招きしている。なにか情報を得たのか？

　僕とリゼルがミウラの下に駆《か》けつけると、そこにはミウラと同じくらいの女の子が立っていた。

　栗色《くりいろ》の髪《かみ》を三つ編みにして、おさげにしたおとなしそうな【魔人族《デモンズ》】の女の子だ。もちろんNPCである。ネームプレートが緑だし。名前は『ララ』か。

「この子が持ち主を知ってるかもって！」

　僕は持っていたブローチを差し出してララに見せる。ララはそれを手に取り、しばらく眺めてから返してくれた。

「うん、これケイトのブローチ。いつもつけてておを気に入りだって言ってた」

「そのケイトって子はどこに？」

「ん」

　ララが指差した先には、何かを一生懸命《いつしようけんめい》探している【獣人族《セリアンスロープ》】の女の子の姿があった。

　悲しそうな顔をして、髪から覗《のぞ》く兎《うさぎ》耳がうなだれている。おそらくあの子がケイトだろう。

　こんな近くにいたのか。

　僕はその子に近寄り、持っていたブローチを差し出した。

「君がケイト？　もしかしてこれを落とさなかったかな？」

「あっ!?　あたしのブローチ！　あった！　あったよぅ！」

ケイトは僕からブローチを受け取ると涙《なみだ》ぐんで笑顔を浮かべた。よほど大切なものだったんだな。

ケイトは嬉《うれ》しそうにブローチを自分の胸につけてから、満面の笑顔で僕を見上げた。

「お兄ちゃん、ありがとう！」

「どういたしまして。もう落とさないようにね」

僕がその笑顔に和《なご》んでいると、ポーン、と頭の中で通知音が鳴った。

★クエストが終了しました。

■個人クエスト
【落とし物を届けよう】
□達成
□報酬　銀のブローチ

お、クエストが終わったようだ。意外と簡単に終わったな。

しかし報酬が『銀のブローチ』って。ブローチの持ち主を探して、ブローチを貰《もら》っちゃったよ。

報酬欄《ほうしゅうらん》を見て呆れていると、散開していたみんなが戻ってきた。持ち主が見つかってみんなよかったとホッとしている。

「お兄ちゃん、見つけてくれてありがとう。これ、おばあちゃんからもらったものなの。そうだ！　こっちきて！」

「え？」

ケイトに腕《うで》を引かれるまま、僕らはブルーメンの教会通りから細い路地へと連れて行かれた。その路地を抜けると今度は別の通りに出る。教会通りほどではないが、それなりに大きな通りだ。

ケイトはその一角にある、小さな店へと僕らを連れて行った。『おとーさーん！』と言いながら奥へと入っていったので、おそらくここはケイトの家なんだろう。

店の中はそれほど広くはないが、いろんなものが売られている。木製の小箱、小さな櫛、匂《にお》い袋《ぶくろ》、財布、木彫《きぼ》りの人形、などなど……雑貨屋かな？　木製のものが多い。ハサミや釘《くぎ》など、金属のものも売っているみたいだが。

「あっ、これかわいい」

レンが手にしたものは小さな兎の箸置《はしお》きだった。兎がゴロンと寝転《ねころ》んだ姿をしている。確かにかわいいな。

「見て見て、こっちのも良くない？」

「あっ、それもかわいいね」

ミウラがレンに木製のコースターを見せた。こっちも兎の透《す》かし彫《ぼ》りがされている。兎の商品が多いな。ケイトも兎の【獣人族《セリアンスロープ》】だったし、それ繋《つな》がりかな？

僕がそんな益体《やくたい》もないことを考えていると、奥からケイトに連れられて、三十過ぎほどのケイトと同じ【獣人族《セリアンスロープ》】の男性が現れた。

「気に入ったのならどうぞ。差し上げますよ」

にこやかに笑うこの人がケイトのお父さんなのだろう。頭の上には兎の耳がぴょこんと伸《の》びている。

しかしなんだな……ケイトのように兎耳の少女は可愛《かわい》らしいが、無精髭《ぶしょうひげ》で眼鏡《めがね》、三十路《みそじ》のおじさんがウサミミを付けていると、なんとも微妙《びみょう》な気持ちになる。

「娘《むすめ》がお世話になったそうで。どうもご迷惑をおかけしました」

「あ、いえ、僕たちは落とし物を届けただけですので……」

「いえいえ、娘は昨日から落ち込みっぱなしでして……本当に助かりました。よろしければお礼ということで、そちらの商品をいくつかもらって下されば」

遠慮《えんりょ》しようとしたのだがどうしてもというので、僕らは一人ひとつずつ、小物商品をもらうことにした。どう考えても落としたブローチ以上の金額になると思うんだが、よほど大切な物だったのかな。おばあちゃんにもらったって言ってたし、形見の品だったのかもしれない。

「あたしこれにしよ」

「じゃあ私はこれ」

ミウラとリゼルが早々と決めたみたいだ。じゃあ僕もなにか選ぶとするか。えーっと……。

商品に目を迷わせていた僕の耳に、ポーン、と通知音が鳴《な》り響《ひび》く。

★クエストが発生しました。

■連鎖クエスト
【掘《ほ》り出《だ》し物《もの》を見つけよう】
□未達成
□報酬　？？？

※時間制限：本日のみ

「え？」

思わず動きが固まる。またクエストだ。これが連鎖クエストか？　『掘り出し物を見つけよう』ってどういうこと？

「シロさん？」

「あ、いや、なんでもない……」

レンが不思議そうに僕を覗き込んでくるが、ケイトとお父さんがいるし、このクエストの内容はここで話さない方がいい気がする。

掘り出し物というのはどういうことだろう？　何か特別に価値のある商品が混ざってい

る？　この中に？
でもそんなの僕にはわからないぞ。目利《めき》きなんてできないし……あ。
そうだ。【鑑定《かんてい》】があるじゃないか！
正確な価値はわからなくても大雑把《おおざっぱ》なところはわかるはずだ。
僕は近くにあった櫛を手に取り【鑑定】してみた。

【ベルイの櫛】　Eランク

■ベルイの木から作られた木製の櫛
□木工アイテム／櫛
品質：S（標準品質《スタンダード》）

最低ランクがF（売り物にならないものはG）だから、それよりは上なので普通《ふつう》の櫛だろう。品質も標準。至って普通の櫛ということだ。

他の櫛も片《かた》っ端《ぱし》から【鑑定】していくが、品質が多少落ちるロークオリティの物が混じっているだけで、特に掘り出し物といった櫛はなかった。

ちょっと待て。この店の中から見つけるのは無理なんじゃないか？

いや、時間をかけてもいいなら見つかるかもしれないが、さすがに店の商品全部を見せてくれ、っていうのはちょっと……。

むむむ……どうするか……。

「シロさん、これなんかどうですか？」

なにを選ぶか悩《なや》んでるとでも思ったのか、レンが小さな小箱を僕に見せてくる。

僕がその箱に何気なく視線を向けると、自動的に【鑑定】スキルがその箱を鑑定してしまう。

【ベルイの小箱】　Cランク

■ベルイの木から作られた二重《にじゅう》底の小箱
□木工アイテム／小箱

品質：Ｓ（標準品質《スタンダード》）

【？？？の地図】　Ｘランク

■？？？の道を示す地図
□備品アイテム／地図
品質：ＬＱ（低品質《ロークオリティ》）

んん⁉
小箱だけじゃなく、もう一つ鑑定されたぞ？　あ、小箱の方に二重底って書いてある。
ひょっとしてこの小箱の底板の下になにかの地図が入っているのか？
小箱自体もＥやＦランクの中、Ｃとけっこう高い。掘り出し物には違《ちが》いあるまい。
レンから小箱を受け取り、中を開けてみる。中には何もない。空っぽだ。
軽く振ってみるが音はしない。本当に地図なんて入っているのだろうか。二重底自体に描《えが》かれているとか？

「どうかしましたか？」

僕の行動を不審《ふしん》に思ったのか、ケイトのお父さんが尋ねてくる。

「あ、いえ。これはどういったものなんですか？」

「知り合いの卸業者《おろしぎょうしゃ》からいくつか買い入れたものです。高名な【地精族《ドヴェルグ》】の細工師が若き頃に作ったものだと聞いておりますが、それにしては地味なのでその値段に」

うーむ。確かに地味だけど。品質も標準《スタンダード》だしな。有名な【地精族《ドヴェルグ》】の作にしちゃあ、お粗《そ》末《まつ》な気もする。箱に彫《ほ》られている模様もパッとしないし。偽物《にせもの》かもしれない。

まあ、箱はどうでもいい。問題は中身だ。

ともかくこれを貰おう。中身の物がXランクということは、他に複製品がないということだ。さぞや価値のある物……かどうかはわからないが。

「ありがとうございました。またどうぞ」

「また来てね！」

ケイト親子に見送られながら僕らは店をあとにした。そのまま教会下の中央広場へ向かい、空いていたベンチへと腰掛《こしか》ける。

そこで初めてみんなに新たなクエストの内容を説明した。

「それで、これがその『掘り出し物』なの？」

「ただの小箱にしか見えないけどなぁ」

リゼルとミウラが僕から小箱を取って、いろんな方向から眺めていた。まあ、【鑑定】しなけりゃわからないよな。

「二重底になっているらしい。そこにXランクの地図が入っているらしいんだ」

「二重底？　……どうやって取るの？」

どうやってって……。……あれ、どうすればいいんだろう？　リゼルに言われて僕もわからず口ごもってしまった。

単に底板の上に底板がもう一枚乗せてあるだけで、逆さまにしたらポロリと取れるのかと思っていたが、そんなわけはなかった。

壊《こわ》すか？　いや、ケイト親子がお礼にとくれたものを壊すのもなぁ……。

蓋《ふた》を開け、ひっくり返したり、軽く底を叩《たた》いたりしてみたが、底が外れる気配はない。

むむむ……困ったぞ。

「ちょっと貸して下さい」

「え？　あ、はい」

ウェンディさんが手を差《さ》し伸べてきたので、素直《すなお》に小箱を渡《わた》す。

ウェンディさんはしばらく箱を回転させながら何やら力を入れていたが、グッと箱の側面を押《お》すと、一部分がスライドしてそこだけがズレた。

「あっ⁉」

「やはり。なるほど、ではこっちを下げれば……」

ウェンディさんがズレた側面全体を下に押すとさらにそこがズレる。まるでパズルを解くように彼女《かのじょ》が箱のいろんな方向を押していくと、やがて底板がぱかりと外れ、中から一枚の古びた紙がウェンディさんの膝《ひざ》の上に落ちた。

「すごいです！」

「母が持っていた寄木細工のからくり箱に似てたもので」

寄木細工？　箱根の民芸品だっけ。こんな仕掛《しか》けがしてあったのか。有名な【地精族《ドヴェルグ》】の作というのも本当かもしれない。

ウェンディさんが折りたたまれた紙を僕に差し出す。それを受け取ると、またポーン、と、通知音が鳴った。

★クエストが終了しました。

■連鎖クエスト
【掘り出し物を見つけよう】
□達成
□報酬　ランタン（広範囲《こうはんい》）

「ん？」

「どうしました、シロさん？」

「いや、クエストが終わったんだけど、報酬が……」

インベントリから報酬の『ランタン（広範囲）』を取り出す。手で持つタイプのごく普通のランタンに見える。（広範囲）とあるから、普通のよりも遠くまで明るくするのだろうが……。

なぜにランタン？　いや、便利なのは便利なのかもしれないが。着火に火種もいらず、MP1で明かりがつくらしいし。

……まあとりあえずこれはしまっとこう。僕はインベントリにランタンをしまった。

それよりも地図を調べよう。【鑑定】では『？・？・？の道を示す地図』としか出てなかったが……。

折りたたまれた地図を広げる。これは……。

「なになに⁉　宝の地図とか⁉」

「……うん。当たらずとも遠からずってとこかな」

「え⁉　ホントに⁉」

目をキラキラさせるミウラに古びた地図を見せる。

地図には部分的な迷路《めいろ》のようなものが描かれ、その中を赤い線が走っていた。赤い線は大きな赤丸から延びて、迷路を抜けたその先には大きなバツ印が描かれている。いかにも『宝の地図』って感じだ。

おそらく出発点から目的地までの正解の道筋を示しているのだと思うのだが、これがどの地図なのかはさっぱりわからない。

「どこかのダンジョンかな？」

「この辺にダンジョンなんかあった？」

「『ミーティア』のマスターの話だと、確か【強欲《ごうよく》】の領国で見つかったって聞いたな。でもそれってシークレットエリアらしいけど」

「え、さすがにシークレットエリアじゃ探すのは無理じゃない？」

【怠惰《たいだ》】の領国でダンジョンが見つかったという話はまだ聞いたことがない。これがシークレットエリアにあるダンジョンの地図なら僕らにはお手上げだ。

「……少しよろしいでしょうか？」

僕らが考え込んでいると、ウェンディさんが、ミウラの持つ地図を手に取った。ウェンディさんは地図をくるりと逆さまにしてみたり、また戻《もど》したりしていたのだが、しばらく考え込むと、おもむろに口を開いた。

「このバツ印を見て下さい。これは『バツ』ではなく十字なのではないでしょうか？」

「え？　十字？」

ウェンディさんから地図を受け取り、よく見てみる。確かに手書きだから、角度によって十字と見えなくもない……か？　でも十字だからってそれがなんだというのだろう？

「わかりませんか？　この『DWO《デモンズ》』で十字と言えば……」

「あ！　教会です！」

レンがパンッ、と手を打ち、視線を上に向けて叫《さけ》ぶ。レンの視線を追うと、長い階段上の教会が見えた。

そうか、『DWO《デモンズ》』で十字と言えば教会のマップマークだ。

マップを開く。すると教会のある位置にしっかりと十字のマークが示されていた。

「待てよ、じゃあ、これって……」

「はい。ダンジョンではなく、この町の地図なのではないかと。雑に描かれていますし、全体図が描かれているわけでもないのでわかりにくいですが」

てことは、この十字の方が出発点の教会で、赤丸の方がお宝なのか。道順も逆だったわけだ。

地図を広げてマップウィンドウと重ねてみる。多少のズレはあるが、確かにこの町の地図みたいだ。

マップを確認《かくにん》していた僕の耳に、ポーン、と今日何度目かの通知音が鳴り響く。

★クエストが発生しました。

■連鎖クエスト

【お宝を見つけよう】

□未達成

□報酬　？？？
※時間制限：本日のみ

『お宝を見つけよう』ときたか。間違《まちが》いなくこれは宝の地図のようだな。

なんでこんな物が二重底の中に入っていたのかはわからないが、あまり気にするのはよそう。ゲームだし。

「シロさん、行ってみましょう！」

「シロ兄ちゃん、地図貸して！」

年少組二人はもう行く気満々だ。ミウラは僕から地図を引ったくり、マップウィンドウと照らし合わせながら走り始めた。その後にレンも続く。

「あ、おい！　先に行くなって！」

「我々も続きましょう」

「そだね」

僕、ウェンディさん、リゼルの三人も、二人を追いかけるようにして走り出した。

教会通りから外れて細い路地に入り、複雑に入り組んだ町裏の通りを地図を頼《たよ》りに進んでいく。

ウィンドウに映るマップとは違い、地図は手書きなので、どこに向かっているのかがよくわからない。大通りから外れていってるのはわかるんだけれど。

「あれえ？」

「どうした？」

先頭を走っていたミウラが立ち止まり、首をひねっていた。マップと地図を見比べて、それから辺りをキョロキョロと見渡《みわた》す。

裏路地《うらろじ》の先は行き止まりになっていて、小さな資材置き場のようになっている。柱に使うような木材や、古びた樽《たる》、大きな木箱などが置かれていた。

「ここからこっちの方に道があるはずなんだけど、ないんだよね……。新しく家が建ったのかなあ？」

ミウラが指し示した方向には三階建ての建物があり、細い道すらない。日の当たらぬ路地裏から目の前の建物を見上げてみる。……まさか建物を乗り越《のこ》えて、屋根の上を行けってんじゃなかろうな？

「それにここから先ってマップと合わないんだよ。これ昔の地図っぽいから、やっぱり後から家が建ったのかも……」

……いや、それはないと思う。普通ならそう考えてもおかしくはないが、これはゲームの中だ。町に新しいも古いもない。古そうに見えても最新の町なのだ。町をアップデートしたなんてまだ聞かないしな。

「あ、ひょっとして……！」

「レン？」

レンはそこらに置いてある樽や木箱を調べ始めた。その中にお宝があるとか？　まさか。

「ありました！　ここです！　この下です！」

突然《とつぜん》レンが叫び、一つの木箱を指し示す。この下？

ウェンディさんがその木箱をどけると、その下には鉄でできた開閉式の四角い蓋が地面に設置されていた。

蓋を開けると、垂直に梯子《はしご》がかけられている。底は十メートルほど。どうやら地下通路になっているようだ。ブルーメンの地下にこんなものがあったなんて。

「どうやらお宝はこの先のようだな」

まずは僕が下りてみることにする。垂直な梯子を下りると、随分《ずいぶん》と広い地下道へと出た。高さ三メートルほどの、レンガのようなもので作られた半円状の通路だ。梯子の近くはまだ光があるから見えるが、その先は暗くてよく見えない。

あ、そうか。ここで使うのか。

僕はインベントリから先ほどのクエスト報酬《ほうしゅう》で手に入れた『ランタン（広範囲）』を取り出して、ＭＰ１を使い、魔力《まりょく》で火をつけた。

「おお……」

周囲が一気に明るくなる。かなり先の通路まで見渡せるな。さすが『ランタン（広範囲）』なだけはある。

というか僕、【暗視】スキル持ってた。今のうちにセットしとこう。

……うーむ、熟練度が低いからかそれほどよく見えないな。

「シロさん、大丈夫《だいじょうぶ》ですか？」

「ああ、大丈夫《だいじょうぶ》。下りてきてもいいよ」

僕が返事をすると、まずウェンディさんが下りてきて、その後にレン、ミウラ、リゼルと地下道へと下りてきた。

「うわぁ……。なんか不気味だね。まさかここってダンジョンじゃないよね？」

リゼルが辺りを見回しながらぼそりとそんなことをつぶやく。さすがにそれはないと思うが、気をつけて進んだほうがいいよな。

警戒《けいかい》しつつ、しばらくまっすぐな道を進むと丁字路《ていじろ》にぶち当たった。

「えーっと、こっちだね」

ミウラが僕《ぼく》の持つランタンで地図を確認し、右の道を指差す。

すぐにまた同じような分かれ道に当たり、その都度地図を頼りに僕らは地下道を進んでいった。

けっこう入り組んでるな……。これ、地図がなかったら間違いなく迷子になっているぞ。

ダンジョンってのもあながち間違いでもないような気がしてきた。

「もう少しで目的地に着くよ！　そこの角を右に曲がれば……！」

「お？」

ミウラの指示通り、右手に曲がった僕らの目の前には、今までの地下道ではなく、広い空間が広がっていた。

『ランタン（広範囲）』の明かりも奥《おく》まで届かず、僕の【暗視】でも先が見えない。ちょっとした広場のような空間である。

ミウラの持つ地図を覗き見ると、目的地手前に大きめな部屋のようなものがあった。おそらくそれがここなんだろう。

「こんな空間が町の地下にあったなんてな……」

「ローマのカタコンベのような場所なのかもしれませんね」

辺りを見回しながらウェンディさんがそんなことをつぶやく。カタコンベ？　聞いたことがあるような、ないような。なんだったっけ？

「カタコンベってなに？」

僕も思った疑問をミウラが尋ねてくれた。

「地下にある墓所のことです」

「ぼっ……!?」

ウェンディさんの返答に、僕も他のみんなも動きが止まった。ちょっと待った。じゃあ何か？　ここって墓場かもしれないの!?

僕らの動揺《どうよう》を感じ取ったのか、闇《やみ》の中から、カサッ、となにかが動く音がした。

「ひっ!?」

レンがウェンディさんの後ろに隠《かく》れる。それを合図にしたわけではないが、ウェンディさんが盾《たて》を構え、僕とミウラは剣《けん》を抜《ぬ》いた。

僕の【気配察知】が知らせている。何かがいる。あの闇の向こうからこちらを窺《うかが》っているなにかが。

カサカサッ、と右に動く音がしたと思えば、同時に左の方からも同じように聞こえてきた。これは複数いるな。

「ま、まさかゾンビとかじゃないですよね？」

「わからない。町の地下にそんなモンスターはいないと思いたいけど……」

弓矢を構えるレンにそう答えながらも、僕はランタンを持って前へと進む。

その時突然、闇の中から犬ほどもある大きなネズミが飛び出してきた。

そのまま大ネズミは僕の方へと襲《おそ》いかかってくる。それを紙一重《かみひとえ》で躱《かわ》した僕は、すれ違いざまに右手に持った『双焔剣《そうえんけん》・白焔《びゃくえん》』で大ネズミを斬《き》りつけた。

その直後、ドスドスッ！　という音とともに、僕の横を抜けた大ネズミに二本の矢が突《つ》き刺《さ》さる。レンが放った戦技《せんぎ》【ツインショット】だ。

一瞬《いっしゅん》、動きが止まった大ネズミに再び僕が【スラッシュ】で斬りつけると、大ネズミは光の粒《つぶ》となり消えた。

「ジャイアントラットだよ！　歯と爪《つめ》に毒を持っているから気をつけて！」

リゼルの声が地下広場に響き渡る。僕は左手に持っていたランタンを地面に置き、代わりに『双焔剣・黒焔《こくえん》』を抜き放った。

中央に置いたランタンを背に僕らは円陣《えんじん》を組む。ランタンが壊されては戦闘《せんとう》にならないからな。

ジャイアントラットは比較的倒《ひかくてきたお》しやすい部類のモンスターらしい。歯と爪にある毒が面倒《めんどう》だが、動きはそれほど速くはないし、攻撃力《こうげきりょく》も弱い。おまけに頭もそれほど良くはない。

「【ファイアアロー】！」

『ギギュッ!?』

リゼルの放った炎《ほのお》の矢を受けて、一匹《ぴき》のジャイアントラットが火ダルマになった。魔法《まほう》には持続効果のあるダメージが発生するものもある。『燃焼《ねんしょう》』もその一つだ。

「【大切断】！」

ミウラの戦技によりジャイアントラットが真っ二つになる。しかし続けて横薙《な》ぎに払《はら》った大剣は命中せず、空振《からぶ》りとなった。

「もー！　暗くて見えにくい！　【暗視】スキル買っときゃよかった！」

いや、熟練度が低いままだと大して役に立たないぞ。ランタンの明かりとリゼルの放つ火属性魔法の明かりだけが頼りだな。

闇夜《やみよ》から突然飛び出してくる敵ってけっこう面倒だ。

「【ファイアバースト】！」

リゼルの広範囲火属性魔法が炸裂《さくれつ》する。ジャイアントラットが数匹《すうひき》まとめて火あぶりになり、その動きが鈍《にぶ》った。

「【一文字斬り】」

僕はそのジャイアントラットの間を縫《ぬ》うように、確実に一撃《いちげき》を加えて数を減らしていく。

くそっ、一体一体はそこまで強くはないが、数が多い！　おまけに微妙にＨＰも高くて、一撃で倒《たお》せるのは僕らの中じゃミウラだけだ。

地道に暗闇《くらやみ》の中から襲い来るジャイアントラットを確実に仕留めていくと、やがて敵わないと判断したのかやつらは逃走《とうそう》を始め、僕らの前から姿を消した。

当たり前だが、追撃《ついげき》などはしない。この暗闇の中で追いかけるのは無理だしな。

「ふひー……。めんどくさかったー」

ミウラが大剣を杖《つえ》に寄《よ》り掛《か》かる。リゼルもインベントリからマナポーションを取り出してガブ飲みしていた。その苦さに顔をしかめながら。

「また変なのが出てきたら面倒だ。今のうちに先に進もう」

「さんせー」

大剣を担《かつ》ぎ直し、ミウラが挙手した。置いておいたランタンを拾い上げ、僕らは地図の示す赤丸の場所へと進む。

一本道の長い通路を進むと、小さな小部屋のような場所へ出た。

そこはまるで何かの工房《こうぼう》のような場所だった。炉《ろ》のようなものも設置されており、金床《かなとこ》のようなものも転がっている。

中央に置かれた大きな木の机には数枚の図面が放《ほう》り出されており、その近くに置いてあった筆立てには、羽根《はね》ペンや小さな鋏《はさみ》、定規などが入れてあった。

壁際《かべぎわ》に設置された戸棚《とだな》には数冊の本以外何も置いておらず、床に無造作に置かれた木箱の中には、鉄屑《てつくず》や木材、針金のようなものがわずかに残っている。

もう何年も誰《だれ》も来ていないようだ。そこらじゅうに蜘蛛《くも》の巣が張り、埃《ほこり》が積もっている。

「ここは……」

「どうやらここはセーフティエリアのようですね。地下通路のセーフティエリアを私的に使っていたようです」

ひょっとしてここって、あの小箱を作った【地精族《ドヴェルグ》】の工房なのか？　長い間使われていないのは、すでに亡《な》くなったとか……。

「ねえ、お宝は⁉　お宝はどこ⁉」

ミウラが辺りを必死になって見回すが、それらしきものは見当たらない。

本当にここにお宝なんてあるのだろうか。今更《いまさら》ながら、疑わしくなってきた。そもそもクエストウィンドウに『お宝を見つけよう』と表示されているだけで、この地図には別にお宝がここにあるよ、とは書いてないし。

「ひょっとしてあの地図って、この工房を使っていた【地精族《ドヴェルグ》】が、ここに迷わないで来るための道順を書いた、ただのメモなんじゃ……」

「ええ!? そんなー!」

僕がそう言うと目に見えてミウラがガッカリと肩《かた》を落とす。うーむ、変に期待させたのが悪かったか。

だけどクエストウィンドウに『お宝を見つけよう』とある以上、金銀財宝ではなくてもなにかしらのお宝はあると思うんだが。

「みんな! これ見て!」

ミウラと同じく部屋を物色していたリゼルが声を上げた。

リゼルは戸棚の引き出しから取り出した、何やら二十センチばかりの長方形の小箱を持っていた。

小箱は古めかしい木製であったが、美しい細工が施《ほどこ》された、いかにも高級そうなものであった。

少し興奮したようにリゼルが小箱をテーブルに置く。

「ネックレスでも入ってるのかな?」

あー、形からして確かにそんなのが入っててもおかしくないような気もするな。能力値高上昇《じょうしょう》のアクセサリーならお宝とも言えなくはない、か？

高名な【地精族《ドヴェルグ》】の職人が作ったアクセサリーなら、それくらいの価値はあって欲《ほ》しいものだが。

「……え？」

さっきまで肩を落としていたミウラも復活し、小箱にキラキラとした視線を送っていた。

ちょっとばかり僕もドキドキしながらリゼルが小箱の蓋を開けるのを見守る。

「ふむ」

「これは……」

「なにこれ？」

「えーっと、これは……。ナイフ、か？」

小箱に入っていたものは、形から判断するに二十センチほどのナイフに見える。しかしそれには刃《は》はなく、金属の輝《かがや》きもない。

細部まで彫刻《ちょうこく》が施され、作りは見事だが、木製のナイフであった。

「……ペーパーナイフ？」

「……だね」

リゼルがナイフを手に取り、刃の部分に当たるところを指でなぞる。当然ながら切れはしない。

二重底の小箱といい、このペーパーナイフといい、ここを根城にしていた【地精族《ドヴェルグ》】ってのは木工職人だったのかね？

リゼルからペーパーナイフを受け取り、そんなことを考えていると、ポーン、と頭の中に通知音が鳴り響いた。

★クエストが終了《しゅうりょう》しました。

■連鎖《れんさ》クエスト
【お宝を見つけよう】
□達成
□報酬　なし

「クエスト達成？　ってことはやっぱりこれがお宝？」

僕が思わず漏《も》らした声に、ミウラが再び肩を落とした。

「ええ……。あんだけ苦労して本当にペーパーナイフ一本なの？」

「ミ、ミウラちゃん、気持ちはわかるけど、クエストは当たり外れがあるから……」

レンが落ち込む友達に慰《なぐさ》めるような言葉をかける。

報酬が『なし』となっているから、おそらくこのペーパーナイフ自体が報酬に当たるのだろう。連鎖クエストもここで終了か。

なんというか……『大山鳴動して鼠《ねずみ》一匹』って感じだな。いや、ネズミは山ほどいたけど。

とりあえず鑑定してみるか。なにか珍《めずら》しい木材を使っているのかもしれないし。

【紙殺し】　Xランク
■伝説の木工職人、バルフレドが生涯《しょうがい》最後に作りあげたペーパーナイフ。
この世のいかなる紙も切《き》り裂《さ》くことができる。

紙以外を切ることはできない。

□工芸アイテム
品質：F（最高品質《フローレス》）

「…………は？」

『紙殺し』？　この世のいかなる紙も切り裂くことができる？

鑑定結果に呆然《ぼうぜん》としていると、レンが不審がって僕を覗《のぞ》き込んできた。

「どうしたんですか、シロさん？」

「あ、いや、これ、このペーパーナイフなんだけど……」

僕が鑑定結果をみんなに教えると、なんとも微妙《びみょう》な顔でお互《たが》いに視線を交《か》わした。気持ちはわかる。

僕は持ったペーパーナイフを、テーブルの上にあった何かの図面の上で軽く走らせた。スパッ、と鮮《あざ》やかに紙が切れる。すごいな。ペーパーナイフというか、普通のナイフみたいに切れるぞ、これ。

図面の下のテーブルには傷一つない。『紙以外切ることはできない』ってか。紙は木からできているのに、木のテーブルは切れず、紙しか切れない。完全に紙しか切ることができないみたいだ。

僕はもう少し検証しようと、戸棚に放置してあった本を一冊、テーブルの上に置いた。

『紙殺し』を本の上に走らせる。

「あれ？　切れないな……」

「その本は表紙が革張《かわば》りなのでは？　紙ではないので切れないのかと」

「ああ、そういう……」

ウェンディさんに説明され、表紙をめくり、中のページの上にペーパーナイフを走らせると、分厚い本がまるで豆腐《とうふ》でも切るかのように、裏表紙までの全《すべ》てのページが真っ二つになってしまった。

「すごい！　シロ兄ちゃん、あたしにもやらせて！」

ミウラがペーパーナイフをひったくり、縦に真っ二つにしたページの束を、今度は横に切り裂いた。僕の時と同じように再びスパッと切れる。

切れたページを積み重ね、さらに分厚くした紙でも容易《たやす》く切り裂くことができた。

「すごいよ、これ！　確かにお宝かも！」

「でも紙だけしか切れないんでしょ？　何か使い道ある？」

「え？　えっと……」

リゼルの冷静な言葉にミウラが口籠《くちごも》る。確かにどんな紙でも切れるが、紙だけしか切れないペーパーナイフなんて、どう使えばいいのか。

「紙や本のモンスターとかっていたっけ？」

「聞いたことないですけど……」

武器としては使えそうもないな……。他の使い道、他の使い道……。

……ペーパーナイフとしてしか使えないいんじゃないか、これ？

「売っちゃう？　レアアイテムみたいだし、それなりの金額にはなるんじゃない？」

「ええー!?　もったいないよー！」

リゼルの提案にミウラが反対する。おそらく手放せば二度と手に入るまい。ミウラが反対する気持ちもわかるんだが、インベントリの肥やしになるだけなら売った方が、というリゼルの考えもわかる。

僕らは手に入れた微妙なペーパーナイフをどうするか話し合いながら、地下通路を戻り、地上へと出た。

辺りはもうすでに夕暮れになっていて、空が赤く染められている。

「長いクエストだったなあ……」

「でも面白《おもしろ》かったです。またチャンスがあれば挑戦《ちょうせん》したいですね」

暮れなずむ光の中、屈託《くったく》のない笑《え》みを浮《う》かべるレン。

また挑戦ねえ……。僕はしばらくの間、クエストは遠慮《えんりょ》したいかな。

結局『紙殺し』はレンにあげることにした。服などを作るときの型紙を切るのに使っているとか。それなりに重宝しているらしい。

伝説の木工職人も草葉の陰《かげ》で喜んでいることだろう。……たぶん。

ゲームなのでそんな人がいたのかどうかはわからないが。

DWO:02:07 プレイヤーキラー

【Game World】

「シズカです。よろしくお願いします」

「シロです。こちらこそよろしく」

ミウラが連れてきた新たなプレイヤーは綺麗《きれい》な黒髪《くろかみ》ロングの少女だった。

種族は僕と同じ【魔人族《デモンズ》】。背丈《せたけ》はミウラより少し高いくらい。三人の中では一番高い。

目鼻立ちは幼いながらも整っていて、あと五年もすればかなりの美人さんになると思われる。

あ、いや、リアルの姿を知らないからそうとも言えないか。レンたちの話によると、それほど現実と変わってはいないみたいだけど。

というか、僕もこのゲームをしてから感じたのだが、アバター設定時に自分の顔をいじるのってけっこう躊躇《ためら》うんだよね。

そりゃ美形にしたいとは思うんだけど。その美形姿でリアルを知ってる友達とか知り合いに会ったら、気まずいよなあ、と。

だからどうしてもパーツをちょちょいといじるくらいでやめてしまう。

僕、レン、ウェンディさん、ミウラはもともと知り合いとやろうとこのゲームを始めたから、その傾向《けいこう》が強かったようだ。

……まあ、僕以外は元々いじる必要もなかったってのもあるかもしれないが。

「シズカは薙刀《なぎなた》を使うんだね。槍《やり》からの派生だっけ？」

「はい。【槍の心得】から派生する【薙刀術】ですわ。お祖母《ばあ》様に習っておりますので、使い慣れた武器の方がいいと思いまして」

なるほど、薙刀の経験者か。それで。

まあ、そこまではわかるんだ。そこまでは。

「で、なぜに巫女《みこ》装束？」

そうなのだ。シズカは白衣《びゃくえ》に緋袴《ひばかま》、足袋《たび》に草履《ぞうり》という巫女装束の上から軽装の胸鎧《よろい》と籠《こ》

手《て》を装備していた。

正確には巫女装束に似た服装というか、オリジナルっぽい衣装だが。

「これはレンシ……レンさんからの贈《おく》り物《もの》ですわ」

少し照れたようにシズカが袖《そで》を持ち上げる。レンが作ったのか。なんかまたメキメキと腕《うで》を上げてきているなあ。これもソロモンスキル【ヴァプラの加護】の効果か？

「私《わたくし》、祖母の家が神社なものでして。『だったら巫女装束ですね！』とレンさんが」

「自信作です！」

銀髪《ぎんぱつ》ツインテールがドヤ顔で踏《ふ》ん反《ぞ》り返《かえ》る。ウザ可愛《かわい》いが、また目立つ衣装を作ったなあ。

「シズカは【カウンター】とか持ってるんだっけ？」

「はい。あとは弱点を見破る【看破】、力を溜《た》める【チャージ】などですね。あとは【気配察知】と、レアスキルの【健康】もあります」

ミウラの質問にシズカが答える。【健康】？　レアスキルってことは★付きか。どんな効果なんだ？

「レアスキル【健康】は毒や麻《ま》痺《ひ》、眠《ねむ》りなどの状態異常がかかりにくくなるスキルですね」

ウェンディさんが説明してくれた。おお、それはすごいな。言ってみれば【毒耐性《たいせい》】

【麻痺耐性《まひたいせい》】【睡眠耐性《すいみんたいせい》】【暗闇耐性《くらやみたいせい》】【混乱耐性】などが全部ひとまとめになっているスキルってことか。

「あくまでかかりにくくなる、というだけですので、レジストに失敗すれば状態異常になってしまいますけれど」

「あれ？ ひょっとして【健康】ってブレイドウルフの【ハウリング】も防げる？」

「【威圧耐性《いあつたいせい》】ほどではないでしょうが。一応、抵抗値《ていこうち》は高いと思いますわ」

おお。これは大きなアドバンテージだ。身体が硬直《こうちょく》する【ハウリング】を使われても、動ける者がいるのといないのとじゃ大きな差がある。

「これで六人。フルパーティになったな」

「ギルドを作ってランクを上げればパーティ人数も増やせるらしいけど、とりあえずはこの六人でブレイドウルフを目標に頑張《がんば》ろうよ」

リゼルの言う通り、当面の目標はそれだな。しかし六人中三人が十三歳《さい》以下ってのはなぁ……。他にもそういうパーティがいないわけじゃないけど、だいたい家族だったりする。

それに僕以外全員女の子ってのもな……。たまーに入りにくい話題とかあるんだよなあ。そこまで肩身《かたみ》が狭《せま》いわけじゃないけど。

まあ、このパーティはウェンディさんを保護者にした、レン、ミウラ、シズカの四人に、僕とリゼルが付いている、といった形だから仕方ないか。

「とりあえず熟練度上げも兼《か》ねて、『銀の月光石』狙《ねら》いでシルバードがいるエリアへ行きましょう」

シルバードはブルーメンの町から東にある【トリス平原】、そのさらに先にある【ギアラ高地】に棲息《せいそく》している。

僕らはそこを目指すため、ポータルエリアへと足を向けた。

◇　◇　◇

【ギアラ高地】はその名の通り、垂直に切り立つテーブルマウンテンが多く点在する高地帯で、自然が豊かな場所である。

第二エリアでもかなり手強《てごわ》いモンスターの棲息する場所で、油断はならない。

僕らの狙う『銀の月光石』を持つモンスター、シルバードは、この【ギアラ高地】全域に棲息している。

だからそれなりに遭遇《そうぐう》はするんだけど……。

「行っちゃいましたね……」

レンが構えていた弓を下げながら小さく呟《つぶや》く。そんなレンに励《はげ》ますように僕は声をかけた。

「あんな高いところを飛んでたら仕方ないよ。別なのを探そう」

遭遇はするのだが、なかなか戦闘にはならない。向こうがこちらに気付かないのだ。遠《えん》距離《きょり》攻撃《こうげき》できるレンの矢とリゼルの魔法でも、限度というものがある。レーヴェさんの言っていた、エンカウント率が低いってのはこういうことか。

「高原のフィールドだと鳥はなかなか降りてこないんだな。森林部の方に行ってみようか」

羽休めする木々があった方が降りて来やすいんじゃないかな。僕の提案にみんなも賛成してくれたので、【ギアラ高地】の森林フィールドへと足を踏み入《い》れた。

ジャングルというほどでもないが、普通《ふつう》の森よりも雑多な木々が生《お》い茂《しげ》る中を僕らは進む。

途中《とちゅう》、何匹《なんびき》かのモンスターに遭遇したが、率先《そっせん》して僕とシズカが倒した。

この森では大剣を使うミウラはうまく操《あやつ》れないのだ。同じように大盾を扱《あつか》うウェンディさんも自由度が制限される。

「【二段突き】」

『ギュラララッ！』

シズカの放った戦技によって、襲ってきたムカデのモンスター、ブルーセンチピードが光の粒となって消滅《しょうめつ》する。

もともと薙刀の経験者だからなのか、シズカの薙刀は美しい軌道《きどう》を描《えが》く。

もっともそれは開けた場所だけのことで、こういった狭い場所では今のように突きを多用していた。

「関係ないモンスターの方が寄ってくるよね。まあ、レベルアップ・スキルアップになるから無駄《むだ》じゃないけど」

リゼルの言う通り、肝心《かんじん》のシルバードがなかなか見つからない。いや、辺りにいるのかもしれないが、こうも木々が密集していると見つけるのが大変だ。

さっきから【気配察知】を全開にして探《さぐ》っているのだが、まったく――――。

「――みんな止まれ。……いた」

僕が静かに指を差す方向、その木の枝に目的のシルバードが止まっていた。

シルバードは全身銀色の羽に覆《おお》われた鷹《たか》のような鳥で、尻羽《しりわ》が長い。体長は一メートル近くもあり、翼《つばさ》を広げた大きさは二メートル半を超《こ》える。

ウェンディさんが言うにはアンデスコンドルとかはもっと大きいらしいけど。デカい鳥なだけあって、群れることはなく、大抵《たいてい》一羽で飛んでいる。目の前のこいつもそうだろう。

横にいたレンが弓を引《ひ》き絞《しぼ》り、【チャージ】を発動する。リゼルも魔法の詠唱《えいしょう》を始めた。その間に僕とシズカはシルバードの近くへゆっくりと近づいていく。

「【スパイラルショット】」

強力な回転により、風をまとった一本の矢が、羽繕《はづくろ》いをしていたシルバードの翼を貫《つらぬ》く。

「キュアァクァァァ！」

「【ファイアアロー】！」

枝上で暴れるシルバードのところに、今度はリゼルの放った炎の矢が襲いかかる。

連続攻撃《こうげき》にたまらず木の枝から落ちたシルバードへ、今度は僕とシズカ、そしてミウラが攻撃を仕掛《しか》けた。

「クルァァァァァァッ！」

「【大切断】！」

先行したミウラの戦技で、シルバードの片翼《かたよく》が切断される。

シルバードが地上でもがき、倒れこみながらも残った翼をはためかせると、鋭《するど》い羽が手《しゅ》裏剣《りけん》のように飛んできた。

「【旋風輪《せんぷうりん》】！」

シズカが僕の前に立ち、薙刀の中心を持って、扇風機《せんぷうき》のように回転させる。飛んできた羽根《はね》手裏剣《しゆりけん》がことごとく撃《う》ち落《お》とされていく。

小学生の女の子に庇《かば》ってもらうのは少し情けないが、このチャンスを逃《のが》すわけにはいかない。

シズカの後ろから彼女《かのじよ》の頭を飛《と》び越え、シルバードの前に着地する。射程距離《きより》に捉《とら》えた敵へ向けて戦技を発動させた。

「【十文字斬り】」

左手の双焔剣『黒焔』で横に一閃《いつせん》、続けざま右手の『白焔』で縦に一閃。

レンの戦技とリゼルの魔法でダメージを受けていたシルバードはその攻撃で光の粒となった。

「ふう。飛ばさせないようにするのが大変だな」

今のは不意打ちが効いたから助かったけど。

しかしシズカは冷静に対処するなあ。本当にミウラとかと同級生か？

子供らしい子供のミウラに思わず視線を向けてしまう。

「？　なに？」

「……いや、『銀の月光石』がドロップしたかなと思って」

「そんな一発目で出ないよー。『銀鳥の羽』と『銀鳥の尾羽《おばね》』だった」

僕も確認《かくにん》してみたが、ミウラと同じドロップアイテムだった。レンが比較的《ひかくてき》出にくいとされる『銀鳥の嘴《くちばし》』を手に入れたが、僕らの狙いはそれじゃない。

結局全員ハズレだった。

気を取り直して次のシルバードを探すことにする。

森の緑に銀色ってのは目立つと思ったんだが、案外見つけにくいもんだなぁ。

「レンの【鷹の眼《め》】で見つけられない？」

「こうも木々が多いと難しいの！」

ミウラの言葉に唇《くちびる》を尖《とが》らせてレンが答えた。

レンは弓を使うため、遠くを見渡《みわた》せる【鷹の眼】のスキルを持っている。しかしこれは遮蔽《しゃへい》物を跳び越《とこ》えて見られるわけではないので、こういった場面では役に立たないのだろう。

「ん？」

【気配察知】が何かを捉えた。木の上ではない。森の奥、茂みの中からだ。また青ムカデか？

茂みの方に注意を向けた僕に向かって、突然《とつぜん》鋭《するど》い一本の矢が飛んできた。

これは……！　さっきレンが放ったのと同じ、弓戦技【スパイラルショット】⁉

「く……ッ！【風塵斬《ふうじんき》り】！」

飛んできた矢を戦技で撃ち落とす。両手に持つ双焔剣『白焔』と『黒焔』の効果により、炎の竜巻《たつまき》が僕の周囲に舞《ま》い上《あ》がった。

「ち、馬鹿《ばか》が。外しやがって」

矢の飛んできた茂みの中から、四人の男たちがぞろぞろと現れた。

それぞれが異なる得物を持ち、ニヤニヤとした笑みを浮かべている。

男たちに僕が視線を向けると、その頭上にネームプレートがポップした。

通常、プレイヤーのネームプレートは青。ＮＰＣは緑だ。

しかし、犯罪を犯《おか》したプレイヤーはオレンジ、ＮＰＣはグレーとなる。

そして、さらに重い犯罪を犯したプレイヤーは赤となり、ＮＰＣは黒になるのだ。

目の前にいる四人の男たちのネームプレートは全員が赤だった。

こいつら……賞金首だ。

◇　◇　◇

四人の男たちは皆《みな》、赤い革鎧《かわよろい》や金属鎧を身にまとい、胸には一眼を象《かたど》った意匠《エンブレム》が付けられていた。

手にはそれぞれ弓、斧《おの》、槍、剣を持ち、ニヤニヤと馬鹿にしたような笑みを浮かべてこちらを見ている。

「ガキが三人かよ。分け前が減るな」

剣を手にした男の言葉で、こいつらがどういう輩《やから》かを察する。

おそらく、いや間違《まちが》いなく、こいつらはＰＫ《プレイヤーキラー》だ。

プレイヤーキラー。その名の通り、プレイヤーを襲い、殺す、悪質なプレイヤーのことである。

リゼルに教わったが、『ＤＷＯ《デモンズ》』におけるＰＫは決して割のいい行為《こうい》ではない。

確かに相手プレイヤーを殺すと、所持金の半額とアイテムを手に入れることができるが、アイテムはランダムドロップで三つだけ。しかも装備しているアイテムは奪《うば》うことができない。所持金も金庫分は手に入らないのだ。

苦労して目的を果たしても、薬草三個と１００Ｇということだってありうる。

逆に返り討《う》ちにあい、討伐《とうばつ》された時のペナルティの方がはるかに大きい。

所持金は全て討伐された相手に、装備品も含《ふく》めた所持アイテムの半分がその場にランダムドロップ、レベルダウン・熟練度が半分に、一定期間のログイン不可となる。

そもそもネームプレートが赤、つまり『賞金首』になると、警備兵や騎士団《きしだん》に追われることになるため、町や村に入ることができなくなる。もちろん賞金目当ての普通のプレイヤーからも狙われる。

このように『ＤＷＯ《デモンズ》』ではデメリットの方が大きすぎるＰＫである。やろうとするプレイヤーはあまりいない。

しかし禁止されているわけではないし、それでもやろうとする輩はいるものだ。目の前の四人のように。

「ＰＫか」

「おうよ。わりぃが死んでもらうぜ。そっちの三人の嬢《じょう》ちゃんらは対象外だけどな」

槍を肩に担いだ男がレン、ミウラ、シズカの方に視線を向ける。

『ＤＷＯ《デモンズ》』では十五歳未満のプレイヤーにはＰＫを行うことができない。また逆も然《しか》りで、十五歳未満のプレイヤーはＰＫを行うことができない。

レンたち三人は殺される心配がないというわけだ。反撃《はんげき》もできないが。

だけど保護者であるウェンディさんがＰＫされたら、強制的にレンたち三人も死に戻《もど》り、ログアウトになる。

「おい、あのマフラー見ろよ。こいつひょっとして……」

「ウサギマークのマフラー……テメェ、『忍者《にんじや》マフラー』かよ。こりゃあ面白ェ」

忍者マフラーって……。勝手な二つ名を付けんな。誰が忍者だ。全然そんな恰好《かつこう》してないだろうが。

さて、どうするか。ログアウトしてやり過ごす、という手もあるのだが、ここでログアウトすると次にログインする時もここから始まる。

その場所を知られている以上、嫌《いや》がらせで罠《わな》でも仕掛けられたら面倒だ。ログイン直後に死亡なんてのもありうる。宿でログアウトを推奨《すいしよう》しているのにはそれなりに理由があるのだ。

さらに面倒なことに、今現在、僕《ぼく》の所持金がけっこう多い。金庫を後回しにしてたツケがきたか。

「……ってなると、やっぱり先手必勝だよな」

「あ?」

「【一文字斬《ぎ》り】」

訝《いぶか》しげな顔をした槍使いの横を一瞬《いっしゅん》ですり抜《ぬ》け、その横に立っていた弓使いの首を一気に掻っ切る。

掻っ切ると言ってもプレイヤー同士だから血飛沫《ちしぶき》が出るわけでもないし、首が切断されるわけでもない。首に切れ目が入り、光の粒子《りゅうし》が噴《ふ》き出《で》るだけだ。

弓使いのHPが表示され、三分の一ほどが一気に減った。やはり弓使いだけあって、防《ぼう》御力《ぎょりょく》は高くない。まずは天敵の遠距離《えんきょり》攻撃者《こうげきしゃ》から消えてもらおう。

「【アクセルエッジ】」

左右からの四連撃。そして、

「【十文字斬り】」

立て続けに戦技《せんぎ》を放つ。近距離の防衛手段を持っていないのか、弓使いは乱舞《らんぶ》する僕の双剣《そうけん》に対応できずに消滅し、光の粒《つぶ》と化した。

と、同時にあたりに弓使いが所持していたであろうアイテムが数点散らばり落ちる。

『賞金首【フィガロ】が討伐されました。討伐したプレイヤーに賞金が支払《しはら》われます』

アナウンスが頭の中に響《ひび》く。そうか、賞金が入るんだっけな。弓使いの所持していた全金額と、その首にかけられていた賞金のWゲットだ。

「テメェ！　不意打ちかよ⁉　汚ねぇぞ！」

「PKが言うか、それ？」

槍使いの穂先《ほさき》が僕の顔面へ繰《く》り出《だ》される。遅《おそ》い。戦技でもないこの程度の攻撃なら僕の【見切り】スキルで充分躱《じゅうぶんかわ》せる。

「【フルスイング】！」

おっと、危ない。背後から放たれた斧使いの一撃《いちげき》をしゃがんで躱す。しゃがんだ状態のまま、【蹴撃】による足払《あしばら》いを喰《く》らわしてやる。後掃腿《こうそうたい》により、見事に足をすくわれた斧使いが、バランスを崩《くず》して背中から倒《たお》れた。

「くっ！　がっ⁉」

立ち上がろうとした斧使いの額目がけて、スローイングナイフを突《つ》き立《た》てる。

その隙《すき》に挟《はさ》まれていた槍使いと斧使いの間から逃《に》げ出して距離を取った。巻《ま》き添《ぞ》えは御《ご》免《めん》だからな。

「【ファイアボール】！」

「「な⁉」」

二人に向けて、リゼルの放った火球が炸裂《さくれつ》した。爆炎《ばくえん》と轟音《ごうおん》。さすがに凄《すご》い威力《いりょく》だ。

が、レベルが高いのか、斧使いも槍使いもそれでは死なず、ＨＰはまだ二、三割ほど残っていた。

「ッ、ざけんな、このアマ！」

槍使いが一気にリゼルとの距離を縮め、手にした槍をくるりと回す。

「【バーンスラスト】！」

突き出された槍がリゼルに届くその前に、大楯を構えたウェンディさんが立ちはだかる。

「なにっ⁉」

「【シールドバッシュ】」

大音響《だいおんきょう》を轟《とどろ》かせて、槍使いの戦技がウェンディさんの戦技に打ち消される。

盾《たて》に押《お》され、バランスを崩したその槍使いの背後へと僕は回り、【アクセルエッジ】を喰らわせる。

【ファイアボール】ですでにＨＰがレッドゾーンに突入《とつにゅう》していた槍使いは、あっけなくその場から退場した。

またもやアイテムが散らばるが、その中に槍使いが使っていた槍も落ちていた。通常プレイヤーがプレイヤーに殺された時でも、装備しているアイテムはドロップしない。しかし、相手が賞金首だった場合は別で、装備しているアイテムも含めた全てのアイテムが、半分も奪われてしまう。

これだけのリスクがあるのにＰＫをやる奴《やつ》らの気がしれない。

『賞金首【マッドネス】が討伐されました。討伐したプレイヤーに賞金が支払われます』

「クソが！」

続けざまに仲間がやられたことを受け、残った斧使いと剣《けん》使いは体勢を立て直そうと距離を取る。

しかしそれを待ち構えていた者がいた。

「【ファイアバースト】！」

「ぐっ！」

「があっ！」

リゼルの放った広範囲《こうはんい》の火魔法《まほう》が二人を襲《おそ》う。広範囲魔法は総じて威力は低い。しかし先ほどの【ファイアボール】でＨＰを削《けず》られていた斧使いの方はそれに耐《た》えられなかった。

炎に包まれて斧使いが消し炭になるように消えていく。

『賞金首【バルバロッサ】が討伐されました。討伐したプレイヤーに賞金が支払われます』

「くっ……！」

炎に耐えて、身体から小さな煙《けむり》を立ち昇《のぼ》らせつつも、剣使いがその切っ先をこちらへと向ける。

「あとはお前だけだぞ。まだやるか？」

「るせぇ！　『バロール』が舐《な》められたままで引き下がれるか！」

『バロール』ってのがこいつらのギルド名か？

鎧とかに付いている、あの眼の形をした不気味なマークが奴らのエンブレムなのだろう。

どっちにしろそっちがやる気なら遠慮はしない。賞金首になって遊ぶのもゲームプレイの一つだろうが、降りかかる火の粉は払《はら》わせてもらう。

「やめとけやめとけ。おめェじゃそこのウサギマフラーにゃ勝てねェよ。無駄死《むだじ》にしてアイテムをばら撒《ま》きたくなかったら引っ込んでな」

戦技を叩《たた》き込むため、一歩踏み出そうとした時、剣使いの背後の茂みからガサガサという葉擦《はず》れの音と共に一人の男が姿を現した。

真っ赤なボサボサ髪《がみ》と頬《ほお》に走る刀傷。赤銅色《しやくどういろ》の肌《はだ》に二メートル近い身長の体格のいい【魔人族《デモンズ》】だ。

無精髭《ぶしようひげ》を生やしたその風貌《ふうぼう》は、二十代後半から三十代に見える。まあ、このゲームで年齢《ねんれい》は当てにならないが、十五歳未満ってことはないはずだ。じゃなきゃＰＫはできないからな。

肩《かた》には黒い大剣を担《かつ》ぎ、同じく黒い重鎧には『バロール』のギルドマークであろう単眼が刻まれていた。傷だらけの頑丈《がんじょう》そうなガントレットに鎖《くさり》が巻きついている。それがやけに目に付いた。

頭上にネームプレートがポップした。やはりレッドプレートで、『ドウメキ』と書いてある。ドウメキ……『百目鬼《どうめき》』だろうか。

「仲間か」

「一応な。こいつらはまだウチに入りたてのひよっこでな。殺《や》る相手の力量を見極《みきわ》めることができねえ。ＰＫにとって何より大事なことなのによ」

まあ、仕掛けて逆に返り討ちにあってりゃ世話ないよな。

「ギルマス！　こいつを俺《おれ》に殺《や》らせてくれ！　敵討《かたきう》ちだ！」

「お前に殺れんのか？　この状態でよ。お前があいつを殺るにゃ、一人きりの時に罠を張って不意打ちでもしねえと無理だ」

ドウメキの言葉に剣使いが悔《くや》しそうに顔を歪《ゆが》める。

「それで？　アンタはどうする？」

ドウメキから視線を逸《そ》らさず、僕は手に持った双焔剣『白焔《びゃくえん》』と『黒焔《こくえん》』を構え直した。

なんとなくだが……いや、間違いなくこいつは手強いと直感が告げる。

さらにまずいことにドウメキが現れてから【気配察知】が複数の存在を捉えている。おそらくそこらにドウメキのギルドメンバーが潜《ひそ》んでいるのだろう。二人か三人……そんなに多くはないと思うが、姿を現さないってことは、遠距離攻撃タイプのプレイヤーである可能性が高い。

戦えるのは僕とウェンディさん、リゼルの三人だけだ。

負けたら死に戻りをし、所持金の半分を奪われて、さらにインベントリにあるアイテムがランダムでその場で三つドロップしてしまう。

所持金を多く持っていた僕には痛いが、それだけだ。自分からログアウトしたわけではないので、再開ポイントもブルーメンの教会からだろう。

ただ——僕の場合、非常にマズいとも言える。

なぜならここにきた目的の『月光石』のうち、『緑』と『紫《むらさき》』を僕が持っている。『赤』と『橙《だいだい》』を持っているレン、『橙』を持っているミウラはPKされないから大丈《だいじょう》夫《ぶ》だとして、リゼルも『黄』と『青』の『月光石』を持ってるんだよなぁ。

僕ら二人が殺られてもしも『月光石』がこの場にドロップしてしまったら、またやり直しになる。それは非常に面倒《めんどう》くさい。

それよりマズいのは、僕のインベントリにはあまり人には見せたくないアイテムが山ほどあること。

貴重な鉱石や、採取したレア素材類……これらがドロップしてこいつらの手に渡《わた》ったら、とんでもないことになりそうだ。最悪、他のＰＫからも狙われかねない。

「俺様は殺るならタイマンの方がいいんだがな」

ちら、と僕の背後に控《ひか》えるリゼルとウェンディさんらに視線を向けるドウメキ。

「じゃあ帰ってもらえないか。僕たちは賞金首に興味はない。あんたらと戦う必要はないんでね」

「それはできねえなぁ。俺様にもメンツってもんがある。仲間を三人も殺られて、はいそうですかと帰せるわけがねぇだろ？」

ズン、とドウメキは黒い大剣を地面に突き刺《さ》して獰猛《どうもう》な笑みを浮かべる。

退《ひ》く気はないか……さて、どうするか。

三人でかかれば倒せなくもない……と思う。レンたちは戦闘《せんとう》に参加できないが、回復魔法などの補助はできる。だから勝ち目はそれなりにあるのかもしれない。

だけどもし僕とリゼルがやられたら『月光石』をドロップしてしまう可能性もあるしな。

それに周りに潜んでいるドウメキの仲間がどう出るかわからない。

やっぱり殺られる前に……。

「はい！　ここは【ＰｖＰ】の変則パーティデスマッチ戦を提案します！」

「え？」

「あ？」

唐突《とうとつ》に上げられた手と、その発言に、僕らはその声の主――――レンの方に視線を向けた。

◇　◇　◇

個人で決闘《けっとう》などに使われる、【ＰｖＰ】にはいろいろなモードがある。一撃を入れるだけで勝敗が決まるものや、バトルロイヤルのようなモードまで様々だ。

さて、その中で『パーティデスマッチ』というモードがある。

これはバトルロイヤルの乱戦デスマッチと似たようなものだが、乱戦デスマッチは個人戦闘であるのに対して、パーティVSパーティのデスマッチモードと言えるものだ。

味方同士はダメージを受けないし、勝敗設定もいろいろと変えられる。

誰《だれ》か一人でもＨＰが０になったら負けとか、相手を全滅《ぜんめつ》させたら勝ちとか、そして特定のリーダーを倒したら勝ちとか、だ。

しかし『パーティデスマッチ』の最大の特徴《とくちょう》は、勝敗の結果が連帯責任である、ということだ。

つまり、負けたパーティの方は全員がペナルティを受ける。

全員が最初に決めたペナルティを受けて、強制ログアウトになるのだ。再開場所はログアウトした場所か復活地点を選べる。ま、奴らはＰＫだから町の復活地点は選ばないだろうが。

「パーティデスマッチだと？」

「はい。そちらはシロさんと一対一で戦いたいのでしょう？　我々はパーティデスマッチでシロさんを、そちらはあなたを代表にし、二人で戦ってもらいます。シロさんが負けたら私たち全員がペナルティを受けましょう」

ドウメキの睨《にら》みにも臆《おく》せず、レンがそう言い切った。度胸あるな、この子……。

「ＰＫに【ＰｖＰ】をしろってか」

「悪い話じゃないはずです。討伐したことにはなりませんから、負けてもあなたたちはＰＫの重いペナルティを受けずに済みますよ」

「それでお前らにどういったメリットがある？」

「ペナルティ設定は『パーティの金庫も含めた全金額と二時間のログイン禁止』です。これは周りにいるあなたの仲間たちも含めてしてもらいます」

あれ？　レンも周りの奴らに気がついていたのか？　レンは【気配察知】を持ってなかったはずだけど……。ああ、シズカが教えたのか。

「くく……ウサギマフラーが勝てば俺たちを一掃《いっそう》できるってか？　面白《おもしれ》ぇ。嬢ちゃんの提案に乗ってやるよ」

「ギルマス⁉」

ドウメキが笑いながらレンの提案を許諾《きょだく》すると、剣使いが驚《おどろ》いたように声を上げた。

まあ実際は『パーティデスマッチ』と言いつつ内容はタイマンなのだから、その反応もわかる。

「いいじゃねぇか。俺様はあいつと戦えりゃそれでいい。ぶちのめして、更《さら》にこいつらの金を全部いただけるわけだ。普通にＰＫしても金庫から溢《あふ》れた分の半額とランダムでのアイテム三つだぜ？　それよりはうまい話だろうが」

ドウメキの言葉を聞きながら、僕は今更《いまさら》ながらレンの考えを知った。確かにこれはうまい手かもしれない。なぜならたとえ負けても僕らの損失はお金だけで済むからだ。

貴重なアイテムを何一つこいつらに渡す必要がない。確かに全金額は痛いが、お金はまた稼《かせ》ぐことができる。それに勝てば何一つ失わないで済むのだ。勝てれば、だが。

ドウメキがピィッと指笛を鳴らす。

それに応じて茂みの中から二人の男女が姿を現した。

男性の方は黒いローブに身を包んだ【夢魔族《インキュバス》】だ。手には黒い杖《つえ》を持ち、長い髪も黒く、まさに黒魔道師といったところだな。背中の小さな羽根や尻尾《しっぽ》も含めて黒ずくめだ。

もう一人は弓を背負い、革鎧を装備した【妖精族《アールヴ》】の女性。銀髪のショートカットに褐《かっ》色《しょく》の肌……ダークエルフ、いやダークアールヴとでも言うのだろうか。

名前は男がグラス、女がアイラ。どちらもレッドプレートで間違いなくＰＫだ。

「あんたねぇ、勝手に決められても困るんだけど」

「よせ、アイラ。いつものことだろ。この対戦馬鹿《たいせんばか》には言うだけ無駄だ」

「くっくっく。さすがグラス。わかってるじゃねぇか」

やたら気安い関係の三人に少し不思議な感じがした。ひょっとしたらこの三人、リアルでの知り合いなのかもしれない。

「それで全員か？」

「おう。この場にいるのはな。で、どうするよ。ここでやるかい？」

「……いや、向こうに開けた場所があったはずだ。移動しよう」

互《たが》いに距離を置いて横並びに歩き始めた。

森の中の方が身を隠《かく》しやすいし、大剣を振《ふ》り回《まわ》すには不利なはずだが、ドウメキの自信を見てると、隠れた木々ごと斬られそうな気がする。

僕の特性を活《い》かすなら開けた動きやすい場所で戦った方がいい。大剣持ちだし、相手は重装備のパワータイプだろう。そうそう食《く》らったりはしないはずだ。

そんな考えを巡《めぐ》らせていると、ミウラが後ろから声をかけてきた。

「シロ兄ちゃん、勝てそう？」

「どうかな。簡単には負けないつもりだけど。どういったスキルを持っているかもわからないからなんとも言えない」

だから勝つためにやれることはやっておく。僕はインベントリから使えそうな物を物色し、スキル構成を考えていた。

普通に考えてドウメキのレベル自体は高いはずだ。おそらく第三エリアに行けるくらいにはなっていると思う。でなければＰＫなんて続けられないだろう。

レベルが強さに比例しないとはいえ、それだけ何かしらの熟練度が高いともいえるわけだし。外見からは【大剣術《たいけんじゅつ》】を持っているぐらいしかわからないが。

森を抜け、開けた場所に出ると、ドウメキに【ＰｖＰ】の確認を求める。

「……アイテムは使用『可』か？　僕のスタイルだと投擲物《とうてき》も使うんだが」

「構わねえぜ。アイテム使用『可』にしてやるよ。ただし回復アイテムはダメだ。ちまちま回復されたんじゃつまらねぇからな。もちろん回復魔法も却下《きやっか》だ」

ち。こっそり『薬草飴《あめ》』を舐めて戦おうとしたのに。

ドウメキからみんなに申請《しんせい》が送られてきた。


【ドウメキ】から決闘《デュエル》の申請があります。

時間：無制限
モード：パーティデスマッチ（カスタム）
スキル：使用可
戦技・魔法：使用可（回復魔法は不可）
アイテム：使用可（回復アイテムは不可）

勝利条件：相手代表プレイヤーの死亡。

参加プレイヤー

Aパーティ：代表プレイヤー【ドウメキ】

メンバー：【グラス】【アイラ】【ラジル】

Bパーティ：代表プレイヤー【】

メンバー：【レン】【ウェンディ】【ミウラ】【シズカ】【リゼル】

受託《じゅたく》しますか？　【Y／N】

自分の名前を代表プレイヤーに設定し、YESを押すと、【PvP】への僕の参加が承《しょう》認《にん》された。

ポンッ、と、三頭身のデモ子さんが宙に現れ、説明を始める。

『【PvP】が成立しましたですの。カスタム設定により、負けたパーティは全金額を相手パーティに譲渡《じょうと》、二時間のログイン停止になりますの。よろしいですの？』

「いいぜ。それとこっちの【グラス】【アイラ】【ラジル】は棄権《きけん》だ」

「こっちの【レン】【ウェンディ】【ミウラ】【シズカ】【リゼル】も棄権で」

僕とドウメキ以外のメンバーの名前が灰色になっていく。これで僕ら二人の勝敗により、パーティメンバーの勝敗が決まる。勝利の報酬《ほうしゅう》も、敗北のペナルティも一蓮托生《いちれんたくしょう》だ。

『ではカウントダウンを始めますの』

デモ子さんの頭上に数字が現れ、カウントダウンが始まる。

僕ら二人を残し、みんなが離《はな》れていく。棄権したみんなには、この【ＰｖＰ】が終わるまで奴らは手出しできない。

ドウメキが大剣を肩に背負う。

出し惜《お》しみはしない。初めから全力でいこう。

『決闘開始《デュエルスタート》！』

デモ子さんの声と同時にスローイングナイフを三本ドウメキに投げつけ、それを追うように一気に距離を詰《つ》める。

大剣の腹を翳《かざ》し、スローイングナイフを全《すべ》て弾《はじ》いたドウメキの懐《ふところ》へと辿《たど》り着《つ》いた僕は、腰《こし》から双焔剣『白焔』と『黒焔』を抜き放ち、そのまま戦技を発動させた。

「【風塵斬り】！」

発動した竜巻の中、左右の双剣による乱撃《らんげき》をドウメキに向けて放つ。大剣を残し、竜巻に飛ばされて空高く放《ほう》り出されたドウメキだったが、空中でくるりと回転すると、地面に軽《かろ》やかに着地した。

ドウメキのＨＰを見ると大して減っていない。不発……いや、防がれた？

「なかなか速えな。全部防いだと思ったんだが、何発か食らったか」

ドウメキが両手のガントレットを翳しながら不敵に笑う。まさかあのガントレットで僕の斬撃を受け止めたのか？

「じゃあ次はこっちからいくぜ。楽しませろよ、ウサギマフラー！」

ファイティングポーズをとったドウメキが一瞬で接近し、強烈《きょうれつ》な右ストレートが僕の顔面目掛《めが》けて放たれる。

「くっ⁉」

紙一重《かみひとえ》でそれを躱すと、耳のすぐ横を拳《こぶし》が掠《かす》めていった。速い！【見切り】がなかったら確実に食らってたぞ。こいつ……大剣使いじゃない！

「オラオラオラオラオラオラァッ！」

ボクサースタイルの連撃が次々と放たれる。それをなんとか躱していくが、このままでは捌《さば》き切れない。

まずいぞ、こいつ……僕と同じタイプだ！

「オラァッ！　【正拳突《せいけんつ》き】！」

「ぐっ……！」

腰の入った戦技の一撃をクロスさせた両腕《りょううで》で受ける。ダメージを減らすためにわざと後方へと飛び、さらにドウメキとの距離を取った。

「……【格闘術《かくとう》】と素早《すばや》さがメインなのか。大剣なんか持ってたから騙《だま》されたな」

「別に騙したわけじゃねえ。あれもメイン武器だ。打撃《だげき》系に強いモンスター用さ」

まあ、百歩譲《ゆず》ってそれが本当だとしても、こいつのおかしいところはそこじゃない。

大剣持ちだとすれば、こいつの装備は何もおかしいところはない。だが、【格闘術】メインの装備としたらおかしすぎる。

なんであんな重鎧《じゅうがい》を着ているんだ？

普通《ふつう》ならあんな金属製の鎧を身につけたら、確実にＡＧＩ（敏捷度《びんしょう》）にマイナス補正がつく。

自慢《じまん》じゃないが、僕はＡＧＩだけは高い。その僕に迫《せま》るほどの速さをドウメキはあの鎧を着た状態で持っている。軽鎧にすれば確実に僕より速いはずだ。

ひょっとしてあの鎧にそのデメリットを上回るなにか特殊効果《とくしゅこうか》でもあるのか？　スタミナ軽減効果、とか。

大剣を装備できるってだけで、かなりの筋力も持っているだろうし、パワーもスピードも高いって最悪だろ……。

あれ？　でもパワーが高いその割にはそこまでのダメージは食らってないような……？　先程《さきほど》の攻撃《こうげき》で僕のＨＰは十分の一ほど減っている。バックステップで減らしたからと思っていたが、もっと減っててもおかしくない気がした。まさか【大剣術】を持ってない……わけはないよな。

ドウメキが地面に刺さっていた大剣を引《ひ》き抜く。軽々と黒い大剣を振り回し、僕へとその切っ先を向けた。

「それじゃあ今度はこっちでやらせてもらうぜ。オラァッ！」

素早い踏《ふ》み込みで接近してきたドウメキが、大剣を振るう。それはまるで暴風のように、剣筋が縦横無尽《じゅうおうむじん》に動く、無茶苦茶《むちゃくちゃ》な動きだった。

僕は大剣を持つ同じパーティメンバーのミウラとは何度か手合わせをしたこともある。そのミウラの動きとはまったく違《ちが》う剣の軌道《きどう》に僕は戸惑《とまど》っていた。別人だから違うのは当たり前だが、それとは違う何か別の違和感《いわかん》を感じる。

躱し、捌き、弾くが、防戦一方で小さいダメージが蓄積《ちくせき》されていく。マズいぞ、このままじゃ負ける！

「くらいなッ！」

野球バッターのようなスイングが正面からくる。一《いち》か八《ばち》か、僕はわざと双焔剣二本でガードしてみた。

両腕に衝撃《しょうげき》がくる。受けたその勢いで身体が後ろへと下がってしまった。防御《ぼうぎょ》したが、幾分《いくぶん》かのダメージバックはある。

――――……おかしい。それなりの威力ではあるが、思ってたよりも弱い。同じようにミウラの一撃をガードしたら、少なくとも身体が後ろに吹《ふ》っ飛《と》ぶ。それぐらいのパワーがあるはずだ。

やはりこいつには何か秘密がある。大剣持ちのミウラと戦ってなかったら気付かなかったかもしれないわずかな違和感。

おぼろげながらだけど、それが見えてきた気がする。よし、反撃開始だ。

◇　◇　◇

――レン視点――


「オラァ！」

ドウメキの大剣がしゃがんだシロさんの頭上をスレスレで通り過ぎていく。すぐさまそこからシロさんが横っ飛びで脱出《だっしゅつ》すると、先ほどまで彼《かれ》がいた地面に今度は大剣が振り下ろされた。

「防戦一方ですね」

ウェンディさんが戦いを見ながら冷静につぶやく。

「アイツとんでもなくＳＴＲ（筋力）が高いよ。あんな軽々と大剣を操《あやつ》るなんて、あたしにはムリだ」

ミウラちゃんは少し不安そうな顔をしています。

だけど私は不思議と落ち着いていました。シロさんはなにか狙《ねら》っています。あの人は最後まで諦《あきら》める人ではありません。

きっと逆転の糸口を掴《つか》もうとしているのです。

ふと気付くと、シズカちゃんが私の傍《そば》に寄ってきて、耳元でぼそりとつぶやきました。

「私たち以外にもまだ誰かいますわ。気づかないふりをしていて下さいまし」

思わず声が出そうになりましたが、なんとか堪《こら》えました。

シズカちゃんもシロさんと同じく【気配察知】のスキル持ちです。間違いなく誰かがいるのでしょう。ドウメキの仲間でしょうか。それとも別のプレイヤーか、はたまたＮＰＣとか？

「敵意は感じられないので、ＰＫではないと思うのですけれど。単なる観戦者なのかもしれません」

であればいいのですが。一応、すぐに動けるようにはしときましょう。

観戦者であれば、少なくともシロさんたちの戦いが終わるまでは、変な行動を起こさないでしょうし。

そう思い、また正面の戦いに私が意識を向けると、シロさんが不思議な行動に出ました。

「え？」

なんとシロさんは双焔剣『白焔《びゃくえん》』と『黒焔《こくえん》』を腰の鞘《さや》に納めてしまったのです。

「なんだ……？　降参か？」

向こうのパーティの黒ローブが不思議そうに声を発します。ですが、降参はありえません。その証拠《しょうこ》にシロさんの顔には少し笑《え》みが浮《う》かんでいます。間違《まちが》いなく何かを企《たくら》んでいる顔です。

そんな横顔を見てるとドキドキしてきます。まるで私を助けてくれたあの時のような――。

シロさんが動きました。振り下ろされた大剣を躱し、ドウメキの懐に飛び込んだように見えた次の瞬間《しゅんかん》には、なぜか相手が宙を飛んでいました。えっ⁉

背中から落ちたドウメキでしたが、ダメージはさほどでもなく、すぐに立ち上がりシロさんと対峙《たいじ》します。いったい何が起こったのでしょうか？

「お前の秘密はわかった。なるほどな。そのスキルなら大剣を装備するはずだ」

「なんだと……？」

シロさんの言葉にドウメキが眉《まゆ》を顰《ひそ》めます。

やっぱりシロさんです！　なにか勝利の糸口を見つけたのです！　ふわぁ、ドキドキします！

ああ、もうたまりません！　シロさんたら乙女《おとめ》の心を掴みすぎです！　ハートキャッチャーです！

「お嬢様《じょうさま》。あまり緩《ゆる》みきったお顔を晒《さら》すのは、淑女《しゅくじょ》としてどうかと」

はっ！　興奮してつい！

ウェンディさんの言葉に我に返ります。いけません。淑女として凛《りん》とせねば。

私は両頬をパン、と叩き、気合いを入れて気持ちを切《き》り替《か》えます。

「それも淑女としてどうかと」

うう。

――シロ視点――

「投《な》げ技《わざ》一つで何がわかったってんだ？」

ドウメキから送られてくる視線を逸らさず、僕《ぼく》は予想したスキルを口に出す。

「【重量軽減】、あるいは【重量消去】かな。なんにしろ、お前は装備している物の『重さ』をスキルで軽く、あるいは無くしている。だろ？」

「くくく……。ははははは！　やるじゃねえか。その通り。俺様が持っているスキルは【重量軽減】さ。熟練度によって装備品の重さが軽くなる。今じゃホレ」

ドウメキが黒い大剣を人差し指の上に乗せる。そこまで軽くなっていたのか。

「こんな大剣でもプラスチックのバット並みに軽い。もちろんこの重鎧もだ」

そうなのだ。もしやと思い、投げてみたら異常なくらい軽かった。重鎧を身につけているとはとても思えない軽さに、僕の疑念は確信に変わった。

当たり前の事だが、普通の剣より大剣の方が攻撃力《こうげきりょく》が高く、普通の鎧より重鎧の方が防御力が高い。

その代わりに『重さ』というネックがあり、AGI（敏捷度）が下がり、武器に至ってはDEX（器用度・命中率）も下がるのだ。

ドウメキの持つ【重量軽減】スキルというものはこれを取り払ってしまう。間違いなくレアスキルだ。

「バレたなら仕方ねえ。んじゃあ本気でいくか」

「な……！」

ドウメキがインベントリからもう一本の黒い大剣を取り出し左手に握《にぎ》る。大剣二刀流だと⁉　ズルくない⁉　それ！

「重さで無理な装備も俺様ならできるのさ。ま、もっとも短剣《たんけん》装備じゃないんで双剣《そうけん》の戦《せん》技《ぎ》は放てねえけどな」

当たり前だ。それで【アクセルエッジ】や【風塵斬《ふうじんぎ》り】を放てたら反則もいいとこだ。破壊力《はかいりょく》ならハンマー系の方があるが、あちらは重さに関係なく命中率が低い。使うなら大剣二刀流の方が扱《あつか》いやすいだろう。

「さて、どうするよ、ウサギマフラー？」

装備の差とはいえ、攻撃力も防御力《ぼうぎょりょく》も向こうが上だ。当たらなければどうということはないが、あいにく今回ばかりは全て躱すというのは難しいかもしれない。

こちらが有利なのはなんとか素早さでは上にいってることか。限りなく躱し、できるだけ有効打を撃《う》ち込む。

慌《あわ》てることはない。やることはいつもと同じ。重さがないということは、きちんと防御さえすれば吹き飛ぶことはないんだ。大剣に見えるが小剣だと思えばいいだけのことだ。

……当たるとダメージは大きいけどな。

現実世界のように重さが攻撃の威力になっているわけじゃない。ゲームなんだから、威力を決めるのは結局のところ武器の攻撃力とプレイヤーの筋力、スキルなどの熟練度だ。

「地味だけど削っていくしかないな」

「削れるもんなら削ってみな。隙《すき》あらば俺様の一撃《いちげき》を喰《く》らうことになるぜ？」

「そっちこそ兎《うさぎ》を舐めてると足下《あしもと》を掬《すく》われるぞ」

地面を蹴《け》る。待ち構えていたドウメキの大剣をかいくぐり、右手の『白焔《びゃくえん》』を奴の肩口《かたぐち》に走らせる。浅い。けど、ダメージはダメージだ。燃焼《ねんしょう》による追加ダメージが発生しないのが痛いな。運が無い。

「【パワースラッシュ】！」

ドウメキの必殺の一撃が横薙《な》ぎに振り抜《ぬ》かれる。双剣の戦技は使えなくても、大剣の戦技は使えるってわけか。

上体を反らして紙一重で躱《かわ》しつつ、後ろに跳《は》ね飛んで距離《きょり》を取る。

「ちょこまかと！」

ドウメキが大剣をXの字に構え、大剣の腹をこちらへ向けて突進《とっしん》してきた。

「【ソードバッシュ】！」

「くっ！」

向けられた大剣を両手の双焔剣で受け止めたが、突進するドウメキの勢いは止まらず、後ろへと押《お》される。堪えきれずにバランスを崩《くず》しそうになるが、なんとか踏み留《とど》まった。

「らあっ！」

向かってくる勢いを横へと流し、がら空きになったドウメキの背中へ【十文字斬り】を放つ。ダメージは通っているはずだが、お構い無しとばかりに片手で握られた大剣が振り抜かれる。

「オラァ！」

「喰らうか！」

大剣を左手の『黒焔《こくえん》』のみで払い退ける。通常ならありえない弾き方だが、ドウメキの大剣には重さがない。普通なら打《う》ち負《ま》ける双剣でもなんとか相殺《そうさい》できる。

「「おおおおおッ！」」

剣撃の嵐《あらし》。縦横無尽に放たれるドウメキの剣を、ことごとく撃ち墜《お》としていく。

スピードでは僕の方が上だ。剣撃を弾くこと自体は難しくない。

一旦離《いったんはな》れても休むことなく剣を繰《く》り出《だ》す。ここが勝負どころだ。手数を増やし、奴の注意を引き付ける。そして……！

「【大切断】！」

「ッ、【十文字斬り】！」

戦技と戦技がぶつかり合う。防御せず、純粋《じゅんすい》に戦技で力負けした僕は後方へとバランスを崩した。

「もらった！　【パワースラッシュ】！」

追い打ちをかけた横薙ぎの一撃が僕の脇腹《わきばら》に入る。痛みとしては少し叩かれたくらいの痛みだが、ＨＰのゲージがみるみる減っていく。

ゴロゴロと地面を転がって、立ち上がった時にはすでに僕のＨＰはレッドゾーンに突《とつ》入《にゅう》し、一割を切っていた。これではもうまともに躱すことは不可能だろう。

「終わったな。ま、なかなか楽しめたぜ、シロウサギ」

ズタボロの僕にドウメキが笑みを浮かべて口を開く。そのドウメキを見て、僕は同じようにニヤリと笑みを浮かべた。

「ったく、今ごろか……。効果が出る確率が低いのがこいつの欠点だよな」

「…………あ？」

「最初に回復アイテムを禁止って言われてさ、『チッ』って思ったけど、こうなるとそれがお前の敗因だね。自分で自分の首を絞《し》めたわけだ」

「なにを……。……な、なんだ、身体が……！」

ドウメキの身体に二つのエフェクトが発生していた。

パリパリとした痙攣《けいれん》するようなスパーク。麻痺《まひ》効果のエフェクトだ。もはや思う通りには動けまい。そして紫色《むらさきいろ》の泡《あわ》のようなエフェクト。こちらは猛毒《もうどく》のエフェクトだ。

「その毒って飲ませでもしないとかなり発動率低くてさ。塗《ぬ》った武器で何百回と斬りつけてやっと、ってレベルでね。普通は使えないんだよ。その代わり発動するとかなりの猛毒で、おまけに長い麻痺効果もあるから凄《すご》いことは凄いんだけど」

動けないドウメキのＨＰがどんどんと無くなっていく。普通の毒よりも早い。さすが第三エリアに棲息《せいそく》するモンスターの毒だなあ。

この毒はアレンさんにもらった『毒クラゲの触手《しょくしゅ》』から作った物だ。『毒』を持っているモンスターは第二エリアにもけっこういるが、『猛毒』を持っているモンスターには会ったことがない。

「まさか剣《けん》に塗ってやがったのか……⁉　てめえ、そんな一か八かに賭《か》けてたのかよ……！」

「いや、そうとも言えないかな。足下を見てみな」

「な、なんだコレは……！」

ドウメキの足下には小さな三角錐《さんかくすい》の鉄片《てっぺん》が撒《ま》かれていた。リンカさんにもらった撒菱《まきびし》だ。もちろん『ポイズンジェリー』の毒が塗ってある。

「撒菱自体はほぼダメージがないけどさ。０・１ダメージでも攻撃は攻撃、塗った毒の判定はされる。何百個も踏めばそれだけ発動する確率も上がるだろ？」

痛覚が軽減されているＶＲゲームの中では、０・１ダメージなんてまったく痛さを感じない。小石を靴《くつ》を履《は》いて踏んだようなものだ。ドウメキだって気にもしなかったろう。『パーティデスマッチ』は味方同士のダメージはない。当然、僕は自分の攻撃なのでダメージを負うことはないわけだ。

「最初から……！」

「言ったぞ？　足下を掬われるってな。本当はもっと早く発動するかと思ってたんだけど、リアルラックが低いのかね？　まあ、発動したんだから結果オーライだろ」

「……くっくっく……はははは！　まんまとやられたってわけか。ウサギが罠《わな》を張るとか逆じゃねえかよ。————お前、性格悪いだろ？」

「ほっとけ」

嫌味《いやみ》なセリフを吐《は》くドウメキを斬り捨《す》てる。不敵な笑いを残しながら、HPが0になったPKは光の粒《つぶ》になり消えていった。

『決着！　Bパーティの勝利！』

デモ子さんが僕の勝利を宣言し、【PvP】パーティデスマッチが終了《しゅうりょう》する。

僕ら六人に相手の全所持金を六等分したお金が入り、向こうのプレイヤーたちが強制ログアウトされた。

なんとかなった、な。

◇　◇　◇

ドウメキたちPKギルド『バロール』を撃退《げきたい》した僕たちには、奴《やつ》らの全所持金の他に嬉《うれ》しい報酬があった。

先に倒《たお》したPKの三人がばら撒いたアイテムを戻《もど》って回収すると、その中に『銀の月光石』があったのだ。しかも二つ。

これで面倒なシルバードと戦わなくても全ての月光石が揃《そろ》ったのである。ラッキーだったな。

そういえば僕とシズカが察知していたドウメキたち以外の謎《なぞ》の人物の気配は、いつの間にか消えていた。単なる観戦者だったのだろうか。

ま、なんにしろ大事に至らなくてよかった。まさかリンカさんにもらった撒菱《まきびし》が役に立つとは思わなかったけど。

とりあえずPKたちは死に戻りではなく強制ログアウトなので、二時間もすればまたここに現れるかもしれない。さっさとこの場から離れよう。

僕たちは【ギアラ高地】をあとにし、ブルーメンへと戻ってきた。

ここまで来てやっと一息つける。あー、疲《つか》れた……。

「シズカには大変なパーティデビューになっちゃったなあ」

「いいえ。とても勉強になりましたわ。決して諦めないシロさんの前向きな姿勢。見習いたいと思います」

前向きって、毒使って相手をハメたことを言ってるんだろうか。嫌味を言う子じゃないとは思うけど、ちょっと後ろめたい。

とりあえず僕らはいつも通りに喫茶店《きっさてん》『ミーティア』に向かう。いつの間にかこれが習慣になってしまった。

「こんちわー」

「いらっしゃいませ」

「いらっしゃいませー!」

店内に入るとドアベルの音とともに、マスターとシャノアさんの声が飛んできた。

店には相変わらず誰もいない。店に来るマスターの知り合いのプレイヤーとかは社会人が多く、ログインするのは深夜とかが多いため、あまり僕たちとは時間帯が被《かぶ》らないんだそうだ。

夕方とか早めにログインして来てみたりすると、マスター自身がいなくて準備中になっている時もある。だから僕らがこの店に来るのは、大概《たいがい》なにかが終わったあとに習慣づいてしまった。

「おや、初めてのお客様ですね。新しいパーティメンバーですか?」

「はい。シズカと申します。よろしくお願いしますわ」

「これはご丁寧《ていねい》に。喫茶『ミーティア』を営んでおります、メテオと申します」

巫女《みこ》姿のシズカに突っ込むこともなく、マスターが挨拶《あいさつ》を交《か》わす。

いつものように僕はカウンター席、みんなは窓際《まどぎわ》の定位置のテーブル席に座《すわ》る。

「あたしアップルパイー」

「私はマシュマロフォンダントで」

「私《わたくし》はガトーショコラを」

「私はフォンダンショコラ」

「私《わたくし》は錦玉羹《きんぎょくかん》を」

背後の席から飛んでくるスイーツ注文の嵐。ここって和菓子《わがし》系もあったのか。メニューをよく見たら飲み物に緑茶もある。

こんなにいろいろ作れるなんてマスターはすごいなと思ったが、これはゲームだった。現実世界よりはるかに楽に作れるはずだ。

僕はお腹《なか》が減ったのでナポリタンとコーヒーを頼《たの》んだ。

「うわ、かなりお金が増えてるな」

注文したものが届くまでなにげにステータスウィンドウを見てみると、所持金がかなり増えているのが確認《かくにん》できた。

そりゃそうか。賞金首を二人倒して（もう一人はリゼルが倒した）、さらにあいつら四人分の所持金全額の六分の一が入っているのだ。今回の【PvP】は金庫無効のルールだったからな。

あ、称号《しょうごう》も増えてる。【PKK】ってプレイヤーキラーキラー、か？　まんまだな。リゼルも同じ称号を取ったみたいだ。僕の場合、二人倒したからか、【賞金稼ぎ】ってのも増えてるが。

「私たちの方もけっこう入ってます。これだけあればギルド設立の資金には充分《じゅうぶん》ですね」

「となるとあとは誰《だれ》かがレベルを25にするだけか」

現在の僕らのレベルはレンが21、ウェンディさんが22、ミウラが18、リゼルが21、シズカが17、そして僕が20。

僕らの中で一番レベルの高いウェンディさんでも22。だけどウェンディさんはギルドマスターになる気はないからな。

やはりギルド設立は第三エリアに突入してからか。

今回のドウメキとの戦いで、正直、もっと強くなりたいと思った。もう少し積極的に熟練度やレベルを上げないといけないな。本来ならあの戦いは僕の負けだ。作戦勝ちってだけで。

「それよりブレイドウルフっていつ挑戦《ちょうせん》する？　狩《か》り損《そこ》ねたらまた月光石集めになっちゃうんだよね？」

「そうですね。できれば一回で討伐《とうばつ》したいところですけど」

ミウラの質問にレンが答える。

「確かブレイドウルフを討伐したパーティの平均レベルって23だっけ？」

「あまりレベルは参考になりませんが目安としてはそれくらいでしたね。我々ではまだ討伐は無理かもしれません」

リゼルとウェンディさんの言う通り、僕らの中では誰もレベル23を超《こ》えてはいない。確かにこのレベルでは無理かもしれないなあ。

「レベルで判断するのもどうかと思いますが、用心にこしたことはありませんわ。慌てることはないのではないでしょうか」

「僕もそう思う。しばらくレベルアップ、スキルアップに専念するって方向でどうだろう」

シズカの意見に賛同する。今回のこともあって、しばらくは強さの方を高めていきたい。

正直、僕だってあの勝ち方はどうだろうと思ってはいるのだ。

「ではその方向で。単にレベル上げをするなら、経験値が高いモンスターが効率よく湧《わ》くところで狩りをすればいいと思いますけど、それだけじゃなく、各自得意とするスキルを高めることを重視した方がいいように思います」

レンの言葉に全員が頷《うなず》く。

僕の場合、ＡＧＩ（敏捷度）をメインとして、【見切り】や【蹴撃】、【短剣術】あたりか。【猿飛《さるとび》】とか【索敵《さくてき》】のスキルも欲《ほ》しいが、アレらは初級スキルじゃないからな。簡単には手に入るまい。

それにスキルスロットにも余裕《よゆう》がないし。

基本的に初級スキルは店で『スキルオーブ』という形で売っている。

初級スキルのオーブを全部買っておけば便利だろ、と思うかもしれないが、スキルスロットは使用スキル、予備スキルと限りがある。

『スキルオーブ』はスキルスロットに設置した段階で使用できるスキルとなり、スキルスロットからスキルを外せば元のオーブ状態になってインベントリに戻る。が、一度スロットから外してしまうと、そのスキルの熟練度がリセットされてしまうのだ。

熟練度０のスキルなどほとんど役に立たない。そんなオーブをインベントリに山ほど抱《かか》えてどうするのか、と。

もし使用スキル、予備スキルが一杯《いっぱい》になってしまった状態で、新しいスキルをスロットに登録しようとすると、なにか登録されているスキルをオーブ状態に戻すしかなくなってしまう。つまりそのスキルの熟練度を捨てることになるのだ。

ではどうすればいいか。方法は二つ。一つはスキルスロットを増やすこと。これはイベントなどで増やすことができる。僕らも第一エリアのボス、ガイアベアを倒したら使用スキルのスロットが増えた。

もう一つはスキルの熟練度をＭＡＸにすること。熟練度がＭＡＸになると☆がつく。これが付いているスキルはオーブに戻しても熟練度がリセットされないのだ。

つまり『ＤＷＯ《デモンズ》』デモンズでは、基本的に一度スキルスロットに設置したら、それが熟練度ＭＡＸになるまで『外せない』のだ。

正確には『外したくても今までの熟練度がもったいなくて外せない』のだ。

ちなみに今の僕のスキルスロットはこう。

■使用スキル（8／8）
【順応性】【短剣術】【敏捷度UP（小）】
【見切り】【気配察知】
【蹴撃】【投擲《とうてき》】【隠密《おんみつ》】

■予備スキル（8／10）
【調合】【セーレの翼《つばさ》】
【採掘《さいくつ》】【採取】【鑑定《かんてい》】
【伐採《ばっさい》】【暗視】【毒耐性《たいせい》（小）】

ご覧の通り予備に二つしか空きがない。
それ以上になってしまったらなにかスキルを外さなければならない。熟練度ＭＡＸになっているスキルはないから、適当な初級スキルなんか入れたくないわけで。

あ、☆がついたスキルをオーブ状態でインベントリに入れてたら、ＰＫされて取られる可能性もあったんだな……。

他人に取られてもそのスキルオーブの熟練度は０ってところが救いだけど。

他人が上げた熟練度ＭＡＸのスキルオーブが使えたら、熟練度を金で買えるってことになるもんな。

「そういやマスターは第三エリアには行かないんですか？」

「いえ、もう行きましたよ。まだほとんどのプレイヤーが第二エリアにいるのでこのブルーメンにいますが、夏あたりに店を湾岸《わんがん》都市へ移転させようかと思っています」

「えっ！　じゃあマスター、ブレイドウルフを倒したのっ⁉」

僕のなにげない質問にさらりと答えたマスターに、今度はミウラが食いつく。

「友人と一緒《いっしょ》に、ですけどね。私の場合、支援《しえん》系タイプなので、後ろで補助魔法《まほう》を連発していただけですが」

「ねえねえ、やっぱり強かった？」

「そうですね、動きが素早い上に【ハウリング】でこちらの動きを邪魔《じゃま》してきますからね。体毛を剣化して飛ばしても来るので、まず近づくのが大変です」

【ハウリング】で硬直《こうちょく》されて、大ダメージを受けたとか、魔法詠唱《まほうえいしょう》を邪魔されたとかよく聞くな。

「【ハウリング】にはどういう対策をしたのですか？」

「こちらも行動阻害《そがい》系の魔法やアイテムで対抗《たいこう》したのですよ。拘束《バインド》系の魔法で足止めしたり、【ハウリング】を放つ瞬間に『閃光弾《せんこうだん》』を食《く》らわせたりですね。ほとんど嫌《いや》がらせのような支援を連発しました」

ウェンディさんの質問にマスターが答える。なるほど、そういう方法もあるか。

僕は【投擲】を持っているから『閃光弾』は使えるかもしれない。

マスターから『閃光弾』が【調合】で作れると聞いたので、レシピを教えてもらった。僕の熟練度では品質のよいものが作れるかはわからないが。

火炎蛍《かえんぼたる》が落とす『閃光石《せんこう》』と、『爆弾石《ばくだん》』、『ガラス球』らしい。『閃光石』以外は店で売ってるから素材集めは難しくはないな。

火炎蛍ってモンスターには会ったことがなかったが、夜にしか出現しないモンスターらしい。

あんまり夜に狩りには行かないからなあ、僕ら。

『閃光石』自体はレアでもなんでもないらしいので、プレイヤーの露店《ろてん》でも買えるだろ。

しばらくはスキルアップとレベルアップだなあ。あんまりテンションは上がらないけど、

ＰＫに絡《から》まれるよりははるかにマシか。

ん？

「――――やられましたわ」

ウィンドウを開き、さっきから何かを見ていたシズカがそうつぶやく。それを横から覗《のぞ》き込んだミウラも「えっ、なにこれ？」と驚《おどろ》いた声を上げた。なんだ、どうした？

「あの場にいた別の人物が気になって、もしやと思ったのですけれど……。ドウメキとシロさんの【ＰｖＰ】が【怠惰《たいだ》】のプレイヤー専用動画にアップされてますわ。もちろん全員顔にはボカシが入ってますけど。どうやら隠《かく》し撮《ど》りされてたみたいですわね」

「え⁉」

シズカに僕もそれを見せてもらうと確かに僕とドウメキが戦っているさっきの映像だった。顔はわからないけど、これ、僕って丸わかりじゃん！　ウサギマフラーしてるし！

あの場にいたのはパパラッチだったのか……。ん？　写真じゃなく動画でもパパラッチっていうんだろうか。

『ＤＷＯ《デモンズ》』の面白《おもしろ》い事件や絶景スポット、珍《めずら》しいモンスターなんかを撮影《さつえい》して専用動画に投稿《とうこう》するプレイヤーも多いと聞く。あるギルドなんかはニュース番組みたいな動画を作ってるとか。

「ものすごい勢いで再生回数が上がってますね。コメントも次々と……」

「ちっとも嬉しくない」

はあ、と僕はため息をひとつついた。

【怠惰（公開スレ）】雑談スレその179

001：ギィム
ここは【怠惰】の雑談スレです
有力な情報も大歓迎
大人な対応でお願いします

次スレは>>950あたりで宣言してから立てましょう

過去スレ：
【怠惰】雑談スレその1～178

022：アルプス
大剣二刀流とかありえねぇー……

023：コロッケ侍
カコイイ
俺もやりたい

024：ショー
今見てるけど、これ音声がよく聞こえないな
どうにかならんの？

025：ブック
>>024
最大までボリューム上げればなんとか聞こえる

026：デンタル
このＰＫがレアスキル持ち？

027：カルス
【重量軽減】って聞こえるな
あったか？
そんなスキル？

028：トロット
初耳
攻略サイトにも載ってない

029：ブック
間違いなく★付きのスキルだな

030：コロッケ侍
武器の重量を軽くできるってこと？

031：カネガル
いや、鎧も含めて装備品の重さを軽くできるってスキルらしい
マフラーさんがそう言ってる

032：ショー
確かに言ってるっぽいけど、聴こえにくいなあ
撮影者もっと近づけなかったのか

033：アルプス
おおおお、すげえ
乱撃乱打の雨あられ
マフラーさん速え
なびくマフラーがまるで兎の耳のよう……

034：デンタル
>> 033
兎、兎、なに見て跳ねる

035：カルス
大剣で二刀流って双剣の戦技は使えないよな？
装備しているのは双剣じゃないんだから

036：トロット
ウサギニンジャだ

037：バギィ
>> 035
たぶん
右手で【パワースラッシュ】、左手で【剛剣突き】とかはできるかもしれんが

038：ショー
あー、マフラーさん吹っ飛ばされた

039：バギィ
そこからウサギマフラーの逆襲が始まる

040：ショー
ん？
毒か、あれ？　麻痺も？
なに、あの毒
ものすごく減りが早いんですけど

041：デンタル
毒兎参上

042：メイルウ
>> 041
ただの毒じゃない

猛毒だろ、これ
第三エリアの毒クラゲとか毒トカゲとかから取れるやつ

043：アルプス
アレか
あれってものすごく発動率低くなかった？

044：カルス
このゲーム、毒とか麻痺とか蓄積値で発動じゃないから運が左右されるよな
だから属性武器があまり当てにならない

045：トロット
そうか？
オレも毒武器もってるけど結構発動するが
インキュバスだからかね

046：カネガル
ＬＵＫが重要ってのはわかる
あれって狙ってスキル育てないとなかなか伸びないよな

047：ブック
>> 044
属性武器というか追加効果のある武器な
発動したら儲けもんってレベルだからあのたぐいはオマケみたいなもんだ
属性武器というのは火属性とか水属性とかモンスターに大ダメージを与える武器とかだろ

048：ショー
白兎は毒兎だった

049：カルス
>> 047
スマン
間違えた
状態追加武器な

050：ショー
なあ、このＰＫってＰＫＫすれば【重量軽減】のスキルオーブ落とすんじゃ……

051：デンタル
Σ(ﾟДﾟ)

052：アルプス
>> 50
その手があったか！

053：ギエン
ドロップは所持アイテムの半分だから、二分の一で可能性はある

ＰＫは装備アイテム・スキルも含んでのドロップだから……

054：コロッケ侍
山狩りじゃあ――――――――ッ！！

055：トロット
さすがにしばらくはログインしないんじゃないかね？
こんな騒がれたら

056：カネガル
というか、マフラーさん【ＰｖＰ】だから勝てたけどさ、これ普通に戦闘してたら負けたよな？

057：ブック
まあ、解毒ポーション持ってたり、回復魔法あるならな
っていうか自分が毒食らうかも

058：ショー
あのバトル見てるとちょっとあのＰＫに勝てる気しない

059：バギィ
なにも一対一でやる必要はない
集団で襲いかかりゃ誰かが手に入れられるだろ

060：カルス
向こうもなにかしらの対策は練っていると思うけどな
ＰＫギルドなんてのもその一環だろうし

061：コロッケ侍
ＰＫギルドなんて旨味あんの？

062：メイルウ
大金が安易に手に入るかもしれないのと、ＰＫした時相手のレベルによるけど、貰える経験値が高いくらいか
デメリットの方が多いよ

063：デンタル
経験値がたくさんもらえるのはどうしてなのかのう
殺人経験値？

064：バギィ
でも一回でもＰＫしたらお尋ね者だからな
それ覚悟してずっとＰＫし続けるなら早くレベルアップできる

065：トロット
熟練度は普通の上がり方だろうけどな

066：バギィ

低いよりはマシだろ
まあそれがメリットかと言われると難しいが
毎日ＰＫしまくるわけにもいかないだろうし

067：カルス
向こうは向こうで楽しんでやってるんだろうけどな

068：ショー
>> 067
だが、関わり合いにはなりたくない
粘着してくるやつもいそう

069：アルプス
ＰＫＫに任せとくかねえ

070：デンタル
そういや第三エリアってどうなったの？
ボス見つかった？

071：ギエン
んにゃ、まだ見つかったって話は出てない

072：トロット
絶対海か、島にいると思うんだけどなあ

073：メイルウ
っていうか、まず船を手に入れるのが大変なんですけど！

074：ブック
【造船】スキル持ちに造ってもらうにしても、素材を揃えるのが半端ないしな
買おうとするととんでもない額になるし

075：カネガル
最高素材で造りたいが……
エルダートレント強えんだよなあ……

076：コロッケ侍
船を手に入れたら海を回って別の領国に行けたりしないの？

077：バギィ
いけない
大渦巻きがあって下手すると難破する
せっかく造った船がパアになるぞ

078：ショー
こわっ

079：ギエン

その渦巻きも鎮める方法があるんじゃないかと俺は睨んでるんだが

080：デンタル
ありそう
乙女を生贄に捧げると荒れ狂っていた海が……

081：ショー
こわっ

082：アルプス
>> 079
海の種族、マーメイドとかと仲良くなれば大渦を消してくれんじゃね？

083：カルス
いいね、マーメイド

084：ブック
マーメイドならいいが、半魚人かもしれんぞ

085：デンタル
深きものども……

086：カネガル
やめい

087：トロット
だいたい船造っても船員雇わないと航海できないからなあ

088：ギエン
【操船】ってスキルがあるよな？

089：ブック
あるけど派生スキルじゃないからオーブ手に入れる必要がある

090：バギィ
>> 088
今メチャ高くなってる
足下見やがって

091：メイルウ
>> 088
あれってなにからドロップするの？

092：ブック
>> 091
ドロップしたって話は聞かない
イベントで手に入れたって情報だけ
しかも個人イベントだったから、俺たちは発生する可能性ゼロ

093：バギィ
俺は船員のＮＰＣと仲良くなろうと着々と親交を深めてるぜ
今夜も飲み会だ

094：ギエン
このゲーム、酔わないからな
ある意味、酒呑みには天国……いや地獄？

095：デンタル
酔わない酒など酒ではない
ジュースだ

096：メイルウ
【ほろ酔い】スキルってどこで手に入るの～？

097：トロット
美味いことは美味いんだがやっぱり味気ないよな

098：ブック
>> 096
シークレットエリア
【養老の滝】って場所で一人一個限定でスキルオーブをくれる
二十歳以上しか行くことができない

099：メイルウ
>> 098
行き方は？

100：ブック
シークレットエリアだから特定の行き方はない
森で迷っていたらたどり着いたとか、霧の中歩いてて晴れたら滝の前だったとかいろいろ

101：バギィ
【養老の滝】はけっこう目撃例が多いシークレットエリア
【ほろ酔い】も、酒好きじゃない人は手放すから、たまに露店で売ってる

102：メイルウ
露店を狙うしかないかねえ……

103：デンタル
【酔拳】とかいうスキルないかな？

104：ギエン
>> 103
強そうだなｗ

105：バギィ

>> 103
工業用アルコールでも飲んでろ

・
・
・

DWO:02:08　天社《あまつやしろ》

【Game World】

「っと、やっと上がったか」

戦闘《せんとう》が終わり、ステータスを開いてレベルアップしたのを確認する。レベルが21になった。

例の動画で微妙《びみょう》に他プレイヤーに注目されることが多くなってしまった僕は、ほとぼりが冷めるまで別のエリアで経験値と熟練度を稼《かせ》ぐことにした。

幸い、あの動画はログインしている【怠惰】のプレイヤーでないと見ることができない。【怠惰】専用の動画サイトだからな。

ってなわけで僕は今、【傲慢《ごうまん》】の第二エリアへと来ている。

ここは以前、【セーレの翼】を使ってやってきて、奏汰《かなた》と遥花《はるか》に会ったエリアだ。

現在いるのは【傲慢】の第二エリア、【キャルン平原】というフィールド。出現するモンスターは【怠惰】の第二エリアと同じくらいの強さだし、レベルアップにはちょうどいい。

まれに【怠惰】では見かけないモンスターもいるけれど、勝てないわけではないし、なかなか手頃《てごろ》な狩場《かりば》だった。

奏汰と遥花……ソウとハルの二人とパーティを組んで狩ろうかと思ったのだが、どちらともギルドメンバーとの予定があるとのことで、こうして寂《さび》しくソロ狩りをしているわけである。

「【セーレの翼】の第二能力が解放されれば、パーティのみんなも転移できるようになるのかなあ」

以前、僕がパーティリーダーになって転移しても僕だけ別エリアに飛ばされただけだった。

【セーレの翼】をセットし、最初のランダム転移の解放条件を確認する。

・レベル4になる。
・死亡する。
・地図を持たずにポータルエリアを使用する。

条件はこの三つであるが、最初の二つはすぐに満たせるとしても、最後の地図を持たずにポータルエリアを、ってのはあんまりやらないのかもしれない。

普通《ふつう》はまず地図を買ってからフィールドに出るものらしいし、地図を買ったら捨てることはまずないしな。

一回フィールドに出ないとポータルエリアは使えないし。

それでもこの条件なら満たすことはできなくはない。僕じゃなくてもいつかは解放されたろう。

問題は次の解放条件だよな……。同じように三つあって、すでに二つクリアしてるとかならいいが、一つもクリアしてない可能性もある。

クリアしても、ピロリン♪　とか音が鳴るわけでもないし。

「ま、進めていけばそのうちなんとかなるか。ひょっとしたら他の【セーレの翼】を持つ人が、情報をサイトにアップしてくれるかもしれないし」

言いながら、ま、それは無いよなー、と思う。僕自身が公開してないし。

とりあえず狩るのはこれくらいにして、【怠惰】のブルーメンへと戻るか。この時間ならみんなも『ミーティア』にいるかもしれない。

そんなことを考えながら【キャルン平原】のポータルエリアに足を踏《ふ》み入《い》れると、場所を指定する前に転移が始まってしまった。

「あ」

しまった。【セーレの翼】を外すのを忘れてた……。さっき条件確認のため、スキルを入れ替えてそのままだったの忘れてた。

転移はすぐに終わり、僕は見たこともない場所に立っていた。

「これは……竹林、か？」

あたりは背の高い竹が何本も並び立つ竹林だった。こんなフィールドもあるのか。

竹があまりにも多く生えているので、その先が見えにくい。どれくらいの広さがあるんだろう。

竹林の中にあるポータルエリアから一歩踏み出す。

「まさかパンダのモンスターが出てきたりはしないよな」

とりあえず現在地を確認しよう。マップを呼び出し、自分のいるところにあるマーカーを……。マーカーを……。マーカーが……無い？

ちょっと待て。マーカーが無いってのはどういうことだ？

エリア表示には【天社《あまつやしろ》】と出てるけど……。社《やしろ》ってことは神社ってことだよな？　その割には竹林ばかりでなにもないけど。

マップ上に存在しないエリア……。あ、ひょっとして、ここってシークレットエリアなのか!?

いやいや、まさか。いくら【セーレの翼】だとはいえ、そんなところまでランダム転移するとは……。

「ほほう、これは珍しい客人じゃの」

不意に背後からかけられた声に思わず振《ふ》り向《む》くと、そこには金髪《きんぱつ》の美女が立っていた。

年齢《ねんれい》は二十歳《はたち》ほど。類稀《たぐいまれ》なる美貌《びぼう》のその美女は白い和服調の衣裳《いしょう》を着込み、長い金髪は腰《こし》ほどまで伸《の》びている。その金髪の頭部からは狐《ぎつね》の耳がぴょこんと飛び出し、お尻《しり》にもふさふさの尻尾《しっぽ》が揺《ゆ》れていた。狐の【獣人族《セリアンスロープ》】か？

「まさかわらわの結界を飛《と》び越《こ》えてやってくるとはの。妙《みょう》な技を持っているようじゃな」

面白そうに笑《え》みを浮《う》かべる狐耳の美女の頭上にネームプレートがポップする。名前は非表示になっていたが、その色は緑だった。ＮＰＣか？

「その方、名はなんと言う？」

「シロ……です、けど」

「シロか。わらわはミヤビじゃ。招かざる客じゃが歓迎《かんげい》するぞ」

どうやらこのミヤビという人物は敵ではないようだ。何者かはまったくわからないが。

「ここはどこなんです？」

「天社《あまつやしろ》じゃ。普通の者では辿《たど》り着《つ》くことはできん理《ことわり》の外にある」

理《ことわり》の外、ね。やはりシークレットエリアかな。まさかこんな方法で発見するとは。

「茶の一つでも進ぜよう。付いてくるがよい」

ミヤビさんはスタスタと竹林の中を歩いていく。僕も揺れる尻尾を追いかけてその後をついていくと、やがて開けた場所に神社が見えてきた。

鳥居をくぐり、石段の階段を上ると、その神社の境内《けいだい》では二人の子供が掃《は》き掃除《そうじ》をしていた。

こちらも狐の【獣人族《セリアンスロープ》】だ。髪《かみ》の毛《け》は二人とも銀髪《ぎんぱつ》だったが。年はレンたちよりも小さい。五つか六つだろうか。

「あ、ミヤビ様、お帰りなさいです」

「お帰りなさいなの」

二人の子狐《こぎつね》獣人が駆《か》け寄《よ》ってくる。二人とも白衣《びゃくえ》に緋袴《ひばかま》といった、シズカと同じような巫女さんの格好だ。

双子《ふたご》なのか顔が似ている。髪型《かみがた》が一人はショート、もう一人はロングと違《ちが》ってはいたが。

「うむ。ノドカ、マドカ、客人じゃ、茶の用意を」

「わかりましたです」

「わかりましたなの」

箒《ほうき》を持ったまま、タタタタと社務所のような所へ駆けて行った。

「こっちじゃ」

ミヤビさんは神社を横切り、再び竹林へと入っていく。あれ？　お茶を飲むってここじゃないのか？

すぐさまミヤビさんを追いかけていくと、竹林が終わり、今度は日本庭園のような場所に出た。なんだこりゃ。

様々な低木や庭石で彩《いろど》られた庭園。その中には大きな池があり、緩《ゆる》やかなカーブを描《えが》いた赤色の古い橋が池の中央にある島へと延びている。その島には小さな東屋《あずまや》が建っていた。

ミヤビさんとその橋を渡《わた》る。小島にあった六畳《じょう》ほどの東屋には、小さな机と椅子《いす》が置いてあった。

「ここも天社《あまつやしろ》なんですか？」

「そうじゃ。ここはわらわの神域であり、何者も侵入《しんにゅう》することができぬ場所……だったのじゃがの」

僕《ぼく》を見ながら苦笑《くしょう》のような微笑《ほほえ》みを浮かべるミヤビさん。

「お茶をお持ちしましたです」

「お菓子《かし》をお持ちしましたなの」

先ほどの双子の子狐《こぎつね》少女がお茶の載《の》った盆《ぼん》と、お菓子の入った木皿を持って現れた。えっとノドカとマドカだっけ？

「さて、シロとやら。お主どうやってここへと入って来た？　見たところ【連合】や【同盟】の者ではないようじゃが」

「れん……？」

「わからなければよい。気にするな。して、どうやってここへ？」

「えっと……詳《くわ》しくは言えませんが、スキルを使って、ですね」

「ふむ、スキルとな？」

果たしてこの人に【セーレの翼】のことを話してもいいのか判断がつかなかった僕は、そこらへんをボヤかしてミヤビさんに答えた。

するとミヤビさんの両目が緑から金へと変わり、僕を真《ま》っ直《す》ぐに見据《みす》えてきた。

「……なるほど。【セーレの翼】か。珍しいスキルを持っておるの」

「えっ⁉」

見抜《みぬ》かれた⁉　驚きに目を見張る僕に再びミヤビさんが微笑みを浮かべる。

「ほほほ、わらわに隠し事《ごと》はできぬぞ？　確かにそのスキルならばこの天社《あまつやしろ》に来ることも可能であろうな。とはいえ、かなり低い確率であったはずじゃが」

どうなってるんだ？　相手のステータスを覗き見るスキルでも持っているのか、この人。いや、ＮＰＣなんだからそういう『設定』のキャラなのか？

「ミヤビさんって……何者なんですか？」

「何者、のう。はてさてなんと答えたらよいのやら。暇《ひま》を持て余した美女ということだけは確かじゃが」

自分で言うかね？　確かに美人ではあるけども。

反応に困っていると、横に立っていた子狐二人が、じーっ、とした視線をテーブルのお菓子に向けていた。

木皿の上には美味《うま》そうなどら焼きが四つ載っている。食べたいのかな？

僕はどら焼きを二つ取り、ノドカとマドカの前に差し出した。

「えっ」

「えっ」

「食べな。僕はあんまり甘《あま》いのは食べないんだ」

ノドカとマドカの視線が、ミヤビさんとどら焼きの間を行ったり来たりする。やがてミヤビさんが笑いながら小さく頷くと、二人は、ぱあっとした笑顔《えがお》で僕の手からどら焼きを手に取った。

「ありがとうです！」

「ありがとうなの！」

二人はすぐさま、はぐはぐとどら焼きにかぶりつく。食欲旺盛《おうせい》だな。

二人にきちんと自己紹介《じこしょうかい》してもらった。ロングヘアがノドカでショートカットがマドカね。覚えた。

「シロ、そなたは異邦人《いほうじん》じゃな？」

「まあ、そうですね」

『DWO《デモンズ》』では僕たちプレイヤーは魔界《ヘルガイア》に降り立った異邦人として認識《にんしき》されている。ミヤビさんが何者だったとしてもそれは変わらないだろう。

「ふむ、これも何かの縁《えん》か。わらわが関《かか》わることはないと思うておったがのう。シロ、ちょっとこっちに近《ちこ》う寄れ」

近う寄れもなにも、自ら机の上を乗り出してきたミヤビさんが僕の額に指を当て、さらさらと何か文字を書くように動かした。

目の前に和服に押《お》さえつけられた二つの水蜜桃《すいみっとう》が嫌でも視界に飛び込んできて、顔が赤くなる。青少年には目の毒だ。

「あの……なにを……」

「なに、ちょっとしたおまじないよ。ほれ、これで終わりじゃ」

「熱《あ》っつ⁉」

最後にミヤビさんの指がものすごく熱くなり、僕は額を押さえて仰《の》け反《ぞ》ってしまった。なにすんの⁉

っていうか、『DWO《デモンズ》』でこんなに熱さを感じたことないぞ！　や、食べ物系ではあるけど。

「かかか。心配せんでも痕《あと》になるようなことはないわ。それはそうと、シロよ。わらわの頼みを一つ聞いてはくれまいか？」

「頼み？」

額をさすりながらミヤビさんを訝《いぶか》しげな目で見てしまう僕。

「なに、大したことではない。時折でよいからここへ来て、わらわの話し相手になってたもれ。さっきも言うたが暇でのう。外界の話を聞きたいのじゃ」

ポーン、という音と共にウィンドウが開く。これは……。

★クエストが発生しました。

■個人クエスト
【ミヤビの話し相手になろう】
□未達成
□報酬《ほうしゅう》　？．？．？．

※このクエストはいつでも始めることができます。

ありゃ、個人クエストか。まあ、難しい依頼《いらい》でもないし、報酬をもらえるなら悪くはな

い。

「僕でよければ。と言っても、身の回りで起きたことぐらいしか話せませんが」

「かまわぬよ。むしろそっちの方がありがたいかの」

よくわからないが向こうがそれでいいというなら引き受けておこう。

少しばかりたわいのない話をしてから、お茶のお礼を言ってミヤビさんと別れた。

ポータルエリアへの帰り道、神社の鳥居をくぐり、石段を下りて竹林へと向かっていると、後ろから、とてててて、と、あの双子のノドカとマドカが走ってきた。

「お兄ちゃん待ってです！」

「お兄ちゃん待ってなの！」

息を切らしながら駆けてきたノドカとマドカは各々《おのおの》手に持っていた丸いものを僕に差し出してきた。なんだろう？

「お土産《みやげ》です！」

「お土産なの！」

お？　スキルオーブだ。人型が走っているようなアイコンと、三日月のような攻撃《こうげき》エフェクトが二つ並んだアイコンが浮かんでいる。

「これ、ミヤビさんから？」

「はいです！」

「はいなの！」

じゃあ遠慮《えんりょ》することもないか。

ありがたく受け取り、僕もインベントリから蜂蜜飴《はちみつあめ》の入った小瓶《こびん》をそれぞれ二人に手渡《てわた》した。

飴の小瓶を受け取ると、二人は喜びはしゃぎながら竹林の中へとこちらへ手を振りながら帰っていく。かわいいな。今度来るときは『ミーティア』のお菓子を持ってきてあげよう。

今度は間違《まちが》えないよう【セーレの翼】を外してポータルエリアに入り、僕はブルーメンへと戻《もど》ってきた。

相変わらずの賑《にぎ》わいの中、広場のベンチに腰掛《こしか》けて少し休む。さて、もらったこのスキルオーブはなんだろう？

インベントリにオーブを入れる。そこに現れたアイテム名は『【加速】のスキルオーブ』と『【二連撃】のスキルオーブ』。

「え!?」

どちらも★が二つついた、二つ星のレアスキルであった。

◇　◇　◇

「確かにこれは【二連撃】ですね。一度目の攻撃と同じ場所にわずかに遅《おく》れて同じ攻撃が来ます。二回攻撃されているように感じます」

大盾《カイトシールド》で僕の攻撃を受けながらウェンディさんが答える。

【怠惰】の第二エリア、【クレインの森】の人目のないところで、僕らは【ＰｖＰ】によるちょっとした実験をしていた。

ミヤビさんからもらった二つ星スキルの検証である。

【二連撃】は単純に一回の攻撃が二回分になるスキルだった。ガン！　という攻撃が、ガガン！　という攻撃になる。

普通に考えて攻撃力《こうげきりょく》二倍だ。これはスゴイ。

と、思ったのだが、やはりデメリットもある。

まず、今のところ、このスキルが発動する頻度《ひんど》が低い。二連撃になったりならなかったりだ。これはおそらく熟練度を上げていけば発動率も上がると思われる。

次に自動発動なので、発動するのを止めることができない。発動してしまうと斬《き》りたくもないのに二回斬ることになる。自分でまったく手加減ができない。これではオーバーキルしてしまうこともあるだろう。

それと二回攻撃といっても違う場所に攻撃することができるわけではないので、一撃目《いちげき》が防がれると当然二撃目も防がれる。

おまけに発動するとその分だけST《スタミナ》を消費する。熟練度が上がって発動率が高くなったらST切れが起こりやすくなるかもしれない。ST配分ができないってのはけっこう痛い。

ま、それを差し引いてもかなり役立つスキルではあるが。僕は攻撃力が低いのを手数でカバーしているのでこれは助かる。

そしてもう一つの【加速】だが。

こちらはそのまま【加速】するスキルだ。移動速度が跳《は》ね上《あ》がり、普段《ふだん》の数倍のスピードで動ける。素早《すばや》さをメインにしている僕にはピッタリなスキルである。

ところがやはりこれにもデメリットはあって。

【加速】スキルは発動にMP《マジックポイント》を消費するのである。しかも発動中ずっとだ。

これは正確にいうと『加速魔法』だと思う。MPを消費し、移動速度を速める。大変便利なスキルではあるが……ではあるが、生憎《あいにく》と僕はＭＰの値はそれほど高くない。

魔法系のスキルなんてまったく取ってなかったからなあ……。

レベルアップで上がっただけのＭＰの量ではあっという間に尽《つ》きてしまう。いいとこトータルで十秒くらいじゃないのか？

ちなみに僕らの中では一番ＭＰの多いリゼルが使っても二十秒もつかどうか。

それにリゼルが【加速】を使っても、もともとＡＧＩ（敏捷《びんしょう》度）が低いので、僕より遅《おそ》いだろうと思われる。

こりゃ今度はＭＰ回復ポーションとかＭＰ回復飴とか作らないとダメかもしれんな。いや、飴のじわじわ回復では追っつかないか。

僕の場合、一撃がそれほど強くないから雑魚《ざこ》敵でもないと、一気に倒《たお》し切ることはできなさそうだ。

いや、どっちかというと、これは攻撃に使うよりも、逃《に》げたり、避《よ》けたりするときに使った方がいいスキルなのかもしれない。不意をついて距離《きょり》を詰《つ》めることには使えそうだけど。

まあ、これもかなり使えるスキルであることに間違いはない。

【二連撃】と【加速】。両方を極《きわ》めれば、かなり強くなれるんじゃないだろうか。道は遠いが。

次にミヤビさんに会いに行くときはちゃんとお礼を持っていかないとなあ。

「どちらも二つ星スキルなだけあってさすがですわね。ブレイドウルフ戦に向けて心強いですわ」

「【加速】の方は常時発動させるより、ここぞという時のブーストとして使う方がいいでしょうね。初見なら間違いなく不意を突《つ》かれるでしょうし」

シズカが感心したように褒《ほ》めてくれるが、【二連撃】の方は熟練度が低いから発動するかは運任せだし、【加速】の方はレンの言う通り常時発動していたらMPが持たない。その時に応じてONとOFFを使い分けた方がいいだろう。

「……ねえ、シロくん。そのスキルって、ミヤビってNPCからもらったんだよね」

「うん、そう。偶然《ぐうぜん》シークレットエリアに迷い込んでさ。そこにいた狐の【獣人族《セリアンスロープ》】の女の人に……」

じっ、と視線を向けてくるリゼルに僕は言葉に詰まる。なんだ？

「その額の……ううん、なんでもない。シロ君、いいなー。私も星付きのスキルとか欲《ほ》しい」

リゼルが手に持った杖《つえ》で地面を突きながら急に口を尖《とが》らせる。んなこと言ってもなあ。

リゼルに追従して横にいたミウラまでも口を尖らせた。

「なんだかんだでシロ兄ちゃんはリアルラックが高いんだよなー。不公平だぞ、あたしらにも運を分けろー」

「そうか？　その割には普段のアイテムドロップとかはみんなの方がいいような気がするけど」

「そうでしょうか？　女子五人の中に男一人というパーティを組んでいる時点でリアルラックの高い勝ち組なのでは？」

女子？　二十歳《はたち》超《こ》えた人も女子と言うのかな……大人なんだし女性ってのが正しいような気も、と発言者のウェンディさんに視線を向けると、底冷えする視線で弾《はじ》かれた。

「何か？」

「イエ、ナニモ」

ま、まあ確かに女子社員とか言うし、間違いではないよな。だが、ハーレムというには半分以上が子供だし、ちょっと違う気がする。

そのあと対人訓練と称《しょう》してみんなと【PvP】をした。僕にとって厄介《やっかい》だったのがリゼルの魔《ま》法攻撃《ほうこうげき》と、シズカが放つ【チャージ】からの【カウンター】だった。

リゼルの場合は【ファイアウォール】で防御《ぼうぎょ》を固められた後に、範囲《はんい》攻撃《こうげき》の【ファイアバースト】を撃《う》たれると逃げられない。

シズカの場合は防御に適している薙刀《なぎなた》で防がれ続けた後に、その間【チャージ】していた一撃を【カウンター】で叩《たた》き込まれる。これが【二連撃】とまた相性《あいしょう》が悪い。

【カウンター】は相手の攻撃のタイミングに合わせて放つスキルだが、僕の【二連撃】が発動している場合、その判定時間が長く、タイミングが合わせやすいのだ。そりゃそうだ。二回攻撃してるのだから。

そのせいで【カウンター】を警戒《けいかい》してなかなか攻《せ》められなかった。

「まだまだスキル構成を考える余地があるなあ」

「っていうか、あたしもうスロットいっぱいだから変えようがないよー」

「外してオーブに戻せばいいだろ」

「熟練度がもったいないからヤダ」

ミウラとそんな軽口を叩き合うが、実は僕も人のことは言えない。この【加速】と【二連撃】で使用スロット、予備スロットがいっぱいになってしまった。

■使用スキル（8／8）

【順応性】【短剣術《たんけん》】【敏捷度ＵＰ（小）】

【見切り】【気配察知】【蹴撃】【加速】【二連撃】

■予備スキル（10／10）
【調合】【セーレの翼《つばさ》】【採掘《さいくつ》】【採取】【鑑定《かんてい》】

【伐採】【毒耐性《たいせい》（小）】【暗視】【投擲《とうてき》】【隠密《おんみつ》】


とまあ、現在のスキル構成はこんな感じである。

もし何かさらに取りたいスキルが出てきたら、この中から一つ外してオーブに戻すしかない。そしてその熟練度はリセットされてしまう。

まあ、この中なら【毒耐性（小）】かなあ……。少ししか熟練度が上がってないし、全《すべ》て避ければ毒も受けないし。もしものために取ったけど、いらなかったかなぁ、これ。

「シロさんがスキルに慣れるために、今日は【ダリア洞窟《どうくつ》】に行ってみませんか？」

「いいね。確かあそこに小ボスみたいなのいたよね？」

「オークバトラーですね。手頃な相手かもしれません」

【ダリア洞窟】とはブルーメンの南にあるここ、【クレインの森】を抜《ぬ》けた先にある洞窟だ。第二エリアでは難易度の高い部類に入る。

僕らも何度か行ったことがあるが、この洞窟のおいしいところは先ほどウェンディさんが言った小ボスのオークバトラーにある。

小ボスといっても別に洞窟の奥《おく》に一体だけ待ち構えているわけではなく、フラフラと洞窟を何体かうろついているのだ。

この洞窟のオークバトラーを撃破《げきは》すると、こいつは稀《まれ》に『ランダムボックス』と呼ばれる宝箱を落とす。その名の通り中身はランダムで、使えないアイテムから貴重な武器防具、レアスキルなんかも入っていることがあるのだ。

特にボックスからはスキルオーブが出やすいとの噂《うわさ》だ。もちろんハズレのスキルの方が多いが。

ドロップするかわからない、出てくる他のモンスターも強いのでソロ狩《か》りには向かない、かといってパーティでは戦いにくい場所、とあまり条件はよくない。が、それを補っても余りある魅力《みりょく》が『ランダムボックス』には秘《ひ》められているのか、欲に駆られたプレイヤーは【ダリア洞窟】を目指すのである。

僕らは面倒《めんどう》なので今まであまり行くことはなかったが。

ま、今日はちょうど【クレインの森】にいるし、みんなでその先の【ダリア洞窟】へと行くことに決めた。

オークバトラーが『ランダムボックス』をドロップするといいけど。

◇　◇　◇

「大量だったね！　今日はドロップ率の高い日なのかなあ！」

ホクホク顔でリゼルがゲットした『ランダムボックス』をインベントリから取り出す。

なにかの変化があったのか、僕らはオークバトラーとけっこう遭遇《そうぐう》し、かなりの『ランダムボックス』を手に入れた。

一体のオークバトラーをみんなで倒し、みんなは『ランダムボックス』を手に入れたのに、僕だけ『オークの牙《きば》』とかいうパターンも多かった。

おかげで僕がゲットした『ランダムボックス』は一つだけである。

やはり僕だけリアルラックが低いと思うんだが……。

「『パワーリスト』と『マナポーション』。スキルオーブは【跳躍《ちょうやく》】と【魔法耐性《まほうたいせい》・火（小）】……。あと『羽毛《うもう》×10』かー。まあ、外れじゃないかな」

一番多くボックスを手に入れたミウラが、さっさと箱を開けてそう呟《つぶや》く。

いいなあ。スキルオーブ二つも出たのか……。でも確かミウラはスキルスロットいっぱいだろ。いや、僕も同じなんだが。

「ミウラちゃん、『羽毛』いらないならあとで売って。お布団《ふとん》作るのに必要だから」

「え？　レン、そんなの作るの？」

「いつかギルドハウスを持ったらそれぞれの部屋にほしいじゃない。作るなら良いものを作りたいの」

そう言うレンは四つの『ランダムボックス』から『聖水』、『ハイポーション』、『グレートヘルム』、【楽器演奏（鍵盤《けんばん》）】のスキルオーブを手に入れていた。

ウェンディさんもシズカも、ハズレも入っていたらしいが、そこそこ良いものも入っていたらしい。

そして一番ウキウキしていたリゼルはというと。

「わ！　星付きのスキルオーブだよ！　【合成魔法（初級）】！　やった！」

【合成魔法（初級）】？　聞いたことはあるけど、魔法スキルはほとんどスルーだったからよくわからない。けど、なんか凄《すご》そうだな。どんなスキルなんだ？

「属性の違う魔法を掛《か》け合わせて、違う魔法を生み出せるスキルだよ。初級魔法の熟練度が二種類カンストしてないと使えないから、まだ私は使えないけどね！　よーし、燃えてきた！」

確かリゼルは【火属性魔法（初級）】だけがカンストして中級になってたな。あと【風属性魔法（初級）】も持ってるんだっけか。火と風の合成魔法ってなんだ？　温風？

初めて星付きレアスキルをゲットしたからか、テンションが上がっているリゼルに聞くこともできず、僕は自分の『ランダムボックス』を開けてみた。

【平べったい石】　Fランク

■平べったい。水切りに最適。
□消費アイテム
品質：F（最高品質《フローレス》）

石……。平べったかろうが品質は高かろうが石は石だろう。当然ハズレである。

はあ……。やっぱり僕のリアルラックは低いと思うんだが。

【ダリア洞窟】からの帰り道、川辺《かわべり》でこの石を使って水切りをしてみたが、今まで経験したことのないほどの回数で水面を跳ねていった。アレは石の中ではレアアイテムだったのかもしれない。

よく考えたらGランクじゃないから売れたはずだ。

もったいなかったかな？

◇◇◇

梅雨《つゆ》の鬱陶《うっとう》しさは未《いま》だに去らず、夏はまだ遠い今日このごろ。

僕は部活に所属していないため、遅くても四時には帰宅する。本当はなにかの部活に入ろうかとも思っていたのだが、家のこともあるし、取り立てて入りたい部活もなかったのでスルーした。

家に帰ると簡単な掃除を終えてから、近くのスーパーへと夕飯と明日の朝食の食材を買い出しに行く。父さんは月に一回しか帰ってこないから僕が買いに行くしかないのだ。

今日は鮭《さけ》の切り身が安かったので、これと冷奴《ひややっこ》、ほうれん草のおひたし、納豆《なっとう》にきんぴらごぼう、みそ汁《しる》と和食テイストで行くことにする。ちなみに面倒なので、明日の朝ごはんもこれだ。

買い物から帰って、さてご飯の用意をするかと包丁を持った時に、ピンポーン、と玄関《げんかん》のチャイムが鳴った。

「はい」

「白兎《はくと》君、わたしー」

インターホンの画面に映し出されたのは、手を振るプラチナブロンドの少女。お隣《となり》さんのリーゼだ。なんだ？

玄関のドアを開けてやると、入ってきたリーゼの手には小さな器があった。

「伯母《おば》さんが持っていきなさいって。たくさん作ったから『押すとハゲ』だって」

「押すと……？　ああ、『お裾《すそ》分《わ》け』か。ありがとう。こりゃ美味《うま》そうだ」

リーゼが差し出した器にはジャガイモとニンジン、サヤエンドウ、そして豚肉《ぶたにく》の、いわゆる『肉じゃが』が入っていた。夕飯が一品増えたな。

「ご飯作ってたの？」

「ん？　ああ、週末以外は一人だし、外食するとお金かかるしね」

食費というか、生活費は父さんからちゃんと貰《もら》っている。自炊《じすい》すればそれだけ安上がりになるし、僕が自由に使えるお金も増えるのだ。しない手はない。

だからと言ってカップ麺《めん》とかは許されない。たまにだが、霧宮《きりみや》の小母《おば》さん……つまり奏汰と遥花のお母さんがやってきてチェックするのだ。カップ麺三昧《めんざんまい》などと父さんに連絡《れんらく》されたら、家政婦さんでも雇《やと》いかねないからな。

「それだけ料理するなら【料理】スキル取ればいいのに」

「ゲームの中まで料理とか勘弁《かんべん》してほしい。それに今はスキルスロットが空いてないから取れないよ」

「ブレイドウルフを倒したら拡張するでしょ？　そのあとで取ったらいいじゃない」

「自分で作るくらいなら『ミーティア』でマスターの料理を食べるね。そういうリーゼこそ家で料理はしないのか？」

「うっ」

リーゼは大袈裟《おおげさ》に胸を押さえる小芝居《こしばい》をして顔を逸《そ》らす。

「ははん。さては遥花と同じ、料理できないタイプだな？」

「ち、違うよ！　その肉じゃがだって私も手伝ったんだから！　……ピーラーで皮を剥《む》いただけだけど」

「……そうか」

ま、リーゼは生まれが貴族様だしな。料理なんかさせてもらえなかったに違いない。あまりからかうのもよくないな。

肉じゃがのお礼というわけじゃないが、父さんが出張先から送ってきたお菓子をリーゼに持たせた。カスタードクリームをカステラ生地《きじ》で包んだ仙台銘菓《せんだいめいか》だ。

リーゼの伯母さんが作った肉じゃがは美味かった。ご飯が進み、いつもより食べ過ぎた気がする。

食べ終わったら少しテレビを見ながらお茶を飲み、いつもの時間にＶＲドライブが置いてある部屋に行く。

さて、今日も頑張《がんば》りますか、と。

ログインするといつもの宿屋で目覚める。早いとこギルドホームを手に入れて、仮宿暮らしにピリオドを打ちたいのう。

宿屋のカウンターにいる女将《おかみ》さんにいつものように挨拶《あいさつ》をして外に出ようとしたら、急にザーッという雨音に襲《おそ》われた。

雨が降っている。『DWO《デモンズ》』で初めての雨だ。現実世界での雨はジメジメと鬱陶しいだけだが、VR世界の雨は初体験だからかなんとなくウキウキしてしまう。

女将さんが傘《かさ》を貸してくれるというので、番傘《ばんがさ》のような物を借りた。柄《え》は木製だが傘は布製で、ところどころ虫が食ったのか小さな穴が開いている。

傘を差してブルーメンの町を歩く。いつもの町とは違う雰囲気《ふんいき》がして、なんとも面白《おもしろ》い。

普段通らない道を歩き、ウロウロとしているといつの間にか知らない道に出てしまった。まあ、町のマップがあるから迷ったりはしないけど。

知らぬ通りを歩いていると、雨の中、馬車が停《と》まっているのが見えた。どうも片方の車輪が軸《じく》ごと折れたらしく、動けないでいるらしい。

フードの付いた、防水加工がされているマントを羽織った人が車輪を外して立ち上がった。

「どうかしましたか？」

「ん？　ああ、車輪が壊《こわ》れちまってね。すぐそこがウチの店なんだが……こりゃあ荷物を手作業で運ぶしかなさそうだ」

商人風のおじさんが苦笑気味に笑う。幌《ほろ》がかかった荷台の中には、何やら麻袋《あさぶくろ》が何個も積まれていた。

「手伝いますよ」

「え？　いいのかい？　こっちは助かるけど……」

「かまいませんよ」

おじさんにそう答えると、ポーン、という音と共にウィンドウが開く。

★クエストが発生しました。

■個人クエスト
【雨の日の手伝い】
□未達成
□報酬　？？？

ありゃ。クエストが始まった。そんなつもりはなかったんだけど。

「じゃあ、この袋《ふくろ》をあそこの看板が出ている店の中まで頼《たの》むよ。後でお礼はするから」

「はい」

クエストの方からも報酬が出るんだけどな。まあいいや、パパッとやってしまおう。

傘を荷台の中に置き、代わりに袋を取り出して担《かつ》ぐ。けっこう重いな。何が入ってるんだろ。米とか小麦かな。

とりあえず袋を担いでおじさんと雨の中を店まで走る。一分とかからずに店につき、ドアを開けたおじさんに続いて店の中に袋を下ろした。

それを十回以上繰《く》り返《かえ》し、全部の袋を店の中へと運び終えた。当然びしょ濡《ぬ》れである。

「いや、助かったよ。ありがとう」

「いえいえ。これくらいなんでもないですよ」

僕《ぼく》が返事をすると同時に、ポーン、という音と共にまたウィンドウが開いた。

★クエストを達成しました。

■個人クエスト
【雨の日の手伝い】
■達成
■報酬　スターコイン五枚

ありゃ、またスターコインか。

町中でクエストが発生することは多々あるんだけど、けっこう報酬がスターコインってのが僕の場合多いな。もうすでに五十枚以上持っているんだが、使い道がまだわからない。

説明にはアイテムやスキルと交換《こうかん》できるってあるけど、どこで交換するんだよって話だ。

まだ未実装なんだろうか。

「手伝ってくれたお礼にこれをあげるよ」

おじさんはジャラッとしたものが入った小袋《こぶくろ》を僕に手渡してくれた。

「なんですか、これ？」

「コーヒー豆だよ。なかなか手に入らない一級ものなんだとさ。取引先でもらったんだが、私も妻もコーヒーは苦手でね。よかったらもらってくれ」

「コーヒー豆ですか。ありがとうございます」

正直、僕もそれほどコーヒーを飲む方じゃないんだが。『ミーティア』に行く時に飲むくらいで、普段は煎茶《せんちゃ》だしな。

ま、『ミーティア』のマスターにあげれば喜んでくれるだろ。

おじさんにお礼を言って別れ、傘をさして外に出る。すっかり濡れてしまったが、寒くはない。こんな豆が手に入った以上、『ミーティア』に行かないって選択《せんたく》はないよな。

雨の降る中でも喫茶《きっさ》『ミーティア』は営業していた。

「ちわー」

「おや、いらっしゃいませ」

「いらっしゃいませー」

いつものように豹耳《ひょう》マスターと猫耳《ねこ》ウェイトレスのシャノアさんが出迎《でむか》えてくれる。雨が降っているからか、他に客の姿はなかった。

「今日はマスターにお土産を持ってきましたよ」

「お土産ですか？　なんでしょう？」

「コーヒー豆です。なんでも一級品らしいですよ」

おじさんにもらった豆を袋ごとマスターに手渡す。マスターはそれを手に取り出し、匂《にお》いを嗅《か》いでから「まさか」と小さく呟いた。

「こっ、これは『コピ・ルアク』じゃないですか！　なんてことだ、『DWO《デモンズ》』にも存在していたのか⁉」

え、なに？　ものすごく驚《おどろ》いているけど。

「あ、ああ、すいません。取り乱しました。この『コピ・ルアク』は世界で最も高価なコーヒーとして知られる豆でして。まさか『DWO《デモンズ》』でも再現されてたとは思わなくて」

「そんなに高いんですか？」

「そりゃあもう。『コピ・ルアク』にもピンキリがありますけど、ちゃんとしたところならコーヒー一杯《いっぱい》五千円から八千円はすると思います」

「ぶっ⁉」

なにそれ⁉　そんなに高いの⁉　やべ、あのおじさん価値がわからないでくれたんじゃないのか？　コーヒー苦手だって言ってたし。

「この香《かお》り……以前嗅いだ香りと同じです。ここまで再現できるとは……。これをどこで？」

僕はコーヒー豆をもらった経緯《けいい》を話し、もし手に入れたければおじさんに聞いてくれと、店の場所をマスターに教えた。おじさんから取引先の相手を教えてもらえば、定期的にこの豆が手に入るかもしれない。

「『コピ・ルアク』があるなら他の豆もある可能性が高いですね。『ブラック・アイボリー』もあるかもしれないな……」

なにやらブツブツと言い始めたマスターをよそに、僕はもらった豆を見つめる。

「しかしそんなに高いコーヒー豆があるんですねえ。びっくりした」

「『コピ・ルアク』はインドネシアで作られているコーヒー豆で、『コピ』はコーヒー、『ルアク』はマレージャコウネコを意味します。コーヒーの実を食べたジャコウネコのフンから取れる、未消化のものを使ってできる特殊《とくしゅ》なコーヒー豆で、」

はい？

「……すいません。いま何と？」

「ですからジャコウネコのフンから取れる、」

「あ、もういいです。マスター、『いつもの』！　コーヒー下さい」

「え？　『コピ・ルアク』は」

「『いつもの』がいいです。『いつもの』コーヒーが僕は好きなので。『いつもの』にして下さい」

有無《うむ》を言わさず、マスターに注文する。あいにくと僕はそこまでコーヒー好きではないのだ。あいにくと。

一杯何千円もするコーヒーを飲まなくても、安物のコーヒーで満足できる安い舌なのだ。

マスターの淹《い》れてくれた『いつもの』コーヒーを飲む。うん、うまいね！

『いつもの』味にホッとする僕であった。

◇　◇　◇

「【加速】」

一気に跳ね上がったスピードを活《い》かし、逃げようとしていたフォーチュンラビットの退路を阻《はば》む。同じ兎《うさぎ》の名持つ仲間だが、悪く思うなよ。

「【十文字斬り】」

発動した戦技《せんぎ》によってフォーチュンラビットは光の粒《つぶ》になって霧散《むさん》する。

ドロップは『幸運兎の毛皮《うさぎ　けがわ》』か。お、やっとレベルが上がったな。23になった。

『天社《あまつやしろ》』でミヤビさんから【加速】と【二連撃】のスキルをもらって一週間。

やっと使いこなすコツを掴《つか》めてきた。まあ、【二連撃】の方は発動するかが運任せなんで、主に【加速】の方のコツだけど。

「もうだいぶ慣れたようですね」

「おかげさまでね。少しずつだけど熟練度も上がってきてるし、僕の方はブレイドウルフ戦に向けて上々な仕上がりだよ。そっちは？」

僕が尋《たず》ねるとレンは問題無しとばかりに拳《こぶし》を握《にぎ》り締《し》めて、前へと突き出した。

「準備万端《ばんたん》整ってます！　私もレベルは24になりましたし、所持スキルもかなり熟練度が上がりました！」

この数週間で僕らのレベルはレンが24、ウェンディさんが25、ミウラが22、リゼルが24、シズカが22、そして僕がさっき23になった。

レベルだけを見れば充分《じゅうぶん》にブレイドウルフを討伐《とうばつ》可能な圏内《けんない》にいると思われる。

「不安要素はブレイドウルフの【ハウリング】に対抗《たいこう》する手段がないことですね」

ウェンディさんが呟く。【威圧耐性《い　あつたいせい》】のスキルを『ランダムボックス』で狙《ねら》ったのだが、誰《だれ》も出ることがなかった。

「シズカちゃんの【健康】があるからなんとかなるんじゃないかな。それに最悪、シロくんなら【加速】で有効範囲《はんい》から逃げることもできるんじゃない？」

リゼルの言う通り、シズカの【健康】は、状態異常にかかりにくくなるスキルだ。みんなが硬直《こうちょく》してもシズカだけは動ける可能性は高い。

「【威圧耐性】を手に入れて挑戦《ちょうせん》する方が少数派ですわ。【ハウリング】を放つ初動作さえ見逃《みのが》さなければなんとかなると思います」

「だよねー。とりあえずチャレンジして負けたらまた考えりゃいいじゃん」

シズカに同意して、けらけらと笑うミウラ。負けたらもう一回『月光石』を集めるんだぞ。面倒だろ。

「ではブレイドウルフ討伐に動きましょう。えっと、まずはブレイドウルフがどこにいるかですよね？」

「はい、お嬢様《じょうさま》。七つの『月光石』を合わせれば、マップ上にブレイドウルフの場所が表示されるはずです」

僕が持つ『緑』と『紫《むらさき》』そして『銀』。レンの『赤』、ミウラの『橙《だいだい》』、リゼルの『黄』と『青』。

取り出した七つの『月光石』が僕らの持つそれぞれのマップ画面に光を示す。この光点にブレイドウルフがいるんだな？

ここは……ブルーメンから南西、【嘆《なげ》きの谷】を抜けた先にある【沈黙《ちんもく》の丘《おか》】か。

ちなみにブレイドウルフがいる場所は毎週変わる。ブレイドウルフは強力な結界を張っていて、いかなる侵入者《しんにゅうしゃ》をも阻《はば》むが、七つの『月光石』を持っていればその結界を通り抜けられるのだ。通り抜けたあと、七つの『月光石』は砕《くだ》け散《ち》ってしまうのだけれど。

第一エリアのガイアベアと同じく、ブレイドウルフの戦闘《せんとう》フィールドもパーティやギルドごとに個別に設定されているらしい。

だから順番待ちなどなく、いつでも倒しに向かえる。

「まさかブレイドウルフにも亜種《あしゅ》とかいないよね？」

ミウラが茶化《ちゃか》すように尋ねてくるが、たぶんそれはない。僕の持つ『幻獣図鑑《げんじゅうずかん》』にはブレイドウルフの亜種ってのは載《の》ってないからな。

「二匹《ひき》出てくるってのも今回はなしにしてほしいですね」

苦笑《くしょう》混じりに呟くレン。さすがにそれはないと思うが。親子とかないだろうな？

「では今日は装備やアイテムの準備に費やして、ちょうど日曜ですし、明日ブレイドウルフに挑《いど》むことに致《いた》しましょう。よろしいですか？」

ウェンディさんの言葉にみんな小さく頷《うなず》く。よし、遂《つい》にブレイドウルフ戦だ。ワクワクするな。

その後、僕は宿屋へと帰り、自室でポーション類を【調合】していた。

【調合】の熟練度もそこそこ上がり、『ポーション』、『ハイポーション』はけっこうな確率で良品ができる。MPを回復させる『マナポーション』はまだ粗悪品《そあくひん》が混じるが。

STを回復させる『スタミナポーション』も作っておく。

おっと。『ミーティア』のマスターに教えてもらった『閃光弾《せんこうだん》』もいくつか作っておこう。

「なんだかんだでインベントリも圧迫《あっぱく》してきてるなあ……」

僕の場合、いろんなところから手に入れた使い道のわからないアイテムとかもあるから、けっこうな数になる。

アイテムを収納しておけるインベントリを拡大するには、ギルドを設立してその本拠地《ほんきょち》、『ギルドホーム』を作る、という手が一番手っ取り早い。

『ギルドホーム』の恩恵《おんけい》に、『個人インベントリの拡大』というものがあるのだ。

他にも、

・個人金庫の設置。
・ギルド金庫の設置。
・共有倉庫の設置。
・ギルドポータルエリアの設置。
・宿泊《しゅくはく》による一時的な能力値　上昇《じょうしょう》。

等々。また、これらを強化することも可能。ギルドシンボルも設定できる。

ギルドを設立するにはレベル25のギルドマスターが必要だが、今のところそれに届いているのはウェンディさん一人。しかし、あの人はレンを差し置いてギルドマスターにはなるまい。

まあ現在レンはレベル24だから、間違《まちが》いなくブレイドウルフを倒《たお》せばレベルが上がるだろう。

「どっちにしろもう少しの我慢《がまん》だな」

ある程度のポーションは揃《そろ》えたので【調合】は終わりにした。半分近くはシズカに渡《わた》すつもりだ。【ハウリング】中に回復できる可能性があるのはシズカだしな。

ブレイドウルフ戦では彼女《かのじょ》には回復役《ヒーラー》として動いてもらうことになると思う。

そのシズカとはこれからリンカさんの鍛冶《かじ》場で会う約束になっているので、インベントリにポーションを突っ込んで宿を出た。

リンカさんがいつも使っている共同工房《こうぼう》に行くため、ブルーメンのポータルエリアから、始まりの町・フライハイトへと跳《と》ぶ。

一時期、みんな第二エリアへと行ってしまったので静かになってしまうんじゃないかと僕なんかは思っていたが、やっと大量生産された『DWO《デモンズ》』のソフトが店に入荷《にゅうか》したのを受けて、新人プレイヤーたちがまたフライハイトには溢《あふ》れていた。

フライハイト名物、噴水《ふんすい》広場の露《ろ》店街《てんがい》が今日も賑《にぎ》やかに開かれている。

そういや、ここで初めてトーラスさんと会ったんだよなあ。

「おい、あれ『マフラーさん』じゃね？」

「ホントだ。ＰＫＫ《プレイヤーキラーキラー》の『ウサギマフラー』だ」

なんかこちらに向けてチラチラと視線が飛んでくる。

別に僕はＰＫＫじゃないぞ。倒した相手がＰＫだったってだけだ。さらに言うなら別にドウメキはＰＫしたわけじゃないし。

あの動画のせいか、『忍者《にんじゃ》さん』やら『マフラーさん』、『ウサギマフラー』などと変な通り名が浸透《しんとう》しつつある。別に構わないが、本人を目の前にして話されるとけっこう恥《は》ずかしいのだが。

何回か【PvP】も挑まれたしな。興味がなかったので丁重《ていちょう》にお断りしたけど。ギルドへの勧誘《かんゆう》もあったりしたが、全て断った。

人目を避《さ》けるように【隠密】のスキルを使い、身を隠《かく》しながらフライハイトの共同工房へと辿《たど》り着《つ》く。

ここはネットカフェの如く、薄《うす》い壁《かべ》で鍛冶場ごとに仕切られているため、他の人の目を気にする必要はない。

リンカさんのブースにはすでにシズカが来ていて、新しい薙刀《なぎなた》を受け取っていた。もちろん素材は僕がシズカに売ったAランク鉱石だ。

「お待たせ。それが新しい武器?」

「はい。以前の薙刀よりも軽くて扱《あつか》いやすいです。風の属性も付いているんですよ」

嬉《うれ》しそうにシズカが薙刀を見せてくる。朱塗《しゅぬ》りの柄に、銀の刀身が輝《かがや》いていた。

西洋のグレイブとかと違《ちが》って、完全な純和風の薙刀である。

「刀身は『静型』でお願いしました。こちらの方が扱い慣れていますので……」

「『静型』?」

「刀身の幅《はば》が細く、反りが少ないのが『静型』。幅が広く、反りが大きいのが『巴型《ともえ》』。それぞれ静御前《しずかごぜん》、巴御前《ともえごぜん》にちなんで付けられている」

鍛冶場に立つリンカさんが説明してくれた。リンカさんの説明だと、馬上からだと巴型の方が柄が短くて使いやすいらしいが、僕らは馬になんか乗らないしな。同じシズカだし『静型』でよかったんじゃないかね。

「そういや今更《いまさら》だけど、『シズカ』って本名じゃないよね？」

こっそりと小声でシズカに聞いてみる。

「ふふ。もちろん違いますわ。ミウラさんと同じく、名前と家名をもじって付けました」

家名って……また古い言い方をするな。彼女もレンたちと同じ学校ならお嬢様だし、当たり前なのかね。

確かお祖母《ばあ》さんの家が神社だとか言ってたな。実家が、と言わなかったってことは、両親とシズカは神社で暮らしているわけではない、と。そしてセレブ。神社出身のお母さんがどこかの若社長に見そめられ玉《たま》の輿《こし》に乗った……とかだろうか。

「どうしました？」

「あ、いや。なんでもない」

いかんいかん。他人のお宅の詮索《せんさく》をするなど下衆《げす》の極《きわ》み。反省反省。

「シロちゃんにも作った物がある」

「え？　僕に？」

何枚かに束ねられてリンカさんに手《て》渡《わた》されたのは、ずっしりと重い十字手裏《しゆり》剣《けん》セット。

おい。

【十字手裏剣】　Dランク

■十字型手裏剣。
□投擲《とうてき》アイテム／
□複数効果無し／
品質：HQ（高品質《ハイクオリティ》）

Xランクじゃないってことは、普通《ふつう》に『DWO《デモンズ》』に存在するのか、これ……。

ひょっとしてシークレットエリアに『忍者の隠れ里《ざと》』とかないだろうな……。

スローイングナイフが無くなってきたから助かることは助かるけども。

うお、ご丁寧《ていねい》に兎の刻印がされている。

「この手裏剣の特徴《とくちょう》は消費アイテムじゃないこと」

「え？　あ、ホントだ。『投擲アイテム』ってなってら」

「つまり拾い集めれば、また使うことが可能。エコ」

それはそれで面倒《めんどう》な気もするんだが。モンスターに当たって刺《さ》さったやつは倒した後にその場に落ちるだろうけど、外れたやつはわざわざ拾い集めにいくの？　それも一長一短だなあ。

……そういや【投擲】で投げたアイテムのダメージって、【二連撃】の対象になるんだろうか。まあ、なったとしても【二連撃】自体がまだ使えるレベルじゃないけどさ。

それからシズカに彼女が持てるだけのポーション類や、状態回復薬を渡した。明日はこれが僕らの生命線になるかもしれない。

それとリンカさんには、ドウメキとの戦いで無くなった撒菱《まきびし》を補充《ほじゅう》してもらった。これは意外と使えるかもしれないことが判明したしな。

ブレイドウルフに毒や麻痺《まひ》が効いた話は聞かないから、ドウメキと同じような手は効かないだろうけど。

サービスで手裏剣と撒菱を入れるウェストポーチをもらう。これはいいな。邪魔《じゃま》にならない。ジャラジャラとうるさいけど。

ついでだったので、『双焔剣《そうえんけん》・白焔《びゃくえん》』と『双焔剣・黒焔《こくえん》』を打ち直してもらい、耐久性《たいきゅうせい》を回復してもらった。

これで万全《ばんぜん》の態勢で戦いに挑める。よし、明日はみんなで第二エリアを突破《とっぱ》だ！

DWO:02:09　刃狼ブレイドウルフ

【Game World】

ブルーメンから南西へ向かうと【嘆きの谷】へと辿り着く。

このエリアは左右に切り立った断崖絶壁《だんがいぜっぺき》がそびえ、V字型の谷が続くエリアだ。

それほど大きいエリアではないが、戦いにくく逃《に》げにくい。どうしても横の制限を受けてしまうし、挟《はさ》み討《う》ちにも遭いやすい。

なのであまりプレイヤーには人気のないエリアである。

出てくる敵もいやらしい。大きな青いカエル、『ブルーフロッグ』や、炎《ほのお》をまとったナメクジ、『メラスラッグ』など、さほど強くはないが、仲間を呼び寄せるタイプのモンスターが多い。

「絶対ここの敵って狙って配置してるよね……。ヌメヌメ系でさ。【嘆きの谷】の『嘆き』ってそういうこと？」

粘着質《ねんちゃくしつ》の液体を吐《は》く『ニードルワーム』を魔法《まほう》で火祭りにあげながら、ウンザリとした様子でリゼルが呟《つぶや》く。まあ、嘆きたくもなるか。

「ガマンガマン。そんなに長いフィールドじゃないし、もうすぐ抜《ぬ》けられるよ」

断崖《だんがい》には良さげな採掘《さいくつ》ポイントもあるんだが、今回はスルーだ。あくまでここは通過点でしかない。

あまりモンスターにST《スタミナ》やMP《マジックポイント》を使いたくないところだが、ここの地形は逃げるには難しい場所だ。

なるべく早く抜けて、ブレイドウルフのところに辿り着きたいが、さっきからモンスターがやたら現れる。はっきり言って鬱陶しい。

しばらく進むと、渓谷《けいこく》の道が二股《ふたまた》に分かれていた。

「どっちが【沈黙の丘】に続く道だろう？」

「左ですね。もうすぐで谷から抜けられます」

ウェンディさんが断言する。下調べは充分なようだ。

僕たちはミウラ、ウェンディさんを先頭に、真ん中にレン、リゼル、バックアタックを警戒《けいかい》して後ろに僕とシズカという二列のフォーメーションで渓谷を進んでいく。

出てくるモンスターを撃破《げきは》しながらどんどんと進んでいくと、やっと開けた場所に出た。

どうやら【嘆きの谷】を抜けたらしい。

「ここが【沈黙の丘】？」

「エリア的にはそうですね。マップにもそう出てますわ」

僕の言葉に隣にいたシズカが答える。

目の前に広がるのは風が吹《ふ》く草原で、確かにところどころに丘のような傾斜《けいしゃ》がある。

空の青と雲の白、そして草原の緑が鮮《あざ》やかに景色を彩《いろど》っていた。

「で、ブレイドウルフはどこ？」

キョロキョロとミウラが辺りを見回す。

「ブレイドウルフのテリトリーに入れば月光石に反応があるそうですから、そこらをうろついてみましょう」

レンの提案にみんな頷き、とりあえず近くの丘へと登ってみる。風が気持ちいいなあ。

【気配察知】ではまだ何も感じない。本当にここにブレイドウルフがいるのか？

しばらくうろついてみるが、クインビーとかゴブリンとか、【トリス平原】にも出るモンスターが現れただけで、ブレイドウルフは影《かげ》も形もなかった。

「見当たりませんわね……。何か出現条件があるのでしょうか……？」

シズカが呟いたその時、突然僕《とつぜんぼく》らのインベントリから七つの『月光石』飛び出した。

『月光石』は点滅《てんめつ》しながら僕らの周辺を衛星のように回り始め、その速度を上げていく。

「これは……！」

「シロさん、空が！」

レンの声に空を見上げると、今まで晴れていた青空が、あっという間に夕暮れになり、夜になってしまった。

「なんだこりゃ……」

いつの間にか空には煌々《こうこう》とした満月が浮《う》かび上《あ》がっている。

『ウオォォォォォォ――――――――――――――――オォンッ！』

突然《とつぜん》、辺りに高らかな雄叫《おたけ》びが響《ひび》き渡る。犬……いや、これは狼《おおかみ》だろう。間違いなく。

なぜなら僕らの正面、小高い丘の上に、大きな象ほどもあろうかという狼が、満月に向けて吠《ほ》えていたからだ。

その毛並みは白銀の光沢《こうたく》を放ち、その双眸《そうぼう》は黄金に輝いていた。

これが第二エリアのボス、刃狼ブレイドウルフ。

僕らが息を飲んで立《た》ち竦《すく》んでいると、周囲を回っていた『月光石』が、パキィイインッ！という音と共に全《すべ》て砕け散った。

『月光石』が砕けたということは、もうここはブレイドウルフのフィールド内なのだ。

「気をつけて下さい！　来ます！」

ウェンディさんが大盾《たて》を構えて前方に出る。僕も腰《こし》から『双焔剣・白焔』と『双焔剣・黒焔』を抜き放ち、ブレイドウルフに向けて構えた。

『オオオオオオォォォォォォォォッ!!』

突然、大音響《だいおんきよう》と共に衝撃波《しようげきは》のようなものが草原を走り抜け、僕たちを貫《つらぬ》き通す。

身体が硬直し、まったく動くことができない。これが【ハウリング】か！

そんな僕ら目掛《めが》けて、ブレイドウルフが風のように突進《とつしん》し、大盾を構えていたウェンディさんをいとも容易《たやす》く吹き飛《と》ばした。

硬直状態だと【不動】の効果も弱まるのか！

「ぐっ！」

空中に投げ出されたウェンディさんが背中から落ちる。その音が合図だったかのように、僕らの硬直がふっ、と消えた。

時間にしてみたらわずか三秒ほど。しかしながらあのブレイドウルフが攻撃《こうげき》するには充

分すぎる時間を与《あた》えてしまう。

「シズカちゃん、今の硬直した？」

「ごめんなさい。【健康】の効果が出なかったみたいです。私も硬直しました」

レンにシズカが謝《あやま》る。シズカの持つ【健康】は全ての耐性《たいせい》が上がり、状態異常に『かかりにくくなる』というスキルだ。逆に言うとかかる時はかかる。運に左右されるところも多々あるスキルだ。仕方がない。

ウェンディさんが立ち上がり、再び大盾を構えた。

彼女を吹き飛ばした張本人のブレイドウルフは、体を反転させると再び僕らへ向けて襲《おそ》いかかってくる。金色の眼《め》が僕の方を向いた。

「【加速】」

僕へ向けてその大きな口を開き、一気に鋭《するど》い牙《きば》を突《つ》きたてようとしたブレイドウルフだったが、次の瞬間《しゅんかん》、ガチッ！　と自らの歯を合わせることとなった。

【加速】した僕はブレイドウルフの牙から脱出《だっしゅつ》し、その横を抜けざまに右前足を斬《き》りつけてやった。

『グルガアァッ！』

「おっと」

今度はその右前足で僕を叩《たた》き潰《つぶ》そうとするが、寸前でそれを避けて後方へと跳んで逃げる。

「りゃあああぁぁぁッ！」

僕とすれ違いに飛び込んできたミウラの大剣《たいけん》が、ブレイドウルフへ向けて弧《こ》を描《えが》く。

『ガアァァァァッ！』

「っ！」

突然、ブレイドウルフの毛が逆立ち、空中のミウラ目掛けて撃《う》ち出される。

毛が何本も集まり一束の刃《やいば》となって、まるで短剣《たんけん》の雨のように放たれたのだ。

撃たれたミウラがダメージを受けて落下する。僕はそれを【加速】で受け止めて、すぐさまブレイドウルフから離《はな》れた。

「大丈夫《だいじょうぶ》か？」

「びっくりしたけど大丈夫。そんなに大きなダメージは受けてないよ」

腕《うで》の中のミウラがにかっと笑う。まだＨＰには余裕《よゆう》があるようだ。

「ちょ、ミウラちゃん！　いつまでシロさんにお姫様《ひめさま》だっこされてるの！　うらやま……じゃない、戦闘中だよっ！」

「あはは。レンが怒《おこ》ってる。下ろして、シロ兄ちゃん」

ミウラを地面に下ろし、ブレイドウルフに向き直ると、今度はウェンディさんが大盾で攻撃を防ぎつつ、炎の【ブレス】で牽制《けんせい》していた。

「【ファイアボール】！」

そこにリゼルの【ファイアボール】が撃ち込まれる。

燃え盛る火球は一直線にブレイドウルフへと向かうが、刃狼はそれをひょいとサイドステップで躱《かわ》してしまった。

ブレイドウルフはかなり素早《すばや》い。弱らせるか、拘束《こうそく》系の魔法を使ってからじゃないと【ファイアボール】は当たらないだろう。あるいは……。

「リゼル、もう一度【ファイアボール】だ！　準備ができたら合図を！」

頷いて詠唱《えいしょう》に入ったリゼルを置き、僕らはブレイドウルフへと突撃《とつげき》した。ウェンディさんと同じくブレイドウルフの注意をこちらへと向けさせる。

ブレイドウルフが撃ち出す刃毛を、右に左に躱しながら、その巨体《きょたい》を斬りつけていくが、大きなダメージは入っていない。

やはりあの毛が鎧《よろい》のようになってこちらの刃を防いでいるのか。

「シロくん、いつでも撃てるよ！」

「よし、みんな離れて目をつぶれッ！」

その一言で僕《ぼく》が何をしようとしているかみんなには伝わったようだ。

ブレイドウルフは距離《きより》を取った僕らを追いかけて来ようとする。そのタイミングでインベントリから取り出した『それ』を僕は【投擲】で投げつけた。

「くらえっ！」

ガラス玉のような『それ』がブレイドウルフの額に当たると、眩《まばゆ》い閃光《せんこう》が辺り一面に放たれた。『ミーティア』のマスターに教えてもらった『閃光弾』である。

『ガァアアッ!?』

「リゼル、今だ！」

眩《まぶ》しい光を腕で防ぎながら叫《さけ》ぶ。

「【ファイアボール】！」

目が眩《くら》んで立ち尽《つ》くすブレイドウルフに向けて、リゼルが巨大《きょだい》な火球を撃ち放つ。

『ゴルガフッ!?』

横っ腹に【ファイアボール】を受けて、ブレイドウルフが吹っ飛ぶ。

「やった！」

しかしブレイドウルフはすぐさま体勢を整えると、全身から何千という刃毛を全方位へ向けて放ってきた。

これは【加速】でも躱せない。いや、躱せないどころかこんな状況《じょうきょう》で【加速】を使ったら、逆に蜂《はち》の巣になる。

僕は飛んでくる刃を両手の『双焔剣』で可能な限り撃ち落とした。上半身は凌《しの》げたが、太腿《ふともも》や脛に攻撃を受ける。ＨＰが一気に減った。

ブレイドウルフが身体を小さく沈《しず》め、大きく口を開ける。

『オオオオオオォォォォォォォォォォォッ!!』

再び僕らを衝撃波のようなものが貫いていく。【ハウリング】だ。再び全身が硬直し、動けなくなる。

『グルオアアァッ！』

正面にいた僕めがけて、真《ま》っ直《す》ぐにブレイドウルフが飛びかかってきた。

あっと言う間にその巨体に押《お》し倒されて、右肩《みぎかた》に鋭い牙を突き立てられる。

「ぐうっ！」

それほどの痛みはない。肩を力強く掴まれているような感じはするが。ＶＲゲームにおいて痛覚は大幅《おおはば》なカットをされているから当たり前と言えば当たり前だけど。

ブレイドウルフは僕を咥《くわ》えたまま、首を勢いよく振《ふ》り、投げ捨てるように空中へと放《ほう》り投《な》げた。

地面をバウンドし、ゴロゴロと草の海を転がる。僕のＨＰゲージがぐんぐんと減っていく。ちくしょう、容赦《ようしゃ》ないな。

ゲージが緑から黄色になり、赤へと入って、すわ死に戻《もど》りかと思ったが、ギリギリのところで止まってくれた。日頃《ひごろ》の行いがいいからかね？

ＨＰゲージがレッドゾーンに突入《とつにゅう》しているので身体が鉛《なまり》のように重い。あれ、重いっていうか、動かすのもキツイんですけど？　ＨＰがギリギリだからか？　インベントリから『ポーション』を取り出すのもしんどい。

あれ？　大ピンチ？

もう一撃《いちげき》どころか軽く踏《ふ》まれただけでも死に戻りする。

かなりヤバめのピンチを迎《むか》えた僕だったが、突然なにかが振りかけられ、身体の重さが消えた。

ＨＰを見ると三分の二くらいまで回復している。レッドゾーンから回復したため、重さが消えたようだ。

「大丈夫《だいじょうぶ》ですか？」

「……助かった。サンキュー」

僕を覗《のぞ》き込むシズカの手には、昨日渡した『ハイポーション』の瓶《びん》があった。さっき振りかけられたのはそれだな。

どうやらさっきの【ハウリング】に、シズカだけは抵抗《ていこう》できたらしい。でなければこんなに早く回復しには来られないだろう。

立ち上がり、ブレイドウルフの方を見ると、防戦しつつ【ブレス】を放つウェンディさんと、その後ろから矢を放ち、注意を引きつけようとしているレンの二人が戦っていた。

ミウラはブレイドウルフの背後に回り込もうとし、リゼルは魔法を詠唱している。

インベントリから『ポーション』を取り出し、一気に飲む。相変わらずマズい。けど、これでフル回復だ。全快にしとかないと僕の場合怖《こわ》い。

おっと『マナポーション』も飲んでおこう。【加速】でだいぶ減らしたからな。

戦線に復帰する。シズカと左右に分かれ、ブレイドウルフへと再び【加速】で斬り込んだ。

ウェンディさんが注意を引きつけ、その隙《すき》に背後から大剣を振り下ろそうとしていたミウラとほぼ同時に戦技を放った。

「【アクセルエッジ】」

左右四回ずつの斬撃がブレイドウルフの背中に繰《く》り出される。

それを追いかけるように振り下ろされたミウラの大剣が、ブレイドウルフの尻尾《しっぽ》を斬り落とした。

『ギャウァァァァァッ！』

跳《は》ね飛びながら、ブレイドウルフが全身の毛を逆立てて刃毛を撒《ま》き散らす。回転した刃毛は鋭利《えいり》な剃刀《かみそり》のように周囲にいた僕らを襲った。

「【サイクロン】ッ！」

『グルガァァッ⁉』

リゼルの風魔法が生み出した竜巻《たつまき》が、刃毛を巻き込み、ブレイドウルフへと炸裂《さくれつ》する。己《おのれ》の刃に斬り刻まれて、刃狼はよろめきながらも丘の上へと跳び移り、僕らと距離を取った。

よし、相手のＨＰが三分の一は減ったぞ。これで、

『ウオォォォ――――――――ンッ！』

突然、高らかにブレイドウルフが吼《ほ》え、月夜の草原に一陣《じん》の風が吹いた。

丘の上からこれまでよりも疾《はや》いスピードでブレイドウルフが突進してくる。その周囲には暴風が渦《うず》巻《ま》き、まるで放たれた矢のように僕らへと向かってきた。

「ぐっ！」

「わっ⁉」

「きゃっ！」

轢《ひ》き逃げのような体当たりに、ウェンディさんはなんとか堪《こら》えたが、ミウラとシズカが吹っ飛んだ。

ウェンディさんは【不動】のスキル持ちのため、吹き飛ばし系の攻撃は効きにくい。

しかしそのウェンディさんに刃狼の牙が襲いかかる。

盾を飛び越《こ》えて、その左肩《ひだりかた》をガブリと噛《か》まれた。

「ぐっ！」

「【ファイアアロー】！」

「【スパイラルショット】！」

ウェンディさんに噛み付《つ》いたブレイドウルフの横腹に、リゼルの魔法とレンの矢が突き刺さる。

『グルガアァッ⁉』

飛び退《の》くようにウェンディさんから離れたブレイドウルフに今度は僕が襲いかかった。

「【風塵斬り《ふうじんぎ》】」

風をまとわせた斬撃がブレイドウルフを斬り裂《さ》く。【二連撃】が発動し、二倍のダメージが通った。さらに斬り裂いたその風が焔をまとい、ブレイドウルフを灼《や》いていく。『双焔剣』の追加効果だ。よし、いいぞ。ツイてる。

『ガルルガルガァァッ！』

ブレイドウルフはゴロゴロと地面を転がりながら、体についた焔を消そうとする。

その間にウェンディさんはＨＰを回復させて立ち上がった。

「もらったあっ！」

チャンスと見たのだろう、【鬼神族《オーガ》】の種族特性【狂化】を発動させたミウラが大剣を転がるブレイドウルフに叩きつけた。

『ギャオアァァァァッ！』

首筋から盛大な血を撒き散らし、ブレイドウルフが悲鳴を上げる。未《いま》だチロチロとした焔がその身体を灼いていた。

一時的に防御力《ぼうぎょりょく》を下げ、攻撃力《こうげきりょく》を大幅に上げることができる【鬼神族《オーガ》】の【狂化】は、タイミングさえ間違えなければ強力な武器となる。一度使うとクールダウンが必要となり、防御力がなかなか戻らないのが難点だが。

しかし、おかげで表示されるブレイドウルフのＨＰゲージが、半分どころか四分の一まで減っていた。よし、いけるぞ！

だが、小さく体を沈めたブレイドウルフが、僕らに向けて口を開き、再びあの咆哮《ほうこう》を轟《とどろ》かせる。

『オオオオオオォォォォォォォォオォッ‼』

調子付く僕らをまたもや衝撃波《ハウリング》が貫いていく。全身が硬直《こうちょく》し、動けなくなった僕らを置いて、傷だらけのブレイドウルフが丘《おか》の上へと駆《か》け上がっていった。

『ウオォォォォォォ――――――――ンッ！』

満月へ向けてブレイドウルフが咆哮すると、月の光がキラキラと刃狼を包み出した。見ると、ヤツのＨＰが半分近くまで回復している。『双焔剣』の追加効果も消えてしまっていた。

「ずるい！　あれってアリなの⁉」

などとミウラが叫ぶが、

「まあ僕らだって回復アイテムとか使っているしな。アリといえばアリなんだろうけど。それよりお前、前に出るなよ？　【狂化】の反動で、しばらくは僕よりも防御力が低くなってるだろ。キツいの一発くらったら間違いなく死に戻るぞ」

言われて気が付いたのか、ミウラが僕の後ろに下がる。僕はまだ敏捷性《びんしょうせい》で攻撃を躱すことができるが、ミウラはそれもできない。防御力が元に戻るまで、なるべくミウラは目を付けられないように動かなくてはならないのだ。

『ガルルルァァァ！』

丘の上からブレイドウルフの刃毛が再び撒き散《ち》らされる。鋭利なカッターのようなそれを、僕はできるだけ撃ち落とし、後ろのミウラは大剣の腹を正面に構えて防御《ぼうぎょ》に徹《てつ》していた。

『ガルガァッ！』

飛びかかってきたブレイドウルフをウェンディさんの大盾がしっかりと受け止める。

そこへ回り込んだシズカがくるりと薙刀を回転させて戦技《せんぎ》を放った。

「【三段突き】」

槍《やり》系の戦技【三段突き】が、シズカの踏み込みと同時に発動した。ほぼ同時に上中下と三つの突きが繰り出される。

しかもシズカの目は金色に変化していた。あれは弱点を見抜《みぬ》くスキル、【看破】が発動している証拠《しょうこ》だ。

【三段突き】は狙《ねら》った弱点、つまりブレイドウルフに大ダメージを与えられる場所に炸裂したのである。

『ギャオアァァァァァッ！』

横倒《よこだお》しになったブレイドウルフが暴れまくる。刃毛を逆立てて、周囲を無差別に攻撃し、その爪《つめ》を振るってきた。

僕らは距離をとり、次の攻撃に備える。無闇《むやみ》に近づいたりはしない。

やがて立ち上がったブレイドウルフの刃毛がゾワゾワと波打ち、一方向に流れを作った。

なんだ？

それはやがて額部分へと集まり、一本の剣の形を形成する。まるで一角獣《ユニコーン》のように額から伸《の》びる剣が、月光に銀色の燦《きらめ》きを放った。

「ブレイドウルフの最終形態です。気をつけて下さい！」

そう言いながら放ったレンの矢を、ブレイドウルフが額の剣で弾《はじ》き返《かえ》した。

『グルガアァァァァッ！』

ブレイドウルフが額の剣をこちらへ向けて突撃を開始する。

前に出たウェンディさんがそれを防ごうと大盾を構え、ブレイドウルフがその盾に正面から激突《げきとつ》した。

「ぐっ……！」

ガキィッ！　という音と共に、Aランク鉱石との合金で造られたウェンディさんの大盾が、ブレイドウルフの剣に貫かれてしまった。なんて剣だ。

しかも盾を貫いた剣先《けんさき》がウェンディさんの胸鎧をも貫き、大ダメージを与えている。ウエンディさんのＨＰが半分近くまで削《けず》られていた。

「【加速】！」

一瞬《いっしゅん》で最高速まで達した僕は、ブレイドウルフの顔面を『双焔剣』で斬りつけた。

ブレイドウルフがウェンディさんの貫いた盾ごとその場から飛び退く。

その隙にインベントリから取り出した『ハイポーション』を彼女《かのじょ》に振りかけて、ＨＰを回復させた。

「大丈夫ですか？」

「はい。助かりました。ですが……」

ウェンディさんがブレイドウルフに持っていかれた盾に視線を向ける。煩《わずら》わしそうにブレイドウルフが首を振り、ウェンディさんの大盾を後方へとぶん投げた。

くっ。あの盾を回収しないとウェンディさんが盾役をこなせない。

なんとか隙を作ろうと、インベントリから『閃光弾《せんこうだん》』を取り出して投げつけたが、先ほどの攻撃で学習したのだろう、閃光が放たれるその瞬間だけ身体を反転させて、目を守る行動をとってしまった。

結果としてはその隙にウェンディさんが盾を拾えたからよかったものの、もう『閃光弾』はブレイドウルフには効かないと思う。

あとは……一《いち》か八《ばち》か、試《ため》してみるか。

額の剣を振り回《まわ》すブレイドウルフを躱しつつ、そのチャンスを窺《うかが》う。危険は承知の上でなるべく正面近くを立ち回る。匂《にお》いでバレる可能性もあるからあえてインベントリからはギリギリまで取り出さない。

決してこちらから攻撃はせず、躱すことに専念する。

やがてしびれを切らしたブレイドウルフがわずかに身体を沈ませた。

きた！

僕は【加速】を使って正面へと回り、インベントリからその小瓶《こびん》を取り出して、【ハウリング】を放とうと大きく口を開いたブレイドウルフに向けて投擲した。

空中で蓋《ふた》が外れ、中身を少し振りまきながら、その小瓶はブレイドウルフの口の中へと消えていった。ストライク。我ながら見事なコントロールだ。

『ガッ⁉　ハッ⁉　ガガガガッ！』

ブレイドウルフが痙攣《けいれん》するように咳《せ》き込んで口から胃液とともに小瓶を吐き出す。

だけどもう遅《おそ》い。ヤツからはすでに紫色《むらさきいろ》の泡《あわ》のエフェクトが立ち昇《のぼ》っている。そう、『猛毒《もうどく》』のエフェクトが。さすが飲ませると効果が違うな。

「またアレンさんから『毒クラゲの触手《しょくしゅ》』を売ってもらわないとな。いや、これで第三エリアに行けるなら自分で取ってくればいいか」

さらにブレイドウルフに麻痺効果のエフェクトも現れる。効果時間がどれくらいあるかはわからない。そんなチャンスを逃《のが》す僕らではなかった。

「【三段突き】！」

「【パワースラッシュ】！」

よろめくブレイドウルフに向けて、シズカとウェンディさんの戦技が炸裂する。麻痺しているブレイドウルフは避《さ》けることもできずに、その攻撃をただ食《く》らうだけだった。

猛毒の効果もあり、すでにブレイドウルフのＨＰはレッドゾーンへと突入している。また回復されてはたまらない。ここで決める。

「【十文字斬り】！」

ブレイドウルフの頭部を斬りつけると、猛毒で弱っていたのか額の剣が粉々に砕《くだ》けた。

追撃《ついげき》はせず、僕はすぐさまブレイドウルフから離れる。

トドメとばかりに最大級に練り上げたリゼルの魔法を無駄《むだ》にはしたくないからな。

「【ファイアボール】！」

巨大な火球がブレイドウルフに向けて放たれ、月明かりの草原を真っ赤に染める。

『グルガアアアアアアアアッ！』

断末魔《だんまつま》の雄叫びを月夜に放ち、刃狼が炎の中に飲まれていく。

やがて全身を真っ黒に焦《こ》がし、その場に力無く倒《たお》れたブレイドウルフは光の粒《つぶ》となって夜風に儚《はかな》く消えていった。

◇◇◇

ファンファーレが鳴《な》り響く。
『【怠惰《たいだ》】の第二エリアボス、【ブレイドウルフ】の討伐《とうばつ》に成功されました。
討伐パーティの六名、
【レン】さん
【ウェンディ】さん

【シロ】さん
【ミウラ】さん
【リゼル】さん
【シズカ】さん

以上の方々に討伐報酬《とうばつほうしゅう》が送られます。討伐おめでとうございます』

討伐成功を知らせる個人メッセージウィンドウが表示された。と、同時にパキィンッ、と何かが砕けるような音がして、夜だった周囲が昼間に戻った。ブレイドウルフの結界が消えたのだろう。

「つっかれたー」

そう言って一番最初にへたり込んだのはトドメを刺したリゼルであった。

「ちぇっ。最後の方、あたしなにもできなかったなあ」

「私もです」

ボヤくミウラに同意するレン。

「みなさん、あれを」

シズカが指し示す先、ブレイドウルフが倒れた場所に転移陣が現れている。これは進めってことなんだろうな。

「ぐずぐずしてると消えてしまうかもしれません。とりあえず進みましょう」

ウェンディさんの指示に従って、僕らはミウラ、レン、シズカ、ウェンディさん、リゼルの順に転移陣へと飛び込んでいく。

最後に僕が転移陣へと飛び込むと、転移した先はどこか神殿《しんでん》のような建物の中だった。

神殿といっても柱が数本立っているだけの簡素な造りで、壁《かべ》などはまったくない。

外に出てみると、そこは岩場のような荒《あ》れ果《は》てた場所で、殺風景なところだった。周りは高い崖《がけ》に囲まれていて、遠くが見えない。

「あ、扉《とびら》がある！」

ミウラが指し示す先の岩壁《がんぺき》が一部大きな扉になっていて、左右には二対《つい》の狼と三日月と思われるレリーフが彫《ほ》られていた。

正面に立って取っ手を押したり引いたりしてみるが、鍵《かぎ》がかかっているのかまったく開かない。

「おそらくこれが第三エリアへの扉に違《ちが》いありません。各自インベントリを確認《かくにん》してみましょう。ブレイドウルフを倒した時に扉を開く鍵を手に入れているはずです」

ウェンディさんに従ってインベントリを開く。鍵……鍵ねえ。僕の方にはないな。

えーっとブレイドウルフの報酬《ほうしゅう》が、『刃狼の牙』と『刃狼の毛皮』が三つずつ、あとは『刃狼の爪』が一つ、か。

ん？　あと【水属性魔法（初級）】のスキルオーブか。これは僕には必要ないなあ。リゼルに譲《ゆず》ろうかな？　でも多属性持ちは器用貧乏《きようびんぼう》になるっていうし、リゼルもいらないかもしれないな。

僕の報酬はあまり良くないみたいだ。エリアボス討伐の通常報酬である、スキルスロットの増加が一番嬉《うれ》しい。

前回は使用スロット一つだけだったのに、今回は使用スロットが一つ、予備スロットが二つ空いたぞ。

レベルも24になった。熟練度もそれなりに上がっている。【二連撃】はさっぱりだったけど。一回しか発動してないしな……。

「ありました。『銀月の鍵』」

レンがインベントリからトランペットほどもある大きな銀色の鍵を取り出した。どうやらパーティリーダーにドロップすることになっていたようだ。

扉の鍵穴《かぎあな》にそれを差し込み、軽くひねるとガチャリと重い音が響き渡《わた》った。

「んしょっ……あ、開きました」

レンが扉の取っ手に体重をかけて引っ張ると、ギギギ……と重い音を軋《きし》ませながら大きな扉が開いた。

全員がその扉をくぐり、岩壁の向こう側に出ると、再び扉が自動的に閉まり、ガチャリと鍵までかかってしまう。

こちら側も岩場地帯であったが、囲むような高い岩はない。

「あ、ポータルエリアがあるよ」

リゼルの視線を追うと、扉のすぐ横に小さなポータルエリアがあった。とりあえずそのポータルエリアに踏み込み、この場所を登録しておく。【三日月門】か。

登録は終えたので、ここからブルーメンに帰るのも可能だけど……。

「もうちょっと先に行ってみませんか？　先ほどから潮の香《かお》りがします。海が近いんじゃないかと思うのですが」

「だよね！」

シズカの言葉にミウラが首肯《しゅこう》する。潮？　確かにそんな気もするな。

せっかくここまで来たんだし、海を見てから戻ってもいいか。

岩山を抜けるとすぐに崖の上へと出た。緩《ゆる》やかな下へと続く道が伸びている。

ぐるりと岩場を回り込むような道を歩いていると、急に先頭を歩いていたミウラとレンが走り出した。

「海だ！」

「わああ！　綺麗《きれい》！」

岩場の高い場所から海が見えた。白い砂浜《すなはま》が続き、遠くに小さな村が見える。漁村だろうか。第三エリアは海が多いってアレンさんが言ってたけど、こんなにすぐ近くにあるんだな。

「よしっ、早く行こう！」

「あっ、ミウラちゃん待って！　シズカちゃん、行こっ！」

「ええ！」

お子様三人組が走り出し、保護者であるウェンディさんもそれに続く。

「子供は元気だなー」

「シロくんだってまだ子供でしょ」

しつれーな。バリバリのジェントルマンをつかまえて何をいう。

僕とリゼルはのんびりと歩きながら道を下っていった。ここらはセーフティエリアのようで、モンスターは出ないみたいだ。助かるね。しばらく戦闘《せんとう》はいいや。

坂を下りきると、海岸が広がっていた。道はなかったが、すぐその先に砂浜が広がり、潮の香りと波の音が僕らにも届く。

「あらためてVR技術ってすごいって思うよ。本物みたいだ」

「まあ、そうだろうねぇ。『DWO《デモンズ》』は特別だよ。たぶん他じゃこうはいかないと思う」

『DWO《デモンズ》』以外をプレイしたことがないので僕にはその比較《ひかく》はできない。ゲーマーのリゼルが言うのだからたぶんそうなのだろう。

砂浜ではすでに三人娘《むすめ》が裸足《はだし》になって海に入っていた。はしゃいでるなあ。

「海だー!」

「つめたーい!」

「水が綺麗ですね」

うずっ。気持ち良さそうだな。なんか泳ぎたくなってきた。

島にいた時はちょっと自転車で走ればすぐに海だったからな。久々に泳いでみたい。だけどアレンさんに出会ったとき、川で溺《おぼ》れたからなあ。【水泳】のスキルがないと泳げないのだろうか。

【水泳】自体は売っている初期スキルだから買ってもいいけど、それでせっかく空いたスキルスロットを埋《う》めてしまうのもな……。

「シロくん。ホラ、あれ見て。お魚泳いでる」

「ホントだ。すごいなあ」

透明度《とうめいど》の高い海の中に、数匹《すうひき》のカラフルな魚が泳いでいる。現実世界なら当たり前のことについ感心してしまう。釣《つ》りとかもしてみたいな。

おっと、感心している場合じゃないか。

「ほら、はしゃぐのはそれくらいにして、とりあえずあの村へ行ってみよう。噂《うわさ》の湾岸《わんがん》都市って場所を聞けるかもしれない」

アレンさんの話だと、第三エリアに入ってすぐに湾岸都市があるって話だ。とすると、ここからそう遠くない場所にあるんじゃないかな。

「ちぇー、まあいいか。また今度泳ごうっと」

「水着作んなきゃいけないね。伸縮性《しんしゅくせい》のある素材があればいいけど」

「レンさんが作るなら素敵《すてき》なのができそうですわね」

名残惜《なごりお》しそうに海から上がった三人が、砂浜で靴《くつ》を履《は》きながらワイワイと話していた。

セーフティエリア内の海じゃないとモンスターが出て危険だろうけど、泳ぐことには賛成だ。

「もうすぐ夏だし、リアルでも海に行きたいなあ。たまには地中海とかじゃなくて日本の海がいい」

「あ、それいいね。うちの島の別荘《べっそう》なら目の前が海だし、夏休みになったらみんなで行こうか？」

「いいですわね。うちの別荘は軽井沢《かるいざわ》の方ですから、レンさんの方がよさそうです」

……なんだそのセレブな会話。たまーに常識を疑いたくなる会話が飛び出すよね、君ら。

「いつから別荘とか持っているのは普通《ふつう》のことになったんだ……？」

「え？　シロくんち持ってないの？」

横にいたリゼルから追い打ちを食らう。ブルータス、お前もか！

所詮《しょせん》おいらは庶民《しょみん》だよ……。あれ？　でも確か亡《な》くなったじいさんが土地だかなんだかを持ってるとか聞いた覚えがあるな。そこにテントでも立てれば僕も別荘持ちになれるのだろうか……。

そんな益体《やくたい》もないことを考えながら海岸沿いに歩いて行くと、やがて小さな漁村についた。マップに村の名前が表示される。【ランブル村】か。

いかにも漁村という感じのその村の桟橋《さんばし》には、小さな船がいくつも海に浮《う》かんでいた。あれで魚を獲《と》るのだろう。

そこらで破れた網《あみ》を直す人たちや、魚を干す人、漁の仕掛《しか》けを作っている人たちがいる。

何人かのプレイヤーもちらほらと見かけた。

「あ、あそこに定食屋がある。入ってみようよ」

リゼルの提案にみんな乗った。なんだかんだで海辺の料理というものにみんな関心があったのだ。

南国の料理店といった感じのその店のテーブル席について、メニューを確認する。やっぱりというか当たり前というか、シーフード系の料理が多いな。パエリアとか焼き魚定食とかシーフードカレーとか。さすがに寿司《すし》はないけど。

みんなはシーフードスパゲティとか白身魚のムニエルとかを頼《たの》む中、僕は『鰹《かつお》のたたき定食』を頼んだ。刺身《さしみ》を食べたかったんだよ……。

ついでだし、料理を持ってきてくれたウェイトレスさんに湾岸都市のことを聞いてみた。

「【湾岸都市フレデリカ】なら、この海岸沿いをぐるっと回ればやがて着くだよ。突《つ》き出《で》た半島にある大きな都だからすぐにわかるだ」

マップを見ると、確かにここより南西に突き出た半島がある。そこに【湾岸都市フレデリカ】があるのだろう。

「昼過ぎから馬車が一本出とるで、それに乗るといいだよ。夜までには向こうに着くべさ」

馬車か。牛が引くリヤカーなら島で乗ったことがあるんだけどな。

この際だからもうその馬車で行ってしまうことにした。一度行ってしまえば次からはポータルエリアから自由に跳《と》べるし。

鰹の美味《うま》さに舌鼓《したつづみ》を打ちながら、僕は気になっていたことをレンに尋《たず》ねた。

「そういやレンはレベル上がった？」

「あ、はい！　25になりました！」

確認してみるとみんな一つずつ上がって、レンは25、ウェンディさんは26、ミウラは23、リゼルは25、シズカは23、僕は24になっていた。

「ギルド設立だけどどうする？　ギルドマスターになれるのはレベル25以上……この場合、レンとウェンディさん、リゼルの三人だけど」

「私《わたくし》はお嬢様《じょうさま》を差し置いてギルドの代表になどなる気はございませんので」

「私は別にギルドマスターになってもいいけど、レンちゃんの方がいいと思うな。責任感ありそうだし」

ウェンディさんの答えは今まで通り、リゼルは可もなく不可もなくといった返事だった。

「私……でいいんですか？」

「パーティリーダーもレンだし、いいんじゃない？」

「ですわね」

満場一致《まんじょういっち》でレンがギルドマスターになることに決まった。ちなみにギルドサブマスターはウェンディさんとリゼルだ。

ギルドマスターが半年以上ログインしなかったりすると、ギルドマスターの権利はサブマスターへと移行する。サブマスターが設定されていないと、そのギルドはギルドマスター不在ということで登録を抹消《まっしょう》され、解体されてしまうのだ。

「で、ギルド名はどうするの？」

「うーん、【ヴァルキューレ】とか？」

「ちょっと待って。それは僕がキツい」

リゼルの提案を却下《きゃっか》した。戦乙女《ヴァルキューレ》とか、男の僕にはちょっと抵抗がある。

「【忍者《にんじゃ》シロ軍団】は？」

「【マフラーズ】とかどうでしょう？」

「【ペーターラビッツ】ってのも……」

「お前らまともに考える気ないだろ？」

ミウラ、シズカ、リゼルを睨《にら》み付ける。なんで僕《ぼく》基準なんだよ。

「ギルド名は馬車の中でゆっくり考えましょう。その他にもやることがいっぱいありますから」

レンの言葉にみんな頷《うなず》くと、中断していた食事を再開した。僕も何か考えよう。このままでは変なギルド名を付けられかねないからな。

僕は鰹のたたきを味わいながら、あーでもない、こーでもないと頭を捻《ひね》り続けた。

■本名：因幡《いなば》　白兎《はくと》

■プレイヤー名：シロ　レベル24　【魔人族《デモンズ》】

■称号《しょうごう》：【刃狼《じんろう》を滅《めっ》せし者】【駆け出しの若者】【逃《に》げ回る者】【熊《くま》殺し】【ゴーレムバスター】【PKK】【賞金稼《かせ》ぎ】

■装備

・武器

双焔剣《そうえんけん》・白焔　ＡＴＫ＋７８

双焔剣・黒焔　ＡＴＫ＋７８

・サブ

突剣《とつけん》・鬼爪《おにづめ》（右）　ＡＴＫ＋２８

突剣・鬼爪（左）　ＡＴＫ＋２８

・防具

レンのロングコート　ＶＩＴ＋３１　ＡＧＩ＋２２

サンジェ織の上着　ＶＩＴ＋２０

剣士《けんし》のズボン　ＶＩＴ＋２１

迅雷《じんらい》の靴　ＶＩＴ＋１２　ＡＧＩ＋１０

・アクセサリー

レンのロングマフラー　ＳＴＲ＋１４　ＡＧＩ＋３７　ＭＮＤ＋１２　ＬＵＫ＋２６

メタルバッジ（兎《うさぎ》）　ＡＧＩ＋１６　ＤＥＸ＋１４
ナイフベルト　スローイングナイフ　４／10
ウエストポーチ　撒菱　２００／２００　十字手裏剣《しゅりけん》　２０／２０
兎の足　ＬＵＫ＋１

■使用スキル（８／９）
【順応性】【短剣術《たんけん》】【敏捷度《びんしょう》ＵＰ（小）】
【見切り】【気配察知】【加速】【二連撃】【投擲《とうてき》】

■予備スキル（10／12）
【セーレの翼《つばさ》】【調合】【採掘《さいくつ》】【採取】【鑑定《かんてい》】
【伐採《ばっさい》】【毒耐性《たいせい》（小）】【暗視】【隠密《おんみつ》】【蹴撃】

あとがき。

『ＶＲＭＭＯはウサギマフラーとともに。』第二巻をお届けしました。お楽しみいただけたでしょうか。

キリの良いところまで入れたので、二巻は少々厚めになってしまいました。

今巻でも新キャラがわんさと出てきます。転校生の美少女リーゼ、着ぐるみプレイヤーのレーヴェ、新たな仲間のシズカ、ＰＫのドウメキ、怪しげなＮＰＣのミヤビに、そのお付きのノドカとマドカ、と。

こういうＶＲＭＭＯモノって、いろんな人との交流がメインの一つであると自分は思っています。これからシロとこの人物たちがどう絡んでいくのか楽しみにしていただけたらと。

ゲーム世界での話だけではなく、現実世界でもいろいろと動き出します。こちらの方もご注目されたく思います。

おかげさまで最近はかなり忙しく、自分自身はゲームも簡単に進められない日々を過ごしています。

ＲＰＧとかって時間が空いてしまうとどこまで進めたかわからなくなりませんか？　次の目的地もわからず、わかってもなぜそこに行くのかわからなかったり……。もういっそ最初から始めた方がいいのではと思います。

手軽なサンドボックス系のゲームを時間が空いた時にチマチマとやってばかりいます。あまりうまくないですけれども。自分もＶＲＭＭＯで遊びたいです……。

最後に謝辞を。はましん様。新しいキャラたちをありがとうございました。次巻もよろしくお願い致します。

担当のＫ様、ホビージャパン編集部の皆様、本書の出版に関わった皆様方に深く感謝を。

そしていつも『小説家になろう』の方で読んで下さる読者の方々、並びに今、この本を手に取って下さり、ここまで読んで下さった全ての方々に感謝の念を。

冬原パトラ

第3エリアに突入し、
湾岸都市を楽しむ白兎たち。
著：冬原パトラ
イラスト：はましん

メンバーもそろってきたことで、
ギルド設立に向けて動き出す――。
VRMMOはウサギマフラーとともに。3
VRMMO with a rabbit scarf.
2020年夏頃発売予定！

世界各国からの来賓者、
さらには神々も見守る中、
遂に冬夜たちの結婚式が始まる！
フォンとともに。21
2020年6月発売予定！

新婚旅行の行き先は地球に決定。
九人の花嫁を連れて
冬夜は懐かしき世界へと帰還することになり……。
異世界はスマート
冬原パトラ
illustration■兎塚エイジ

大聖堂にようやくたどり着いた
クマキチ一行を待ち受けていたのは
反逆者の烙印だった。
王国の覇権を巡った政局の渦に巻き込まれ、
絶体絶命のピンチが訪れる。
転生 9
ー森の守護神になったぞ伝説ー
三島千廣
イラスト○転

クローディアの願いは王女に届くのか？
クマキチの命を懸けた男伊達の結末は！
shirokuma-tensei
シロクマ
2020年 春頃 発売予定！

HJ NOVELS
HJN44-02

VRMMOはウサギマフラーとともに。2

2020年4月22日　初版発行

著者——冬原パトラ

発行者—松下大介

発行所—株式会社ホビージャパン
〒151-0053
東京都渋谷区代々木2-15-8
電話　03(5304)7604（編集）
03(5304)9112（営業）

印刷所——大日本印刷株式会社

装丁—— 木村デザイン・ラボ／株式会社エストール

定価はカバーに明記してあります。

Printed in Japan

ISBN978-4-7986-2196-8　C0076

ファンレター、作品のご感想お待ちしております

〒151－0053　東京都渋谷区代々木2－15－8
(株)ホビージャパン HJノベルス編集部 気付
冬原パトラ 先生／はましん 先生

アンケートは Web上にて 受け付けております （PC／スマホ）

https://questant.jp/q/hjnovels

- 一部対応していない端末があります。
- サイトへのアクセスにかかる通信費はご負担ください。
- 中学生以下の方は、保護者の了承を得てからご回答ください。
- ご回答頂けた方の中から抽選で毎月10名様に、HJノベルスオリジナルグッズをお贈りいたします。

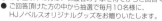